CW00798552

DANS LE JARDIN DES MOTS

Jacqueline de Romilly, professeur de grec ancien, a enseigné dans différents lycées, puis à la faculté de Lille, à l'École normale supérieure, à la Sorbonne. Elle a été la première femme professeur au Collège de France et la première femme membre de l'Académie des inscriptions et belles-lettres. Elle a été élue à l'Académie française en 1988. Jacqueline de Romilly est décédée en décembre 2010.

JACQUELINE DE ROMILLY
de l'Académie française

Dans le jardin des mots

PRÉFACE D'ANDRÉ GIOVANNI

ÉDITIONS DE FALLOIS

Antoine de Saint-Exupéry, l'auteur de *Terre des hommes*, ne cessa jamais tout au long de sa vie de se poser cette question : « Que faut-il dire aux hommes ? »

Les écrivains, les journalistes, tous ceux qui par l'écrit ou par la parole s'adressent aux autres hommes, devraient s'interroger de la même façon. Le célèbre aviateur, disparu en mission de guerre en 1944, avait noté cette réflexion pathétique : « On ne peut plus vivre sans poésie, couleur, amour. Rien qu'à entendre un chant villageois du XVe siècle, on mesure la pente descendue. Il ne reste rien que la voix du robot et de la propagande. »

Journaliste et homme de presse depuis de longues années, je me suis toujours interrogé sur cette vocation. Créer, diriger une publication destinée au grand public est une responsabilité exaltante, mais redoutable.

C'est pourquoi je me suis toujours posé cette même question : « Que faut-il dire aux hommes ? »

Les contraintes qui s'imposent chaque jour dans nos métiers soulèvent d'autres interrogations :

« Comment leur dire ? Avec qui le dire ? »

J'ai toujours admiré Jacqueline de Romilly pour son

engagement de professeur et son témoignage d'écrivain. Dans la préface de son livre *Écrits sur l'enseignement*, elle partage les inquiétudes de Saint-Exupéry : « Savoir réfléchir par soi-même et s'exprimer exactement, savoir éviter les duperies de la propagande et les malentendus avec autrui, savoir raisonner et prévoir, n'est-ce pas la suprême liberté ? Et la liberté des individus ne garantit-elle pas mieux toutes les libertés de l'État ? »

Lutter contre « la voix du robot et de la propagande », c'est son engagement, comme celui de Saint-Ex. Un engagement stimulant pour le courage et l'honneur de l'esprit.

Jacqueline de Romilly écrit encore : « L'enseignement est sans doute ce qui compte le plus pour l'avenir d'un pays, c'est sans doute également ce qui, aujourd'hui, va le plus mal en France. La crise que nous avions, naguère, été un certain nombre à dénoncer, n'a fait dans les institutions que s'aggraver, comme si toutes les mesures tentées, fût-ce avec la meilleure bonne foi du monde, se trouvaient au passage happées et détournées de leur sens. »

Je lui ai donc proposé de s'adresser aux lecteurs de *Santé Magazine* – un lectorat de plus de 5 millions – pour leur dire ce qui, à ses yeux, était devenu nécessaire et urgent. Ainsi est née la rubrique « Santé de la langue française » dont le succès n'a pas cessé de s'affirmer au long des mois et des années.

La maîtrise de la langue est la condition idéale pour garder une bonne santé intellectuelle, physique et morale. La santé, c'est savoir bien se comporter dans la vie, autant pour soi-même que pour les autres. Discerner le vrai du faux, connaître les limites entre le Bien et le Mal, trouver son équilibre à travers les mouvements qui nous entraînent du passé vers l'avenir. Pour bien exprimer ses sentiments, ses souffrances éventuelles, et en repérer les causes, il faut une grande lucidité et de la justesse dans l'expression.

En septembre 1998, Jacqueline de Romilly intitulait sa première chronique « Contre l'enflure des mots » : « La langue que nous parlons, que nous avons apprise depuis notre enfance et qui se parle depuis des siècles, celle qui nous sert à nous exprimer dans notre vie de tous les jours, peut être plus ou moins bien portante. Si elle va mal, notre pensée, notre vie quotidienne en seront modifiées. »

Les chroniques de notre grande amie, réunies dans ce livre, prolongent son enseignement professoral et illustrent son combat d'écrivain. Au fil des pages, elle ausculte notre langue, son évolution, dénonce ses dérives, stimule notre goût et réveille la vie de notre culture. Avec une extrême compétence, elle se réfère à l'histoire. Son recours constant à l'étymologie grecque ou latine précise la valeur et le sens des mots, et leur filiation. Elle propose des leçons de vérité pour que nous y puisions l'universel.

Michel de Montaigne, dans la préface de ses *Essais*, avertissait ainsi son lecteur : « Ceci est un livre de bonne foi. » Le recueil de Jacqueline de Romilly est aussi « un livre de bonne foi ». Je le placerai volontiers dans ma bibliothèque à côté des *Essais*.

Certes, il relève d'un autre genre littéraire, mais par son sens de l'humain, ses exemples empruntés à la vie quotidienne, sa verve, son humour, il est proche de l'humaniste du XVIe siècle dont la sagesse faite de clairvoyance et de finesse psychologique continue de nous enseigner.

« C'est une absolue perfection, et comme divine, de savoir jouir loyalement de son être », écrivait Montaigne. N'est-ce pas aussi une absolue perfection, et comme divine, de savoir bien maîtriser sa langue pour défendre le bonheur d'être ?

Dans une de ses chroniques intitulée « La langue menacée », Jacqueline de Romilly s'engage dans la défense de l'humanisme :

« La série des articles que je donne ici est intitulée « Santé de la langue » ; or, mon devoir est de dire que cette santé est aujourd'hui atteinte. Pourquoi cela ? En grande partie parce que nous permettons que notre langue soit, ici en France, mal parlée, et plus souvent encore mal écrite. Le fait est évident, et nombreux sont ceux qui déjà ont tiré la sonnette d'alarme.

« … l'orthographe disparaît, et j'ajouterai que l'écriture même risque de disparaître. Car, quand les signes n'ont plus ni clarté, ni logique, ils ne permettent plus de communiquer, d'aucune façon. »

Comment ne pas être fier d'avoir invité Jacqueline de Romilly pour qu'elle nous dise, avec une franche liberté, ce que tous les hommes de notre temps doivent entendre ?

La garde de la langue française, notre bel héritage, est un impératif. C'est un devoir pour chacun d'entre nous.

Avant-propos

J'aime profondément la langue française et je me suis attachée tout le long de ma vie à apprécier son bon emploi, à essayer de la manier correctement et avec précision. Aussi ai-je accepté avec joie cette chronique dans *Santé Magazine* intitulée « Santé de la langue ». Il avait été convenu, dès le principe, que j'insisterais plus sur les beautés de cette langue que sur les dangers qu'elle courait actuellement, dangers pourtant très grands, comme chacun sait. Les deux notions sont d'ailleurs complémentaires, décrire le bon usage et en même temps blâmer le mépris où certains le tiennent.

Mais, à partir de là, surtout pour moi qui avais passé ma vie au contact des langues anciennes, il devenait intéressant, pour préciser le sens et la valeur correcte des mots, d'en chercher l'origine, l'étymologie, c'est-à-dire la valeur exacte qu'ils avaient à l'origine. Cela évitait certains malentendus ; du coup, je pouvais voir à chaque fois se déployer toute une évolution qui, en fonction des changements de la société, ou des découvertes scientifiques, ou des réflexions des auteurs, chargeait ces mots de nuances nouvelles et de valeurs nouvelles. Il s'agissait, en somme, de suivre l'histoire des mots, de retrouver, à côté de la signification initiale, parfois un peu oubliée, l'évolution et la vie elle-même. Les langues, en effet, ne cessent de se transformer. S'il existe des inventions inutiles et pédantes, qui ne sont en réalité que des fautes portées par une mode souvent précaire, il existe des changements qui reflètent notre histoire et notre pensée et il est assez passionnant d'en suivre le cours. D'où toute une série d'études, qui se sont multipliées avec le temps, portant sur un mot ou un groupe de mots, et suivant pas à pas les surprises qu'ils nous réservaient, les erreurs à éviter et la riche complexité dont ces mots se chargeaient.

Ces chroniques, ainsi nées d'une curiosité subite, d'un étonnement devant un sens jusque-là inconnu, se sont succédé au cours de ces dernières années. Elles sont ici reproduites telles qu'elles ont paru (sauf quelques minimes corrections dans les premières) : on a même laissé les éventuelles répétitions que la longue durée expliquait. De plus, elles figurent ici dans l'ordre où elles ont paru. Cet ordre constitue une série de rencontres avec la langue française, qui sont sans prétention, mais m'ont donné de la joie. Je remercie ici André Giovanni, le directeur de *Santé Magazine*, qui m'a offert l'occasion de ces rencontres, et mon éditeur Bernard de Fallois qui s'associe aujourd'hui à ce qui est, en réalité, une invitation à entrer dans ce jeu avec les mots.

Contre l'enflure des mots

La langue que nous parlons, que nous avons apprise depuis notre enfance et qui se parle depuis des siècles, celle qui nous sert à nous exprimer dans notre vie de tous les jours, peut être plus ou moins bien portante. Si elle va mal, notre pensée, notre vie quotidienne en seront modifiées. Mais, inversement, il dépend de nous, il dépend de chacun de nous qu'elle aille mieux ou moins bien, car nous sommes tous porteurs de virus et la contagion est grande.

Parmi ces menaces, j'en distinguerai, au seuil de cette série d'articles, deux qui semblent à première vue presque contraires. L'une représente un alourdissement, un épaississement, et comme le développement rapide de cellules indésirables. L'autre représente une faiblesse, comparable à celle qui peut atteindre nos muscles ou l'activité de nos sens, et nous rend alors inaptes à une démarche précise et efficace.

Commençons aujourd'hui par la première : à chaque jour suffit sa peine !

Peu à peu, des mots viennent envahir notre langage comme des corps étrangers, terriblement encombrants. Écoutez seulement autour de vous, et la comédie commence. C'est, je l'avoue, dans un écrit un peu technique,

que j'ai buté la première fois sur le mot *opérationnali-sation*. *Opérer*, oui ! *Opération*, bon ! *Opérationnel*, peut-être ! Mais ensuite on voit l'excroissance monstrueuse et ses huit syllabes qui nous étourdissent.

Et puis la prétention sort vite du domaine technique et c'est à qui l'imitera le mieux. Cela commence innocemment. On me demande, non pas mes *mesures*, mais mes *mensurations*. J'ouvre la radio, et j'entends qu'un personnage que j'aurais dit simplement « égoïste » souffre d'une *hypertrophie de l'ego*. On *collecte* des questions en vue d'un *forum* ou d'un *symposium*. Et très vite l'on invente des mots : au lieu d'« aimer son prochain », on dit (je l'ai entendu) *socialiser ses sentiments*.

À notre insu, autour de nous, le chancre gagne. Et si c'est un peu obscur, tant mieux ! Cela fait savant et n'engage personne. Ainsi, quand on me dit qu'une jeunesse *montre des sentiments positifs*, faut-il comprendre qu'elle est favorable à telle ou telle idée ou bien que l'on peut se féliciter des sentiments qu'elle éprouve ? Le pédantisme est, en général, le paravent de l'ignorance ou de l'imprécision dans la pensée.

Et pourtant, quelle élégance et quelle souplesse dans les formulations simples dont les grands auteurs savent se contenter ! Pour me remettre d'une émission où j'avais cueilli ces exemples, j'ai « relu » sur cassette *Bérénice* de Racine ; et j'ai été éblouie de voir par quels mots, tout simples, le héros décrivait la surprise toujours renouvelée de revoir l'être aimé :

> *Depuis cinq ans entiers chaque jour je la vois,*
> *Et crois toujours la voir pour la première fois.*

Je sais bien que les mots sont portés par le mouvement du vers ; mais pouvait-on exprimer le sentiment avec des mots plus naturels, qui n'ont qu'une ou deux syllabes ?

Je crois bien que comme hygiène pour nous défendre contre ce premier virus, le retour à ces textes où la langue était respectée est un peu comme un séjour à la montagne où l'on respire de l'air pur et où l'on se refait une santé.

Septembre 1998

Le jeu de l'exactitude

La pire faiblesse, pour le langage, est sans doute de se contenter d'à-peu-près, alors que l'on dispose de tout un éventail de mots de sens voisin, permettant de nuancer sa pensée et d'éviter les malentendus. On dit souvent *c'est moche* ou bien *c'est rudement bien*. Cela peut valoir pour un paysage, une action publique ou bien une sauce. Cela peut exprimer un sentiment très vif ou une nuance ou une réaction proche de l'indifférence. Pourtant, dès que les hommes ont éprouvé le besoin d'exprimer avec clarté leur pensée, ils se sont attachés à distinguer ces mots de sens voisin.

D'ailleurs, dans les débats actuels, constamment on entend protester ceux qui ont parlé : « ce n'est pas ce que j'ai voulu dire... », « vous m'avez mal compris... », « mon intention n'était pas de... » et d'autres remarques semblables.

Ainsi échouent les meilleurs plans. Ainsi naissent les difficultés entre personnes, nées du malentendu initial. Et je suis étonnée par le soin mis à obtenir d'un poste de radio ou de télévision qu'il soit sélectif, c'est-à-dire sache nous donner une seule émission sans qu'elle soit brouillée et imprécise : je me dis qu'il est étrange de ne pas en faire autant pour cet instrument qu'est le langage, alors qu'il constitue notre marque distinctive par rapport aux animaux, notre seul moyen de communiquer entre nous et le plus sûr outil pour élaborer une pensée originale.

Mais non ! On laisse là ces merveilleuses possibilités, et on se lance au hasard. Un ami anglais prétendait que les mariages entre personnes de nationalités différentes s'expliquent souvent par la pauvreté du vocabulaire. Le garçon veut dire un mot aimable et sans portée mais, connaissant mal les nuances, se retrouve marié. Ce n'est là qu'une boutade, mais j'ai vu des personnes se déclarer émues d'avoir reçu de quelqu'un des sentiments distingués, sans se douter que c'était la formule la plus indifférente et la plus froide de toutes.

Nuancer sa pensée, en serrant de près la vérité, et en sachant adapter ses mots aux circonstances, c'est cela qui fait que l'on a loué dans la langue française sa clarté. Et nous avons longtemps bénéficié de cette réputation qui n'était pas usurpée.

Comment y remédier ? Que faire ? À vrai dire, il faut s'entraîner au jeu de l'exactitude tout au long de sa vie. Mais, en attendant, on peut toujours jouer à l'exactitude.

Chercher le mot, se reprendre, plaisanter telle imprécision et surtout pour vérifier, pour marquer des points, pour apprendre, recourir au dictionnaire. J'ai vu faire cela au cours de bien des repas ; je ne savais pas alors que j'emploierais des journées entières à travailler à un dictionnaire. Mais le jeu m'amusait déjà, comme il m'amuse encore aujourd'hui.

Trouver le mot juste n'est point un snobisme, mais le goût de la précision.

Je n'ai point cité d'exemples pour cette exactitude des

mots : je ne le pouvais pas, car elle ne se remarque pas. Simplement on lit la phrase, on comprend l'idée, elle passe, d'elle-même, sans problème.

J'ai dit que jouer à l'exactitude de la langue est un jeu fort plaisant. Nous essaierons ici d'y jouer ensemble.

Octobre 1998

L'accord des mots et la clarté

Pour les enfants qui peinent sur un devoir ou pour les adultes aux prises avec une lettre un peu difficile, l'orthographe est un sujet de plaintes amères. Comment connaître toutes ces règles, qui semblent n'avoir ni queue ni tête ? Pourquoi s'obliger à faire des accords, mettre des pluriels qui sont tantôt en *s*, tantôt en *x* ? Pourquoi retenir des formes qui, entre le verbe et le substantif, semblent varier sans raison ? Car on écrit *donner* avec deux *n* mais *donation* avec un *n*, ou bien *rationnel* avec deux *n* mais *rationalisme* avec un seul !

Et même en dehors des accords, n'est-ce pas agaçant de devoir vérifier à chaque fois si le mot *synonyme* s'écrit avec un *y* ou avec deux, et où diable peut bien se placer la lettre *u* dans *cueillir* ou dans *accueil* ? Tous ces faits semblent des conventions arbitraires, inventées pour nous contrarier. Et pourtant, ce n'est pas un paradoxe de le dire : à peu près toutes ces bizarreries obéissent, en fait, à un besoin de clarté et de cohérence.

Pour ce qui est des accords, le principe est clair. Ils permettent de voir la fonction du mot dans la phrase, et ils permettent de voir de qui l'on veut parler. En grec ou en latin, on pouvait placer les mots presque n'importe où : on les groupait pour le sens d'après leur terminaison qui permettait de voir leur fonction dans la phrase. Le français est moins libre, mais la façon d'écrire les mots indique tout de suite à l'œil comment ils se groupent et, à la limite, le sens en dépend ! Si j'écris *il convient*, le sujet *il*, au singulier, me révèle qu'il s'agit du verbe *convenir* ; avec *ils*, au pluriel, ce serait le verbe *convier*, et le sens serait « ils invitent » ; la différence est grande !

Quant à la différence entre le masculin et le féminin, je me heurte sans cesse à l'obscurité qui résulte de la confusion.

Je reçois des lettres sans savoir qui en est l'auteur. La première phrase me dit « je suis intéressé », et je crois avoir affaire à un homme ; la seconde me dit « je vous serais reconnaissante », et j'en conclus que j'ai affaire à une femme. Résultat, lorsque je mets l'adresse, je fais un gribouillis, symbole de ces confusions !

Il est vrai que dans l'application, certaines formes du pluriel sont surprenantes. Il y a des différences selon les mots : il y a des exceptions. Ici encore, ne nous plaignons pas. Des langues comme le latin, le grec ou l'allemand ont des variations beaucoup plus nombreuses et peuvent exprimer, par la forme même des mots, des rôles beaucoup plus divers dans la phrase : avec un clavier plus simple, nous avons moins de possibilités, mais aussi moins de difficultés à apprendre.

Mais que l'on n'imagine pas qu'aucune langue soit simple à cet égard. Après tout, il faut bien apprendre, aussi, que le singulier *man* en anglais fait au pluriel *men*, on ne l'aurait pas deviné.

J'ajouterai seulement que presque toutes ces bizarreries apparentes s'expliquent, comme celles qui concernent les racines mêmes des mots, par l'histoire de la langue. Celle-ci n'est pas une convention faite un beau jour librement, elle est le résultat d'une évolution et, lorsqu'on la connaît, on peut dès lors mieux comprendre les textes antérieurs de notre littérature et aussi les formes mêmes des langues voisines comme l'italien ou l'espagnol. C'est là même une forme de clarté.

Novembre 1998

L'orthographe, passeport des mots

En traitant de l'accord des mots en français, on a déjà évoqué ici le rôle joué par l'histoire de la langue. Notre français, en effet, n'a pas été inventé un beau jour : c'est du latin qui a subi des modifications diverses et auquel se sont joints des emprunts à diverses langues, qui se sont faits au cours du temps.

L'orthographe s'explique donc par ce sens premier des mots, à savoir ce qu'on appelle leur étymologie. Pour les mots savants, pas de doute ! Si l'on écrit des mots comme *polymorphe* ou *morphologie*, même sans en comprendre bien le sens, on reconnaît aussitôt l'origine grecque des composantes et l'on saura par la suite écrire correctement *polymorphe* avec un *y*, et *morphologie* avec *ph*.

Mais tout n'est pas toujours aussi clair et l'orthographe vient alors nous rappeler la différence de sens qui tient à celle d'origine ; même si l'on ne sait pas l'étymologie de *comte* et de *compte*, la différence d'écriture distingue clairement deux choses différentes. Il intervient aussi des distinctions après coup, comme celle qui sépare *compter* et *conter*.

C'est si beau la transparence que prennent les mots quand on connaît leur sens premier et qu'ils sont correctement écrits ! C'est si beau la précision qu'apporte cette orthographe qui leur donne leur relief exact. J'aime même, je l'avoue, ces petites traces dont on se plaint parfois, comme cet accent circonflexe qui rappelle qu'une voyelle est allongée parce que quelque chose est tombé : *bête* avec le circonflexe rappelle qu'il fut *bestia*, et *âne* avec le circonflexe rappelle qu'il fut *asinus*.

Tous ces faits font partie de la vie des mots et il me paraît aussi dommage de songer à les simplifier que si l'on voulait arracher des cathédrales anciennes leurs statues, sous prétexte que notre goût actuel tend à la sobriété.

Ce serait même pire, dans la mesure où ces détails ont, pour la langue, un sens. Ils portent la trace d'une histoire et constituent comme le passeport même des mots et leur pièce d'identité, rendant immédiatement visible leur véritable sens.

Et comme il est commode de distinguer les mots par l'orthographe ! Pas de similitude entre le *van* qui sert à vanner et le *vent* qui souffle dans les airs, et voyez seulement, je m'arrache en ce moment aux *mots*, et je tente de remédier aux *maux* de la langue : s'il vous plaît, ne confondez pas !

On peut s'amuser à relever des formules qui jouent sur ces possibilités, pour rire. De quelqu'un qui s'occupe de musique, on dira que *les rapports des sons sont son point fort*, un substantif, un verbe, un adjectif possessif qui sonnent semblables à l'oreille, et dont le rôle dans la phrase et le sens sont donnés par leur orthographe.

Et comment ne pas rappeler la vieille rengaine que l'on citait pour s'exercer à prononcer la lettre *s* et qui disait : *Si six scies scient six cigares, six cent six scies scient six cent six cigares.* Eh bien, si la phrase n'est pas

écrite correctement, elle est totalement incompréhen-
sible. L'exercice pour bien prononcer la lettre *s* nous sert
de révélateur pour le sens de l'orthographe.

Décembre 1998

Les liaisons dangereuses

Il faut tenter d'écrire correctement la langue française, mais ce n'est pas tout : il faut aussi la parler, la prononcer correctement. À cet égard, on voit surgir un certain nombre de règles, surtout enseignées par l'usage, mais qui peuvent cacher des pièges assez redoutables. Ainsi, l'habitude veut que l'on lie les mots entre eux par la prononciation.

Par exemple, la consonne finale d'un mot s'entend dans le début du mot suivant : on prononce *pas assez* en faisant sonner le *s* qui termine le premier mot.

Cela peut même affecter la forme d'un mot qui dans certains cas s'élide devant un autre : on dit une marque *d'héroïsme* avec *d*, mais on dit une conduite *de héros* avec *de*, écrit en entier et prononcé en entier. Cela ressemble à des petites coquetteries de détail, sans grande importance. Pourtant, c'est à des traits de ce genre que l'on reconnaît l'étranger qui ne sait pas le français.

On se moquera d'un Anglais qui cherche à retrouver *son* / *hôtel*, sans faire de liaison entre les deux mots, comme s'il y avait l'*h* aspiré. De même, pour reprendre l'exemple donné à l'instant, c'est un amusement constant d'entendre, dans des conversations avec des étrangers, confondre les *héros* avec ce que prononcera cet étranger en faisant une liaison malencontreuse qui donnera *des zéros.*

Des fautes de liaison peuvent donc être graves. Ces règles sont souvent un peu délicates, car elles sont le reflet de toute une évolution historique et il faut parfois se reporter au dictionnaire où la différence entre l'*h* aspiré ou non aspiré est toujours indiquée.

Sans doute est-ce pour cela, et pour ne pas paraître prétentieux, que des personnes peu sûres de leur prononciation suppriment si facilement les liaisons. Mais ils ne peuvent pas les supprimer toutes.

Peut-on imaginer de dire *mes / amis*, sans faire la liaison ? Peut-on parler *d'un / homme*, sans la faire ? La négligence que certains affectent ne fait que reculer le problème et avouer leur timidité… Mais il faut les faire correctement et là les choses se compliquent ; car s'il est affreux de dire *mes / amis* sans liaison ou bien *un/ homme*, également sans liaison, il est tout aussi affreux de dire *des (z)hurlements* ou *des (z)haricots.*

Et puisque nous sommes dans un journal médical, il est tout aussi choquant de dire *des (z)hanches* ou *des (z)hernies* en faisant la liaison, que de dire *des/héma-tomes* ou *des/hémorroïdes* sans la faire. La vie est difficile ! Et encore je ne parle pas des cas exceptionnels où une liaison ne doit pas être faite malgré les apparences comme dans le *corps à corps*, ou bien pour un *rapport annuel.* Et je ne parle pas non plus des cas où une mauvaise liaison décèle une faute d'orthographe. L'exemple que l'on cite souvent pour ces fautes de prononciation (curieusement appelées des *cuirs*) est *les chemins de fer (z)anglais* comme si *fer* s'écrivait au pluriel, ce qui serait manifestement une faute d'orthographe. Et quand j'entends une formule comme *les savoirs / oubliés*, la lettre *s,* qui termine le mot *savoirs* et qui manque dans la liaison, me semble toujours manquer à l'origine dans l'orthographe même de celui qui parle.

Alors, demandera-t-on, pourquoi, au nom de quoi conserver ces singularités ? Respecter l'usage est déjà un bon principe. Mais surtout rendre à la langue sa souplesse, le mouvement continu, la grâce dans les enchaînements, qu'elle est susceptible d'avoir, c'est faire, pour elle, une œuvre de beauté et de santé.

Je comparerais volontiers ceux qui massacrent les liaisons et les mettent au petit bonheur, à ceux qui sont atteints d'ataxie locomotrice. Oui, c'est là une maladie – une maladie qui, atteignant des centres nerveux, fait que l'on ne coordonne plus ses mouvements pour marcher. Celui qui en est atteint peut se déplacer et gagner son but exactement comme celui qui met mal les liaisons peut se faire comprendre, presque toujours.

Mais l'homme atteint d'ataxie locomotrice se déplacera de façon inélégante, fatigante, avec une perte de force et de grâce dont il souffrira et dont les autres souffriront aussi : ne préférera-t-on pas l'aisance et la continuité de l'allure que présentera, par exemple, un couple de patineurs en train d'évoluer sans faute sur la glace ?

Chercher à les imiter ne serait pas mal et nous rendrait un peu le sens de la beauté de notre langue.

Janvier 1999

Les mots aussi peuvent mourir

L'Académie française, en préparant le Dictionnaire, accueille à chaque séance quantité de mots nouveaux ; ceux-ci sont imposés par les progrès de la recherche, de la technique et des habitudes modernes dans l'ensemble. Mais il est d'autres mots qu'elle doit abandonner. Certains disparaissent sans appel ; d'autres subsistent, mais, n'étant plus en usage, sont marqués par la sinistre mention « vieilli » ou même « très vieilli ». Cela veut dire qu'en fait on ne les emploie plus, mais qu'on les conserve au cas où le lecteur les rencontrerait dans des textes anciens.

Pourquoi les mots sortent-ils ainsi de l'usage ? Dans certains cas, la chose est normale : l'objet, ou la coutume, qu'ils désignent a lui-même disparu.

Mais d'autres mots, sans même aller jusqu'à mériter la mention « vieilli », sont malades. Ils ont perdu de leur force, perdu de leur rayonnement ; ils ont besoin de nos soins attentifs. Une première habitude qui les affaiblit est le goût normal que montre notre temps pour la simplification. Nous disons toujours *danger*, alors que toute une famille de mots se présente à nous qui nous permettrait et la variété et une plus grande précision, avec des mots très vivants, mais de plus en plus rares, comme *risque*, comme *péril*, comme *menace, écueil, inconvénient*, etc. ; le mot *hasard* en ce sens a déjà été noté comme vieilli dans les dictionnaires. Et puis, il n'y a pas que les réalités concrètes qui changent, il y a des modes affectives et des tons adoptés par une société. Par une sorte de mauvaise pudeur, on évite aujourd'hui les mots qui furent trop fortement claironnés il y a quelque temps. On n'ose peut-être pas beaucoup parler de la gloire, et moins encore de la vertu : l'Académie, qui doit chaque année faire un éloge de la vertu, illustre bien cette tendance en relevant les usages ironiques de ce mot et la gêne qui, souvent, accompagne son emploi. L'histoire des mots illustre celle des valeurs. Inversement, certains mots péjoratifs liés à des moments de la vie sociale sont plus ou moins abandonnés. Pour désigner un homme de mœurs crapuleuses ou un brigand, on disait couramment *arsouille* ou bien *malandrin*. Nul ne le dit plus et le dernier, *malandrin*, est indiqué dans le dictionnaire Robert comme « vieilli ou littéraire ». De même, des mots qui sentent un peu trop leur bourgeoisie et les habitudes d'antan connaissent une crise. On ne dit plus guère des *sornettes*, des *fadaises*, des *billevesées* : ces mots paraissent, selon un adjectif lui aussi vieilli, « désuets » ; et l'on dira, en général – je le regrette –, des *conneries* !

Mais il est une autre cause d'usure dont nous sommes plus directement responsables et, par conséquent, qui est aussi peut-être plus remédiable. Nous avons, en effet, tendance à toujours exagérer et, par là, des mots qui étaient forts viennent à s'user, perdent leur sens, perdent leur présence.

On sait assez que des mots qui étaient forts au XVIIe siècle comme être *étonné*, ce qui veut dire être frappé de la foudre, s'affaiblissent au point que ce dernier signifie simplement « surpris ». Or, cette tendance à l'exagération a toujours existé : il suffit de relire les mots d'admiration des *Femmes savantes* de Molière, quand elles entendent un médiocre poème. Mais de notre temps, cette tendance se déchaîne ! Nous disons *adorer* le chocolat alors que l'on ne devrait adorer que Dieu. Le mot *formidable*, qui exprimait la terreur, l'effroi, est devenu simplement l'accueil d'une bonne nouvelle : « Ah, les carottes ont baissé, c'est formidable ! » Le mot *génial*, qui s'appliquait vraiment à des dons tout à fait exceptionnels, s'est usé tout de suite, au point de vouloir dire seulement « satisfaisant » : « Gagner au Loto, c'est génial ! »

Et l'on en rajoute au fur et à mesure de l'usure. On emprunte à tous les vocabulaires ; on dit qu'une chose est *sensationnelle* ou bien qu'elle est *du tonnerre*, pour des petits riens de la vie quotidienne.

Il faut dire que lorsqu'il s'agit de nos sentiments, nous ne lésinons pas ! Je pense à ce beau mot de *mélancolie* qui a été soutenu, remplacé par toute une série de mots empruntés à droite et à gauche qui se sont succédé, selon les modes et les temps. Ce sera à une époque le *spleen*, à une autre le *blues*, en notre temps le *cafard*… Les mots passent, au gré d'une mode instable qui en use beaucoup.

Un simple conseil, un conseil de ménagère : n'usez pas trop vite les mots ! Il est si beau de les garder bien propres et brillants, variés, tous disponibles ! S'il vous plaît, ne les galvaudez pas, ou pas trop.

Février 1999

« Être malade » en grec

Je suis professeur de grec et viens d'être malade pendant deux semaines : ces deux circonstances m'ont suggéré quelques réflexions qui peuvent n'être pas sans utilité pour la langue française.

D'abord, envahie par les termes désignant les maladies, je me suis fait cette réflexion que les mots les plus courants et les plus simples venaient, en général, du latin et les mots plus savants et les plus techniques, du grec. C'est ainsi que le mot *santé*, le mot *maladie*, le mot *remède* viennent tous du latin, mais la *pneumonie* ou l'*encéphalite* viennent toutes deux du grec. Que l'on se rassure : je n'avais ni l'une ni l'autre !

Il est pourtant une exception amusante, la maladie la plus courante de toutes et la plus bénigne a gardé son nom grec : c'est le *rhume*, qui signifie l'« écoulement ».

Voici une seconde réflexion inspirée par mes ennuis : il faut remarquer que le mot rhume s'écrit *rh*, parce que tous les mots grecs qui commençaient par la lettre *r* comportaient une aspiration.

On la retrouve dans quantité de mots français qui commencent également par les lettres *rh* ; ainsi *rhapsodie, rhétorique*, ou bien des mots un peu plus techniques comme *rhéostat* – voire des mots médicaux comme

rhinite, ou *rhinopharingé*, venant du mot *rhis* qui désignait, en grec, le « nez ». Voilà une petite leçon d'orthographe tirée du grec. On pourrait dire : à quoi sert-il ?
À quoi bon maintenir cette petite complication ?

À la vérité, je crois que cette marque d'origine ajoute
à la valeur des mots : elle dit d'où ils viennent ; elle dit
leur âge et leur date. Et, de même que nous avons des
monuments de style ancien et parfois compliqué, qui
voisinent avec des monuments de style moderne, aux
lignes simples, de même il est assez beau de penser que
notre vocabulaire français marque ainsi de façon visible
ses lointaines origines ; et il est agréable de voir que
notre langue moderne leur reste fidèle.

Cependant, à peine ai-je ainsi commenté le mot
rhume, qu'une petite difficulté se présente à mon esprit,
et sans doute au vôtre : si le rhume est en effet un écoulement, le *rhumatisme* n'en est pas un. Alors pourquoi ?
N'est-ce pas là une coquetterie trompeuse ?

En fait, c'est que le rhumatisme est conçu non pas
comme un écoulement, mais comme une fluxion,
comme un amassement de matière liquide, comme un
flux ; et le nom indique l'interprétation donnée à la
maladie.

Le rhume et le rhumatisme n'ont guère de rapport
dans leurs manifestations extérieures ; ils sont cependant composés sur la même racine et l'on comprend
comment cela a été possible. On peut jouer au même
jeu avec le nom des remèdes, formé soit sur le grec
soit sur la chimie la plus moderne ; c'est un plaisir de
reconnaître au passage la présence de réalités familières
comme celles de ce bel arbre au nom formé sur le grec,
l'*eucalyptus*.

J'allais écrire « laissons là le grec ! », mais ce n'est

pas dans mon tempérament de dire jamais une chose pareille. Je vais au contraire lui rendre un dernier hommage dans cet article. J'ai dit que la santé ne venait pas du grec, mais du latin : rappelons, pour compenser, un mot qui vient du grec et qui est l'*hygiène*, la « santé », qui est aussi le nom de la déesse Hygie, déesse de la santé : et en grec moderne, pour se dire bonjour, on utilise une abréviation de « santé pour toi ». Voilà un joli reste grec dans notre vocabulaire français. Et, au passage, nous saluons cet *h*, autre reste de l'aspiration qui existait en grec. Être malade peut faire réfléchir à bien des choses, et même l'orthographe peut en bénéficier.

Mars 1999

Pitié pour les petits mots !

On entend couramment des phrases comme *faudrait pas croire*… ou bien *y a pas moyen*… De telles formules sont courantes ; et elles choquent à peine. Cependant, elles impliquent un mauvais traitement infligé à la langue et peuvent avoir de fâcheuses conséquences. On saute de petits mots allègrement. Mais la correction en souffre, et parfois même la clarté.

Le premier mot que l'on laisse tomber est *il*, le sujet. Or, c'est un fait que tout verbe français qui n'est pas à l'impératif ou à l'infinitif doit être accompagné d'un sujet, même quand il s'agit de l'emploi que l'on appelle impersonnel. D'ailleurs, qui donc oserait dire *pleut* pour « il pleut » ?

Il est donc grammaticalement choquant de ne pas donner de sujet au verbe. Je sais bien que, parfois, on garde un petit souvenir de ce sujet en prononçant simplement *y* : *y faut* ; la paresse est un peu moindre, mais l'élégance n'est pas plus grande. Il arrive également que l'on saute des sujets dans des formes personnelles ; par exemple on entend quelqu'un renoncer en disant *peux pas* au lieu de « je ne peux pas » : le fait est plus rare, et encore plus choquant : on tombe presque à un parler de bébé.

Mais plus grave encore est l'omission de la négation *ne*. En effet, la présentation de la négation en français est amusante. Car, très tôt, on a dû sentir que ce *ne* était un peu faible et court, et on l'a soutenu par des mots auxiliaires exprimant de très petites quantités et accompagnant la négation pour lui donner du corps. On dit ainsi *ne... pas*, ou *ne...* On a aussi employé, selon les époques et les régions, d'autres expressions comparables, dont certaines se retrouvent encore dans le français courant, par exemple *on n'y voit goutte* ; de même pour *mie* ou bien d'autres... Mais le résultat est, qu'en gardant *pas* et en perdant *ne*, on garde l'auxiliaire et on perd la négation que cet auxiliaire devait soutenir. La faute du point de vue de la langue est donc grave.

On pensera : c'est pour gagner du temps. Peut-être est-ce pour éviter un effort, mais gagner du temps, j'en doute ! Celui à qui on demande s'il payera par chèque et qui répond, au lieu de « oui », par la formule *absolument*, celui-là ne semble pas chercher à gagner du temps... Et je m'amuse parfois à entendre dans tel feuilleton télévisé des exclamations émues d'une femme qui proteste : *Pars pas, pars pas*, ce qui n'est pas très joli à entendre et deux fois plus long que « ne pars pas » ; en plus, si elle voulait gagner du temps, ne serait-il pas plus simple de dire « reste ! » La mollesse de celui qui parle est en cause et non pas l'urgence.

Je sais bien qu'il y a une autre raison : une sorte de snobisme à l'envers qui consiste à vouloir se donner des airs familiers et ne pas paraître pédant. Ne faudrait-il pas plutôt dire « se donner des airs vulgaires ? » Et la plupart des gens, quand ils disent *y a pas moyen*, craignent-ils vraiment de passer pour pédants ? Laissons cette justification aux intellectuels qui croient ainsi toucher le cœur des foules : la plupart de ceux qui parlent mal ne courent nullement le risque de passer pour pédants, je peux le leur garantir.

Mais, dira-t-on, du moins est-ce parfaitement clair ainsi ? Je n'en suis pas si sûre car, à la limite, les malentendus sont possibles et j'aime à repenser à l'histoire de cette femme, qui nous racontait tous les malheurs arrivés au cours de l'année, et ponctuait chaque récit d'une formule accablée, que je transcrirai ici sous la forme suivante *yapaxa*. Non ! Elle n'était pas japonaise. Elle croyait dire « il n'y a pas que cela », autrement dit, elle sautait quantité de petits mots ; et le résultat était cette formule, qui nous fit longtemps rire, parce qu'elle ressemblait à tout sauf à du français.

Mais admettons ! Admettons que l'on se fasse comprendre avec ces phrases abrégées et estropiées ! À la limite, on peut se faire comprendre, pour les choses essentielles, à l'aide de ce que l'on appelait jadis du « petit nègre » ou que l'on peut appeler le « parler bébé ». Mais ce que l'on fait comprendre est alors bien pauvre et dépourvu de toute pensée. À la limite même, on peut se faire comprendre par gestes : hélas ! c'est descendre bien bas et c'est risquer de finir avec les gestes de la violence que le langage de la raison et le respect des conventions sont, précisément, destinés à éviter.

Je crois bien avoir cité au début de ces chroniques un vers qui m'a toujours touchée : « *Le ciel n'est pas plus pur que le fond de mon cœur* » ; or, il se trouve qu'un jour, pour s'amuser, Marcel Proust envoya un télégramme qui sautait les petits mots de ce beau vers et cela donnait : « *Ciel pas plus pur que fond cœur.* » L'exemple montre bien comment ces petites omissions ruinent un vers, il suggère aussi comment elles défigurent de proche en proche la langue française.

C'est bien elle que nous abîmons par ces abréviations de paresse ; de même que nous aimons qu'un pianiste joue toutes les petites notes prévues par l'auteur, de même nous devrions aimer que la langue française échappe aux démarches boitillantes et au sourire édenté. Si l'on s'y exerçait, un jour, pour voir ?

Avril 1999

Commençons par le commencement

La langue française est si fine et si nuancée que l'on peut s'en émerveiller presque à propos de chaque mot. Je tenterai de le montrer aujourd'hui pour une idée qui semble avoir indéfiniment suggéré des possibilités au français et en suggérer peut-être un peu trop actuellement : c'est l'idée de « commencer ». Si l'on réfléchit à la variété des mots qui, en français, peuvent exprimer cette idée, on s'aperçoit vite que ces mots se sont multipliés grâce à des images, ou plus exactement grâce à des métaphores, c'est-à-dire grâce à ce procédé qui permet d'appliquer à une notion, à un objet, un terme qui correspond à un autre. Si je dis *il est malin comme un renard*, c'est une comparaison ; si je dis *cet homme est un renard*, c'est une métaphore. Et, peu à peu, ces emplois imagés peuvent tendre à remplacer les termes simples, connus dès l'origine.

Dans certains cas, cet emploi imagé finit par être complètement perdu de vue. C'est ainsi qu'au lieu de *commencer* on peut dire *débuter*, du moins quand il n'y a pas de complément ; mais personne aujourd'hui ne songe qu'il y a dans ce mot le souvenir d'une boule que l'on écarte du but.

Au contraire, quand on dit *aborder une question*,

aborder un sujet, il reste le souvenir d'un navire qui approche d'une côte et la découvre. Dans ce cas, il est souhaitable de garder l'image à l'esprit, quand on choisit parmi les divers mots. On peut parler d'un *océan de difficultés*, mais non pas de l'*aborder*.

De même, il est souhaitable de garder les nuances de sens. *Entamer* suggérera toujours un tout dont on prélève une partie : on entame une longue discussion, pas une brève pause. *Inaugurer* impliquera toujours quelque solennité et *instaurer*, quelque chose qui ressemble à une institution. Et je ne parle pas de *ouvrir, se mettre à, se lancer dans*, etc. Tous ces termes ne devraient pas être employés au hasard.

La même prudence vaut pour les mots nouveaux. Il y a, par exemple, *initier*, qui est fort à la mode. Le mot est bon pour dire « commencer » : c'était son sens premier, c'est celui que l'on retrouve dans *initiative* ou dans *initiale*.

Mais il se trouve qu'en français le mot a été longtemps chargé d'une nuance religieuse très particulière ; il s'agissait d'entrer au nombre de ceux qui connaissaient les mystères religieux ou bien de ceux qui étaient introduits à des connaissances que l'on pouvait comparer à ces mystères religieux. On était *initié à une religion*, voire *initié au latin*. Mais même dans ce dernier exemple, la coloration religieuse subsistait vaguement.

C'est pourquoi il est gênant de voir employer tout à coup le mot avec un complément d'objet direct, dans le simple sens de « commencer » ; et il est gênant d'entendre des formules comme *initier un débat*, ou *initier une compétition*.

L'autre exemple est pire : il s'agit du verbe *démarrer*. Ce mot, lui, est emprunté au vocabulaire des moteurs

et des voitures. Très bien ! Pourquoi pas ? Simplement
parce qu'on ne dit pas *je démarre ma voiture*, on dit :
« ma voiture démarre », « mon moteur démarre » ou
« je fais démarrer ma voiture » ; c'est donc au prix d'une
faute de grammaire que l'on transporte ce terme, qui
peut-être ne le méritait pas, pour employer des formules
comme *démarrer une action, démarrer une nouvelle politique.* Il y a pourtant, on l'aura vu, assez d'expressions
concrètes pour exprimer la même idée !

Mais puisque surgit ici la grammaire, on peut ajouter
quelques mots sur la construction du verbe *commencer*.
Il y a, en effet, deux constructions possibles. Si l'on dit
commencer à, il s'agit d'une action qui va se poursuivre ;
si, au contraire, on dit *commencer par*, cela indique que
ce début va s'opposer à la suite. *Commencer à parler*
veut dire que l'on va continuer à parler ; au contraire,
il commença par dire non veut dire qu'ensuite il a fini
par dire oui.

Ces deux constructions aboutissent donc à des sens
opposés. Or on les confond parfois. Ah ! Les petits mots
du français, quel soin il faut en prendre si l'on veut être
compris ! Des fines nuances aux vrais contresens tout
se tient.

Mai 1999

Analyse

Pensant à la santé de la langue, j'aimerais défendre ici l'analyse grammaticale. *Analyse* est un mot calqué sur le grec, qui veut dire que l'on distingue un tout en ses divers éléments afin de les identifier. On peut parler d'analyse à propos de presque tout : on parle de l'*analyse d'un texte ou d'un problème* ; d'*analyse psychologique* à propos des sentiments ; d'*analyse mathématique, informatique*…

En notre XXᵉ siècle, un des emplois les plus fréquents est celui de la psychanalyse qui cherche à détecter les causes profondes d'un trouble ; et l'on dit couramment *il est à son troisième mois d'analyse*, on ne précise pas plus, tant ce sens est répandu. Je ne retiendrai ici que deux applications du mot, en ce qui concerne la santé et la langue.

Dans les classes, on insistait beaucoup sur l'*analyse grammaticale*, c'est-à-dire la définition des mots et de leur emploi dans la phrase. On appelait même autrefois *analyse logique* la définition des propositions à l'intérieur d'une phrase avec leurs valeurs.

Aujourd'hui, on a tendance à préférer une approche *globale*, où l'on considère des groupes de mots et où l'on encourage à une perception rapide des ensembles. Je crois qu'il y a là un grand risque. Ayant enseigné toute ma vie des langues dans lesquelles la construction n'est pas immédiatement évidente, j'ai pu mesurer ce qu'apporte de précision le fait de définir nettement la valeur et la fonction de chaque mot. À ce moment-là seulement, on comprend vraiment le texte auquel on a affaire. D'autre part, ayant tenté d'enseigner l'orthographe à un enfant espagnol, arrivé depuis quelque temps en France, j'ai pu constater qu'il était impossible de lui expliquer quoi que ce soit s'il ne savait pas distinguer *aimer, aimé, aimez*, c'est-à-dire s'il ne savait pas reconnaître un infinitif, un participe, un impératif. Sans pousser les choses aussi loin, je suis convaincue que beaucoup des fautes d'accord, qui pullulent actuellement dans notre langue, s'expliquent par une trop faible habitude de l'analyse grammaticale.

On écrit sans faire attention *la fleur qu'il m'a donné*, parce que le *il* est dans le voisinage ; on écrit et l'on dit *les deux délégations se sont mis d'accord*, parce que l'on pense vaguement que ce sont des hommes qui se sont mis d'accord ; et ainsi de suite. Naturellement, on reconnaît la faute, mais on commence par la commettre, parce que l'on n'a pas acquis le réflexe de l'attention.

J'ajouterai une autre doléance. C'est que je vois aujourd'hui modifier un certain nombre de ces mots de l'analyse grammaticale. Or il est très important que dans ce domaine les enfants puissent être aidés par leurs parents, très important aussi qu'ils retrouvent le même vocabulaire dans l'enseignement d'une langue. Certains veulent remplacer les mots habituels comme *pronom* ou *conjonction* par de beaux mots comme *embrayeurs de langage* (encore les voitures !) : je crois qu'il y a là un domaine où il faut des conventions fixes et où il est nécessaire de s'y tenir.

Mais quoi ? Allons-nous vivre disant sans cesse tous les mots que nous employons comme si nous étions encore en classe ? Bien entendu, non ! Et ici je pense à l'*analyse médicale*. Dès que nous sommes malades, on nous demande de faire faire des analyses médicales, grâce à quoi le médecin comprend la nature de notre mal et peut y remédier. De même, l'analyse grammaticale permettra de remédier aux fautes de compréhension, d'expression, d'orthographe. Simplement, dans ce cas, elle joue à titre préventif ; elle est pratiquée en classe, chez les esprits jeunes, lorsque se forment les habitudes et se découvrent les beautés du langage.

Pourtant si, dans l'âge adulte, on découvre quelques doutes, on peut toujours recourir à ce remède : il est toujours temps pour bien faire !

Juin 1999

N'en rajoutez pas !

J'écoutais, ces jours-ci, un enregistrement sur cassette d'une pièce de Racine ; il s'agissait en principe d'un enregistrement fait par des acteurs ; mais je devais sans cesse baisser le son, car ces acteurs soudain se mettaient à hurler, à vociférer, au point qu'ils semblaient se casser la voix chaque fois qu'ils voulaient traduire une émotion un peu forte. On perdait à la fois l'harmonie du vers, la dignité du ton et l'agrément d'écouter un texte sans avoir les tympans percés.

Je me suis alors interrogée. C'était trahir le ton du XVIIe siècle ; mais pourquoi ? Serions-nous donc une époque d'indiscrétion, d'exagération et d'ignorance de ce qu'est la réserve ? Et j'ai pensé à des scènes de la vie actuelle, à des œuvres de littérature actuelle, où tout à coup le même trait m'apparaissait. Et je me suis rendu compte qu'il finissait par nuire même à la santé de notre langue.

Je crois avoir déjà signalé, à propos de l'usure des mots, l'emploi de formules toutes faites, fondées sur l'exagération. C'est ainsi que pour ce que l'on apprécie vaguement, on dira qu'on l'*adore*. Et il est connu que, de même, quelque chose qui n'est pas sot sera appelé *génial*, même quand on est très loin du génie ; inversement, si un homme laisse passer une remarque qui n'est pas très intelligente, on dira que c'est non pas seulement un *crétin*, mais un *triple crétin* ou un *fou* ou un *fou à lier* ; nous en rajoutons toujours.

Et les jeunes ne disent-ils pas volontiers qu'ils ont *craqué*, c'est-à-dire qu'ils ont perdu tout contrôle d'eux-mêmes, alors qu'il s'agit de l'achat d'un chemisier ou d'une paire de souliers. Ce sont les mêmes qui tous les soirs souhaiteraient *s'éclater*. Tout cela fait beaucoup, et même trop. Ni la tenue ni la langue n'y gagnent.

Et ce peut être pire encore. Car je constate que dans les romans actuels on passe souvent, par-delà les mots, au cri. C'est avouer que l'on renonce à recourir à la langue et, assurément, ce n'est pas un enrichissement. Je ne suis pas sûre que la violence dont nous souffrons ne se situe pas dans le prolongement de ces habitudes. Mais je suis certaine, en tout cas, qu'il y a là une menace pour les possibilités d'expression qui sont à notre portée.

Car elles sont à notre portée. Cet art, si net à l'époque de Racine, subsiste dans notre vie quotidienne et consiste à dire le moins pour suggérer le plus ; c'est un fait que des mots pleins de retenue prennent de la force par les sous-entendus qui les accompagnent. C'est même là une figure de style bien connue que l'on appelle *litote*. Elle a souvent recours à des expressions négatives et je crois que ces expressions négatives sont extrêmement suggestives.

On cite souvent, comme un exemple du style du XVIIe siècle, la formule employée dans *Le Cid : « Va, je ne te hais point ! »* adressée par Chimène à celui qu'elle aime ; mais on ne se rend pas compte que dans notre vie actuelle, nous avons beaucoup de formules de ce genre.

Devant un projet que l'on nous propose, si nous disons *je ne suis pas contre*, cela signifie, surtout si un sourire s'y joint, que l'on est ravi de ce projet. De même, si on lit un texte d'une personne et qu'il vous paraît vraiment remarquable et que l'on dise, de préférence en levant le sourcil, *ce n'est pas mal, pas mal du tout*, le compliment sera beaucoup plus fort qu'une masse d'éloges accumulés. Et quelle acceptation plus enthousiaste que *je ne dis pas non*…

On m'objectera que cette réserve n'est pas dans les habitudes modernes. Eh bien, je crois que si ! Et je crois qu'il existe actuellement une tendance très nette à refuser les effusions de sentiments. Cela se voit dans la littérature avec ces personnages durs et fermés sur eux-mêmes, qui parlent peu et résistent à tous les spectacles avec une sorte d'indifférence éloquente. Mais il y a aussi ce goût de n'indiquer que des gestes et des actes concrets, sans entrer dans les transports sentimentaux. Et il y a aussi cette réserve du désespoir, la réserve de Beckett est en un sens aussi grande que celle de Racine.

Même dans le langage, cela se voit par des excès qui sont à l'inverse de ceux que j'ai cités. Devant un vrai désastre et une souffrance sans mesure, beaucoup de jeunes diront *c'est moche*. La limite serait alors non pas le cri, mais le silence.

N'insistons pas sur cet autre excès : son existence nous prouve qu'en étant plus modérés et en montrant plus de retenue dans le choix des expressions nous n'irions pas contre la modernité, loin de là !

Juillet 1999

Espèces menacées

J'ai appris qu'il existait sur Internet un service de correction grammaticale qui incitait à commettre des fautes grossières. Mon propos n'est pas d'en discuter ; mais j'ai appris que parmi ses conseils revenait à chaque instant, en manière de corrigé, l'indication *Évitez le passé simple* ! Pauvre passé simple ! Le voilà exclu de la langue ; et alors qu'il figure dans presque tous les grands textes de notre littérature, le voilà marqué d'infamie.

Nous le connaissons bien, pourtant, ce passé simple. Nous lisons chaque jour, un peu partout, « il entra », « elle sourit », « ils s'avancèrent », « ils se firent tuer sur place », etc., au lieu des formes du passé composé, à savoir : « il est entré », « elle a souri », « ils se sont avancés »... Et il est vrai que l'on peut toujours employer ces dernières formes, celles du passé composé. Mais est-ce une raison pour proscrire les autres ? Assurément pas ! Il faut seulement comprendre ce qui justifie cette coexistence et quelle nuance sépare les deux formes.

La première différence, visible, est que le passé simple est surtout employé dans la langue écrite et le passé composé dans la langue orale. Par langue écrite j'entends tout texte rédigé, que ce soit un article, un poème ou un discours officiel qui sera imprimé. Il est clair que dans tous ces cas-là l'usage n'est pas blâmable, mais parfaitement légitime. Mais surtout il faut comprendre la raison expliquant cette division de l'emploi.

Cette raison est qu'il existe une nuance entre les deux tours. Le passé simple indique une action précise qui s'est passée à un moment donné ; il convient particulièrement à un récit, à la narration de faits historiques que l'on rapporte dans l'ordre. Or, il faut reconnaître que la conversation courante n'est pas souvent faite de récits ou de narrations. Au contraire, le passé composé insiste sur le résultat de l'action, résultat qui compte encore pour la personne qui parle.

D'où des différences : on dira, si l'on considère la date et que l'on parle d'un événement lointain, « il mourut en 1420 », mais on dira « il est mort dans mes bras ». Dès lors, il est amusant de jouer à ce jeu des distinctions. On peut imaginer librement des exemples. Ainsi l'historien écrira « les troupes attaquèrent à l'aube », mais la dame molestée dira « ils m'ont arraché le sac ». Ou bien celui qui rapporte un procès écrira « l'accusé ne répondit rien », mais la jeune femme trahie déclarera « il ne m'a rien répondu ». Ou on dira d'un auteur classique « il fit ses études à Port-Royal », mais la mère dira « mon fils a fait une école de commerce ». La différence n'est pas très grande, mais l'élégance d'une langue repose précisément dans ces nuances délicates. Il est très vrai qu'un étranger qui emploiera abusivement le passé simple sera quelque peu ridicule ; si on lui demande son adresse, il répondra « je descendis à l'Hôtel Moderne » ; ce sera une véritable impropriété, qui trahira son ignorance de la langue. Mais inversement, ne pas utiliser toutes les ressources de cette langue, quand on en maîtrise le clavier, c'est une perte réelle.

C'est ainsi, en effet, que s'appauvrissent les langues. Le grec ancien avait des nuances encore plus subtiles ; il avait même un temps désignant le résultat présent d'une action passée. Eh bien, aujourd'hui, le grec a perdu même son infinitif ! On ne peut plus dire sans une périphrase *vivre, mourir, aimer*. Et l'on sait que déjà les mêmes simplifications abusives en français ont frappé presque à mort l'imparfait du subjonctif. Si l'on continue de la sorte, on arrivera à en perdre progressivement toutes les nuances et les élégances. Alors, à quoi servira ce fameux enrichissement de la langue par des néologismes si, dans le même temps, on perd ce dont on disposait ?

Il ne faut donc pas dire *Évitez le passé simple*. On pourrait dire, dans certains cas, *Attention à la façon dont vous employez le passé simple*. Mais l'avertissement le plus urgent serait de recommander : *Évitez les simplifications abusives*. Oui, évitez-les et protégez ces formes que la crainte d'une erreur, ou le souci de ne pas avoir l'air pédant, frappent de menace de disparition. N'employez pas ces formes n'importe comment ni avec excès, mais sachez les respecter et les apprécier. Ainsi vous renouerez la tradition avec toute la littérature française et même avec ces grâces des formes désuètes qui parfois chantent encore dans nos mémoires, comme dans les fameux vers de Racine :

> *Ariane, ma sœur, de quel amour blessée*
> *Vous mourûtes aux bords où vous fûtes laissée…*

Août 1999

Des racines bien vivantes

Lorsque j'entre dans un magasin et que je demande des cassettes, le vendeur me répond *Vidéo ou audio ?*

Cela m'amuse alors de penser que, pour cet objet d'invention toute moderne, on m'offre deux verbes latins, sous leur forme absolument pure ; c'est comme si l'on me demandait « J'entends ou bien je vois ? » Cela m'amuse même d'autant plus que jamais ces racines n'ont été préservées sous une forme aussi fidèle.

En général, quand le mot est venu du latin à travers des siècles d'usage et d'usure, de transformation dans la prononciation, de simplifications, il peut avoir beaucoup changé. Après tout, le verbe latin signifiant « entendre », c'est-à-dire *audire*, a donné en français, par diverses évolutions, le verbe *ouïr*.

Parfois les transformations sont beaucoup plus simples et le mot évolue doucement, s'insérant en français et amenant, sous des formes diverses, la naissance de nouveaux mots français.

Le verbe latin *videre* est devenu notre verbe *voir* et l'on en a tiré des mots tout à fait familiers comme la *voyante*, qui dit l'avenir et, de nos jours, le *voyant* qui s'allume sur nos appareils. Le même *videre* a pu subir quelques modifications et voilà que l'on a des mots comme *viser, vision*, et, beaucoup plus récemment, *visionner* et *visionneuse*.

Il a aussi donné un mot comme *visage* qui aboutit de nos jours à la création de *visagiste*, par exemple. Cela sans parler du *visa* qui vient lui aussi de ce même verbe *videre* et signifie que les choses ont été vues.

Mais si les branches diverses continuent ainsi à donner des rejetons, le mot *vidéocassette* montre que l'on peut aussi retourner tout droit au latin, même pour les inventions les plus modernes. Et du coup toute la série suivra : *vidéodisque, vidéogramme, vidéophone...* D'ailleurs, on remarque que les composés fabriqués tout exprès ont une allure plus savante que les autres.

Les deux derniers exemples appellent une autre remarque, car *vidéogramme* ou *vidéophone* sont formés assez bizarrement pour moitié sur le latin et pour moitié sur le grec. Comment se fait-il que le grec ne soit pas intervenu jusqu'à présent pour former des mots signifiant « voir » ?

Il y avait bien une racine *op-* que nous retrouvons dans *optique* et dans bien d'autres mots, mais celle-ci se modifiait facilement et sa descendance est très limitée.

Détail amusant, on a formé sur deux mots grecs le terme *panorama*, signifiant « d'où l'on peut tout voir » ; c'est une excellente formation, mais quand on a formé sur le même modèle, plus récemment, *cityrama*, on a perdu au passage rien de moins que le radical.

Cette petite mésaventure des mots mal formés n'est pas isolée, on sait que, dans le mot *autobus, bus* n'est qu'un petit morceau de l'ancien *omnibus*, mot latin signifiant « pour tous ». Mais, en ce qui concerne les racines grecques, il y a une consolation : les Grecs avaient aussi un verbe, *skopô*, signifiant « je considère », « j'observe », et nous le connaissons bien par nombre de créations comme *télescope, périscope, radioscopie*, etc. Toujours des mots savants !

On le voit, une langue ne cesse de vivre et d'inventer des mots nouveaux, mais en revenant toujours à ses sources premières. Celles-ci ont, de plus, l'avantage qu'elles sont communes à presque tous les peuples de l'Europe et donnent ainsi des mots qui se comprennent immédiatement entre ces peuples. *Vidéo* dans « vidéo-cassette » nous est peut-être venu de l'anglais.

Il resterait à dire un mot de *audio*. Là aussi la descendance directe de *audio*, en français, a été nombreuse et peut présenter des formes diverses. Le verbe *ouïr*, trop peu clair, est sorti de l'usage ; mais comme nous reconnaissons facilement l'*auditoire*, ou les chers *auditeurs* !

Et si le grec avait un verbe *akouô*, « j'entends », qui n'a pas beaucoup donné de descendance directe, on le retrouve, une fois de plus, dans des composés un peu savants comme l'*acoustique* et l'*acousticien* ; on parlait aussi, il y a peu, de l'*acoumètre* et de l'*acoumétrie*.

Par un trait curieux, le verbe que nous employons pour signifier « entendre » n'est venu d'aucune des deux formes simples. À la question *vidéo ou audio ?*, il faut répondre ici ni l'un ni l'autre. Nous disons *entendre* qui vient du latin *intendere*, « tendre son esprit », « tendre l'oreille », « tendre son attention ».

Il est toujours intéressant de rendre aux mots leur transparence, et de suivre en eux une histoire, qui est le reflet de la nôtre.

Et l'on constate ainsi que, dans une langue comme

le français, la possibilité de créations sans cesse renou-
velées s'allie parfaitement avec la fidélité aux racines
mêmes. Comment ne pas s'émerveiller d'une telle vitalité ?

Septembre 1999

La langue française et les oiseaux

En ces derniers jours de vacances, on est moins tenté par la grammaire et la syntaxe que par la pensée des divers oiseaux dont notre langue est toute pleine.

Naturellement, il en est beaucoup qui se prêtent à des comparaisons ou à des identifications évidentes. On dira ainsi *il est gai comme un pinson, fier comme un coq, elle est bête comme une oie, elle chante comme un rossignol* ou encore *elle est voleuse comme une pie*, ou, si l'on veut, *ce garçon n'est pas un aigle*, ce qui s'oppose à Bossuet que l'on appelait « l'Aigle de Meaux ». Les oiseaux servent aussi à définir une couleur : *gris tourterelle, bleu canard, jaune canari*.

Mais on tombe vite sur des expressions plus ou moins proverbiales, qui mettent en cause des oiseaux. Certaines sont empruntées à la chasse et à son produit. Par exemple, l'alouette a toujours été fort répandue en France, et l'on parle d'un *miroir aux alouettes*, pour désigner un piège trompeur ; mais on dit aussi *il attend que les alouettes lui tombent toutes rôties dans le bec*, expression proverbiale dont le sens est évident ; et on a dit longtemps des *alouettes sans tête* pour désigner les paupiettes.

La moisson est plus riche quand on regarde vers la

basse-cour et là, on arrive à d'amusantes contradictions. La poule est une bonne mère. On dira *une mère poule* et une expression proverbiale pour parler d'un « fouillis » dit *une poule n'y retrouverait pas ses poussins*. Mais, parce que plusieurs poules pondent dans la même boîte et sont fécondées par le même coq, le mot *poule* a pris une valeur péjorative et désigne une femme de mauvaise vie.

Faut-il oublier que si *mon poulet* est une expression affectueuse, on ne comprend pas à première vue pourquoi on dit un *poulet* pour un « policier » ?

Ce genre d'aventures lexicales peut arriver à divers oiseaux. Ainsi la beauté du chant du rossignol est connue. Mais pourquoi appelle-t-on *rossignol* un livre difficile à vendre ? Il semble que ce soit parce que les libraires plaçaient ces livres dans les casiers du haut, tout comme le rossignol chante dans les plus hautes branches ; et Balzac a pris soin de nous transmettre cette explication. En revanche, il ne nous a pas dit pourquoi le rossignol est aussi un instrument servant à forcer les serrures !

La *chouette* peut nous étonner : on dira, pour caractériser une vieille femme vilaine et indiscrète, qu'elle est *une vieille chouette* ; mais on dira, pour louer quelqu'un de façon familière, qu'il est *très chouette*. Ce n'est peut-être pas le même mot à l'origine, mais pour notre conscience, il sonne comme si c'était vraiment le même mot ; et la contradiction ne nous gêne pas.

Certaines de ces expressions sont familières, d'autres ont gardé des titres de grande ancienneté : ainsi on dit encore *bayer aux corneilles*, ce qui est le seul cas où se soit conservé ce verbe *bayer*, qui veut dire « rester la bouche ouverte ».

Ces comparaisons avec des oiseaux ne sont pas toujours flatteuses. Leur intelligence est souvent critiquée. On dit *bête comme une oie*, mais aussi *un étourneau, une tête de linotte, un serin, une bécasse, une cervelle d'oiseau*, et *donner à quelqu'un tous les noms d'oiseaux* était une expression indiquant de la grossièreté.

Pourtant, j'aimerais finir sur un animal qui, lui, ne saurait être l'objet d'aucune critique : c'est un oiseau fabuleux dont parlaient les anciens Grecs et qui était supposé renaître indéfiniment de ses cendres ; c'est pour lui que La Fontaine a écrit :

> *Vous êtes le phénix des hôtes de ces bois.*

Je m'arrête sur cet oiseau qui nous est venu des textes grecs. On aura remarqué que, dans les expressions retenues sur les oiseaux, les contes et les traditions populaires ont sans doute joué un rôle et contribué à fixer des caractères plus ou moins justifiés. Il est amusant de remarquer que les oiseaux qui remplissaient la langue grecque autrefois ne nous sont plus familiers et que les expressions, elles aussi, ont changé. On disait *allez aux corbeaux*, et c'était une malédiction violente en ce temps où les cadavres risquaient d'être dévorés par ces oiseaux.

Chaque peuple a ses oiseaux familiers et chaque langue a ses expressions. Nous devrions toujours conserver précieusement ces expressions, aller rechercher même les plus anciennes, et tenter de retrouver – c'est un joli jeu ! – leur origine.

Octobre 1999

Sachons formuler nos questions

En français, il peut arriver que seule l'intonation de la phrase indique qu'il s'agit d'une phrase interrogative. On mettra, dans ce cas, en écrivant, un point d'interrogation, sans que le tour ait été modifié. C'est ainsi que l'on dira *tu viens ?*, ou bien *les enfants sont rentrés ?* Ces tours sont possibles, mais tout repose sur le ton de celui qui parle et, par conséquent, il s'agit presque toujours du langage parlé.

En fait, il y a bien des cas où il peut y avoir une grande différence de sens entre le tour affirmatif et le tour interrogatif. Si un amoureux dit *elle m'aime !*, c'est un cri de jubilation ; s'il dit *elle m'aime ?*, c'est un doute qui peut être tragique. Il y a donc intérêt à marquer la différence par l'emploi même des mots et les langues, en général, l'ont fait. En français, l'habitude est de commencer par le mot interrogatif (*qui, quand, où*, etc.). Puis il convient de pratiquer l'inversion du verbe et du sujet : « quand viendrez-vous ? » ou « combien avez-vous d'enfants ? » On ne dira jamais « quand vous viendrez ? »

Mais il est des cas où cette inversion paraît peu harmonieuse et l'on a dû avoir recours à des tours un peu plus compliqués. Du coup, des habitudes de facilité s'en sont mêlées et deux évolutions sont intervenues que l'on pourrait appeler deux maladies du tour interrogatif. Ces deux maladies ont des symptômes en quelque sorte inverses : la première consiste à boursoufler le début de l'interrogation, la seconde consiste, au contraire, à se débarrasser du mot interrogatif rejeté à la fin.

La première maladie commence quand, l'inversion n'étant pas facile à faire, on a recours à la périphrase interrogative *est-ce que* : « est-ce que je viens avec vous ? » Peu à peu ce tour a gagné. Au lieu de dire « quand arrivez-vous ? », on a dit (et cela est correct) « quand est-ce que vous arrivez ? », mais les choses ne tardent pas à empirer. À ce premier verbe *être*, plus ou moins superflu, on en ajoute souvent un second qui l'est encore plus. Au lieu de « quand arrivez-vous ? » ou « quand est-ce que vous arrivez ? », on entend parfois dire « quand est-ce que c'est que vous arrivez ? » Deux verbes *être* inutiles, c'est trop ! Et puis, autre symptôme, comme dans certains cas on avait l'emploi du pronom personnel *il* (« à quelle heure ce train arrive-t-il ? »), cet *il* s'est répandu, n'a plus même été reconnu, et la langue emploie un vague *i* ou *y*, qui en est le résidu. On a alors des tours, évidemment incorrects, comme « quand c'est-y que ce train va partir ? »…

À l'autre extrémité de la chaîne, on rencontre une habitude qui n'est pas plus élégante. En effet, il est fréquent dans le langage parlé que l'on rejette à la fin l'interrogation comme si l'on s'interrompait, on dira alors : « vous arrivez à quelle heure ? » ou bien « on tourne à gauche après combien de kilomètres ? » Cela peut se dire, mais dans la langue écrite le tour est déjà plus choquant. Mais bientôt on arrive à pire. Ainsi, au lieu de « que voulez-vous ? », on dira « vous voulez quoi ? » ou bien « pour l'estomac, vous prenez quoi ? » C'est du style parlé, souvent employé d'ailleurs à la radio, mais c'est un tour à éviter. Ce n'est pas par purisme que l'on s'élève contre de tels tours. Simplement, lorsque l'on retourne vers des textes écrits, clairs et précis, on mesure toute la différence et toute l'élégance que peut avoir notre langue.

Je pensais en écrivant ces lignes à la question de la célèbre ballade du poète Villon, avec le vers plusieurs fois répété : « *Mais où sont les neiges d'antan ?* » Imaginez un peu ce vers atteint d'une des deux maladies signalées ici : *Où est-ce qu'elles sont les neiges d'antan ?* Et je ne parle même pas des horreurs comme *Où c'est-y qu'elles sont, les neiges d'antan ?*

On pourra dire que c'est parce qu'il s'agit d'un vers et toute transformation fausse le vers et le détruit. C'est vrai, mais ce n'est pas la seule explication : la comparaison que je viens de vous offrir montre assez que c'est aussi de la langue qu'il s'agit et de la santé de cette langue. Cette santé dépend de tous ces petits choix que nous faisons dans chaque phrase, chaque jour. Elle est entre nos mains.

Novembre 1999

Images incohérentes

Dans un charmant petit livre de jeunesse intitulé *Elpénor*, Jean Giraudoux plaisante sur le goût des images qui se marque avec éclat dans les poèmes d'Homère. Il invente une servante, Ecclissè, qui les emploie mal à propos. Et l'Ulysse de Giraudoux s'en amuse : « *Il aimait en Ecclissè le choix toujours désastreux de ses épithètes et de ses métaphores.* »

Tout le monde n'a pas l'indulgence de cet Ulysse ; et nous ne tenons pas à faire sourire de nos images. Et pourtant, nous en employons beaucoup, de façon parfois désastreuse.

Nous employons des images à chaque instant, sans même nous en rendre compte ; elles se sont installées dans le langage et sont présentes dans les mots eux-mêmes, sans que l'on s'y arrête. Quand nous parlons de *piétiner les règlements*, ou bien de *faucher une jeunesse*, ou quand nous traitons un enfant de *petit morveux*, ou une femme de *fée Carabosse*, ce sont à chaque fois des images.

De même, quand nous disons *caresser un projet* ou bien *farder la vérité*, l'image est entrée dans la langue. Et nous pouvons aussi, à chaque instant, en inventer de nouvelles qui enrichiront notre façon de parler en même temps que la langue.

Mais attention, des dangers nous menacent. Si nous employons ces images mal à propos, nous tombons dans le ridicule ou l'incohérence, comme si ces images étaient frappées de folie.

Comme toujours, le plus grand danger est constitué ici par l'usage de la langue de bois. On répète les formules, comme des clichés, sans tenir compte de leur sens ; et du coup le désordre s'installe. Parfois, ce que l'on répète ainsi est une simple plaisanterie, risquée un jour, comme cela, par une sorte d'audace, et puis on la répète indéfiniment, si bien qu'elle perd son sens.

On dit ainsi *votre complice* au lieu de « votre collaborateur », cela sans désir d'offenser qui que ce soit. Dans le même ordre d'idées, on dit très souvent « vous avez commis un livre sur tel sujet ». Cela est encore innocent et sans portée mais, si je passe à l'autre extrême, il est aisé de voir à quels excès burlesques on est entraîné. C'est ainsi que l'on a pris l'habitude de dire *persiste et signe* pour désigner une obstination ou une continuité ; mais j'ai entendu, l'autre jour, dans le bulletin sur la circulation, la formule : sur telle route, « les bouchons persistent et signent ». *Bouchons* est déjà une image et la rencontre de ces bouchons qui signent a quelque chose d'hallucinant.

On est tout près des formules citées naguère pour leur absurdité. La plus célèbre est sans doute « Il lui passe la main dans le dos par-devant, mais il lui crache à la figure par-derrière ! » (une opération difficile à se représenter !). Il y avait aussi une formule que je cite peut-être inexactement : « C'est véritablement un précipice qui est devant nous, il est temps que la nation se relève et aille de l'avant ! » (un conseil suicidaire…).

Ce qui rend l'image ridicule ou déplacée peut tenir

au contexte. Ainsi, on dit couramment (et trop couramment, puisque l'on frise ici encore la langue de bois), que le style d'un auteur est *décapant*, c'est-à-dire qu'il écarte tout ce qui n'est pas directement utile, comme une bonne lessive écarte toutes les saletés de l'objet lessivé.

Et l'autre jour, j'ai entendu dire d'un auteur que son style était bon et « décapait les mots de leurs implicites ». Je suis restée saisie et perplexe. Il m'a fallu un moment pour comprendre qu'il s'agissait des significations implicites et me remettre de ce rapport entre le concret de la lessive et une notion aussi abstraite et difficile à saisir.

Je dois ajouter que je ne suis pas pour que l'on supprime toutes les significations implicites qui enrichissent les mots comme une sorte de halo, et que dans l'ensemble, je ne suis pas favorable aux lessives trop fortes.

De même, j'ai entendu un homme d'Église, emporté par l'éloquence, dire que dans telle ou telle situation, Dieu avait jugé bon de *changer son fusil d'épaule*. De telles formules, assez absurdes, peuvent échapper à n'importe qui, même au meilleur auteur, s'il n'est pas sur ses gardes.

Mais du moins peuvent-elles servir à nous mettre, nous, sur nos gardes, à éveiller notre attention et à nous montrer le risque qu'il y a à parler ou à écrire de façon mécanique, sans faire attention à ce que disent nos images.

Décembre 1999

Des Jeux olympiques à l'informatique

On me citait l'autre jour une amusante confusion : quelqu'un avait parlé de garder un calme *olympique* au lieu d'un calme « olympien ». Un calme olympien est celui des dieux qui habitaient sur le mont Olympe et étaient naturellement à l'abri des passions et des misères humaines. Cela est fort différent des Jeux olympiques où je ne crois pas qu'un grand calme ait régné ni chez les concurrents ni dans le public. Le mot *olympique* vient de la ville d'Olympie et ces suffixes en *-ique* étaient un moyen de classement tout à fait naturel : on désignait ces Jeux olympiques en les distinguant des Jeux isthmiques ou des Jeux pythiques. La confusion est toute simple, le temps d'un sourire, et pas plus. Mais, songeant ainsi à ce suffixe *-ique*, tout à coup j'ai été émue de penser à tout ce qu'il révélait et impliquait d'admirable.

Ce suffixe existait de tout temps en grec sous la forme *-ikos* ; mais les Athéniens du Vᵉ siècle, quand ils se mirent à découvrir les diverses sciences, les diverses formes de connaissance, quand ils se mirent à classer tout, créèrent quantité de mots se terminant par ce suffixe ; et, en particulier, ils l'employèrent pour toutes les disciplines nouvelles auxquelles ils donnaient naissance ou bien qu'ils développaient soudain de façon remarquable.

En fait, ce qu'ils créaient était des adjectifs féminins qui se rapportaient à un mot sous-entendu signifiant « art, connaissance, technique » ; c'est pour cela que tous ces mots sont encore féminins en français : ainsi la science par excellence, la *mathématique*, ou bien la science de la nature, qui est la *physique* (de *phusis*, la nature), ou bien la *dialectique*, ou bien la *rhétorique*, et bien d'autres – à commencer par la *politique* ! Et non seulement nous avons hérité de ces mots et les avons conservés, mais nous avons conservé aussi ce modèle pour former les mots au fur et à mesure que les sciences nouvelles s'inventaient. La *linguistique* est entrée dans la langue française au XIXᵉ siècle, la *génétique*, elle, apparaît en 1911, l'*informatique* reçoit son nom en 1962. Encore ne cite-t-on pas ici des exemples plus modestes et de formation plus incertaine comme la *bureautique*. Certains des emplois modernes peuvent être nés en français, ou bien en allemand, ou bien en anglais : la descendance du grec se retrouve dans toutes les langues européennes.

Mais à peine a-t-on dit cela qu'un nouvel émerveillement surgit. Car le grec avait une autre façon de désigner les sciences et les connaissances et là aussi nous avons gardé l'héritage et continué sur la même lancée. Il s'agit des mots terminés en *-logie* (du grec *logos*, « pensée, analyse, expression »). C'est ainsi qu'apparaissent la *psychologie*, l'*astrologie*, ou bien, plus tard, la *biologie*… Pour des connaissances d'ordre très général et concret, on pourra ne pas faire appel au grec ; c'est le cas pour la *médecine*, mais dès que l'on passe aux spécialités, on aura la *cardiologie*, la *cancérologie*, et aussi la *radiologie*. Le recours au grec se poursuit dans notre langue française.

Il y a d'ailleurs parfois de petites surprises. Ainsi, à côté des mots en *-logie*, il y avait des mots en *-nomie* (d'un verbe grec désignant la répartition). Par exemple, *astrologie* existait, mais est devenu un peu trop spécialisé dans la prédiction de l'avenir, d'où *astronomie* ; inversement, la *gastronomie* est moins scientifique que la *gastrologie*. Le temps intervient, des distinctions interviennent ; les créations ne se font pas toujours selon un ordre régulier et systématique. Ainsi, on remarquera que la *philologie*, venue du grec, n'est pas la science de l'affection, mais l'amour de la parole et de l'expression : les deux éléments formant le mot se combinent en un ordre inverse, car les choses se font peu à peu, selon les besoins ; la forme des mots est aussi fonction des circonstances et de l'histoire. La logique préside à tout ; mais elle doit s'adapter aussi aux circonstances.

Ces réflexions me sont venues à propos d'une petite erreur amusante ; mais elles débouchent sur une impression extraordinaire de richesse : richesse de la langue française, qui sait allier les traditions anciennes avec les découvertes les plus modernes, mais aussi richesse de cet esprit humain qui témoigne d'un besoin constant et victorieux d'inventer ainsi des mots nouveaux pour des connaissances toujours nouvelles.

Les exemples que l'on a cités ici traduisent une longue habitude commune à tous les peuples européens : il serait dommage de la voir céder bientôt à un vocabulaire américanisé qui n'aurait plus la même transparence.

Janvier 2000

Nous avons le choix

Il y a dans la syntaxe française quelques règles qui paraissent à certains difficiles à appliquer, ou un peu pédantes, ou réservées à un style écrit et officiel. Il en est ainsi, avant tout, pour l'imparfait du subjonctif, ou encore pour la concordance des temps quand on rapporte les paroles de quelqu'un, c'est-à-dire lorsque l'on emploie le style indirect. On éprouve, dans ce cas, une certaine répugnance à respecter la règle.

Alors, que faire ? Violer ouvertement une des règles de la langue n'est pas vraiment recommandable : le principe même en est mauvais, et l'on risque de choquer ceux qui aiment respecter les traditions de notre langue. Mais il se trouve que c'est une erreur de se croire ainsi enfermé entre deux solutions, toutes deux fâcheuses. En fait, nous avons le choix : la langue nous laisse toujours le choix ! Et il ne faut jamais méconnaître toutes les possibilités qu'elle met à notre disposition.

Je m'amuse ainsi à prendre en exemple certaines expressions que l'on cite ou que des auteurs ont employées, mais que nous n'aimerions pas. On cite ainsi un exemple de Maupassant qui, à propos d'un pliant, écrit : « *Elle ne voulait pas que je le prisse.* » La formule vous surprend ? eh bien, elle me surprend, moi aussi !

Et je n'aimerais pas dire « elle ne voulait pas que je le prenne », ce qui serait fautif. Mais on peut aussi bien dire « elle ne voulait pas me laisser le prendre », « elle ne me permettait pas de le prendre », ou encore « je voulais prendre son pliant, mais elle ne voulut pas ». On peut varier la formule tant que l'on veut : le français, contrairement à certaines langues comme le grec moderne, a un infinitif qui nous tire d'embarras. Un auteur écrit de même qu'il voulait « *faire quelque chose sans qu'ils s'en aperçussent* » : ce n'est pas bien joli, en effet. Mais pourquoi ne pas dire « je tâchais de le faire sans attirer leur attention » ? Ou encore, tout simplement, « à leur insu » ? Et prenons l'Horace de Corneille avec ses deux vers célèbres :

Que vouliez-vous qu'il fît contre trois ? – Qu'il mourût,
Ou qu'un beau désespoir alors le secourût...

Là aussi, bien qu'il s'agisse de la troisième personne du singulier, cela fait beaucoup pour notre goût moderne. Et je joue à varier l'expression de diverses façons : « qu'attendre donc de lui contre trois ? », « que pouvait-il donc faire, selon vous, contre trois ? » Et la réponse sera « mourir » ou bien « la mort », et l'on peut chercher à faire rimer « mourir » et « secourir » et à refaire un alexandrin. Ce n'est pas facile ; le texte de Corneille reste toujours plus riche et plus dense.

On se rend compte sur les exemples les plus simples combien peuvent varier le ton et la nuance. Au lieu de dire « j'attendais qu'il fît jour », nous dirons peut-être « j'attendais : il ferait bientôt jour » ; dans ce cas, le tour est vif et l'impatience se perçoit ; on peut aussi dire « j'attendais la venue du jour », ou tout simplement « j'attendais le jour ». Cela fait bref, concis, discret ; mais si l'on préfère la dignité d'un alexandrin et un peu d'emphase, on dira « j'attendais le moment où le jour serait là ». Dès que l'on commence à varier les expressions, en fonction de la grammaire, on découvre toutes les finesses du style.

Il en va de même pour la concordance des temps, quand on rapporte les propos d'une personne : « il a dit qu'il viendrait » et non pas « qu'il viendra ». Quelquefois, même le pronom peut en être affecté ; un personnage déclare « nous viendrons » ; mais si, après coup, je le cite, je dirai « il a dit qu'ils viendraient ». Tout cela paraît simple et facile à observer.

Néanmoins, ici encore, on rencontre des finesses. C'est ainsi que l'on pourra garder le même temps que dans le style direct si l'on veut insister sur le contenu de l'affirmation, sur la vérité de l'affirmation. On dira ainsi « Galilée a soutenu que la terre tourne autour du soleil », mais on dira « les gens d'alors soutenaient que Galilée se trompait ».

Mais, en dehors de cette distinction particulière, il est important de marquer que tout l'ensemble des propos que l'on rapporte dépend du verbe principal et qu'on ne les fait pas siens. Le grec ancien, pour marquer cette dépendance, changeait le mode du verbe, ce qui rendait les choses tout à fait claires. Mais si l'on ne veut pas s'engager dans cette voie, on a le choix !

On peut rapporter les propos en style direct et mettre des guillemets (car si l'on n'en met pas, il faut respecter le changement de temps) ; on peut aussi couper et dire soit, avec certitude, « il viendra, il l'a dit » ; soit, avec doute, « d'après ce qu'il a dit, il devrait venir ». Tout un éventail s'ouvre devant nous.

Si l'on s'entraîne assez souvent à ce jeu, on finira, d'instinct, par trouver les formules les plus justes et les plus exactes.

Février 2000

Une petite lettre très négative

Nous nous sommes intéressés ici même, il y a quelques mois, à une désinence grecque reprise et bien vivante en français : c'était la désinence permettant de former des mots de sciences et de spécialités terminés en *-ique*. On peut faire des réflexions comparables sur le début des mots et, par exemple, sur un petit préfixe qui n'est en réalité que la première lettre de l'alphabet grec, l'*alpha*, que l'on emploie sous la forme de l'« alpha privatif ».

Ce petit *alpha*, correspondant à notre lettre *a*, permet de former toutes sortes de composés indiquant de quoi on est privé, ce que l'on n'a plus ou que l'on n'a jamais eu. Par exemple, parler au loin, c'est téléphoner, mais n'avoir plus de voix, c'est être *aphone*.

De même, si l'on manque de ton, d'énergie, on peut être *atone* ou bien *amorphe*, et l'on peut être privé de certaines facultés : on est frappé d'*aphasie* si l'on ne peut pas parler, d'*amnésie* si l'on a perdu la mémoire, etc.

Beaucoup de ces mots viennent du grec, soit à travers le latin, soit par un emprunt direct. Le grec, en effet, pouvait très librement composer des mots de ce genre et j'aime à me rappeler le chœur de Sophocle sur « *l'exé-*

crable vieillesse », où elle est dite « *sans force, sans liens extérieurs, sans amis* », avec trois adjectifs ainsi composés, dont l'un au moins n'est pas attesté ailleurs.

Le français est moins libre. Mais les mots entrent, au fur et à mesure. Avec les connaissances nouvelles, surtout au XIXᵉ siècle, on trouve les mots cités plus haut et, plus récemment, l'*avitaminose*. Mais, chose curieuse, ce ne sont pas là les inventions les plus tardives.

Si l'on regarde les composés les plus tardifs, on a l'impression que l'on voit bien des choses se défaire en notre temps. La musique devient *atonale*, les sentiments deviennent *asociaux* et les hommes deviennent, selon un mot refait d'après le grec, mais nouveau il y a quelques décennies, des *apatrides*.

Qui niera après cela que le vocabulaire est une histoire, et que cette histoire reflète très exactement la nôtre, avec nos habitudes, nos découvertes et nos problèmes.

Mais cette transparence ainsi rendue à la composition des mots comporte d'autres enseignements. En effet, à peine a-t-on commencé à percevoir ainsi de quoi le mot est formé, que l'on aspire à le savoir plus complètement.

Parfois, on a des petites surprises. Ainsi, le mot *analphabète*. Le mot veut dire « qui ne sait pas l'alphabet » : aucun problème, aucun mystère, tout va très bien ! Il s'agit de gens qui ne savent ni lire ni écrire. Mais il est d'abord amusant de voir que, pendant un temps, on a préféré le mot *illettré*, « qui ne connaît pas les lettres » ; pourtant, aujourd'hui, on est revenu à *analphabète* et on l'emploie constamment pour se plaindre du nombre de ceux qui ne savent pas lire ou écrire. Mais ce à quoi l'on ne pense pas toujours est que l'*alphabet* lui-même désigne les deux premières lettres parmi celles qu'employaient les Grecs : les lettres *alpha* et *bêta*. L'analphabète est celui qui ne sait même pas lire les deux premières lettres de l'alphabet.

En ce temps, où l'on supprime l'étude du grec un peu partout, le détail vaut d'être rappelé.

D'autres mots sont moins évidents, par exemple le mot *asile*. Normalement, ce mot devrait s'écrire avec un *y* ; mais qui reconnaîtrait après le préfixe privatif le verbe *sulân*, qui voulait dire en grec « attaquer, dépouiller » : l'asile est l'endroit où l'on ne sera pas attaqué.

Enfin, j'aimerais parler d'un mot dont le sens est très évident et l'emploi pas toujours heureux : c'est le mot *anonyme* (anonyme, c'est ce qui n'a pas de nom) ; une lettre anonyme est une lettre sans signature. Mais, alors, comment ne pas sourire lorsque l'on entend à la radio que « des masses de signatures ont été apportées, presque toutes anonymes d'ailleurs ». Signer sans dire son nom n'est pas chose facile ; et quand on sent les mots dans leur transparence, il y a, dans la formule, de quoi sourire.

La transparence des mots donne le même plaisir qu'une photographie bien mise au point : on reconnaît tout.

Mars 2000

Les béquilles…

Je corrige en ce moment le texte d'un petit livre, qui a été d'abord dicté sur des cassettes. Or, j'éprouve un plaisir très vif à supprimer quantité de mots ou bien de membres de phrase, qui sont manifestement du remplissage. Cette expérience m'a incitée à attirer l'attention de mes lecteurs sur ces termes qui viennent, en apparence, soutenir l'expression, mais qui ne font en réalité que l'alourdir et lui ôter de sa force.

Ce remplissage est très fréquent dans le style parlé ; il peut être encouragé par l'usage de la radio et de la télévision, où l'on souhaite que les gens répondent immédiatement et de façon toute naturelle aux questions posées.

Il est encouragé aussi par l'usage de tous les colloques et débats publics où les intervenants sont appelés à prendre la parole sans avoir eu la possibilité de mûrir leur propos. Ils pensent alors gagner du temps, mais ils ne gagnent ce temps qu'en sacrifiant la clarté et la vivacité du français.

Il peut s'agir de quelques petits mots, que l'on répète machinalement. Le principal est *bon* ! Si l'on introduit une fois ce *bon* entre deux développements, il n'y a rien à dire : il sert alors de simple transition ; mais écoutez un

peu la radio, ou simplement vos voisins ou vos commer-
çants : ils mettent ce *bon* à chaque membre de phrase.
Ils mettent aussi ces petits mots inutiles : *écoutez…, vous
savez…,* ou bien *je dirais…*

Et il y a aussi un petit mot très simple, qui surgit
souvent sans raison : ce petit mot est *mais* ! Il surgit
partout ce petit *mais* ! On vous demande « vous payez
par chèque ? » : la réponse sera « mais oui » ; pourquoi
mais ? Et tous ces petits mots peuvent s'ajouter les uns
aux autres, se combiner.

On demande ainsi, tout simplement, « vous allez
bien ? » Et la réponse risque d'être « c'est-à-dire, enfin,
vous savez, bon ! Après tout, je dirais : l'âge c'est l'âge,
si vous voyez ce que je veux dire… » Cela n'est pas très
grave dans un dialogue aussi modeste ; mais, parfois,
dans un exposé un peu plus soigné, plus écrit, plus prétentieux aussi, on emploie de ces soutiens qui font inutilement attendre la phrase à laquelle on veut en venir.

Par exemple (et je retrouve de tels exemples dans ma
propre prose), au lieu de dire « j'ajouterais seulement
une petite remarque complémentaire… », on devrait
écrire, simplement, « de plus… » De même, je rencontre
dans mon texte des formules comme « c'est un fait que
toutes ces œuvres expriment telle ou telle idée… » : pourquoi ne pas écrire « toutes ces œuvres expriment… » Ce
sont là des formules qui ne constituent que du remplissage, ou, si vous voulez, des béquilles pour nous aider à
avancer – sans élégance, hélas !

La grande tradition française a toujours été d'aller
droit au but et de s'exprimer avec netteté.

Nous avons tous à la mémoire ces formules que jadis
on apprenait par cœur et qui sont comme des pièces
bien frappées. Je citais ici, la dernière fois, je crois, un

vers de l'*Horace* de Corneille ; or, voici que chante à ma mémoire le célèbre vers qui déclare « *Albe vous a nommé : je ne vous connais plus.* » Imaginez un peu l'homme politique de nos jours qui, après ce « *Albe vous a nommé* », ajouterait en traînassant « alors, vous comprenez, moi, après cela, je dois dire honnêtement que, s'il en est ainsi, eh bien, c'est un peu comme si, bon enfin… je ne vous connaissais plus… »

Et pour que l'on apprécie cette fermeté droite du langage, je rappelle la réponse du jeune Curiace, dans la pièce de Corneille, quand à ce vers célèbre il réplique « *Je vous connais encore, et c'est ce qui me tue* ». Les deux vers, malgré leur voyelle commune, ne riment pas l'un avec l'autre ; mais les deux pensées s'opposent d'une façon que l'on ne peut pas oublier.

Et sans chercher ces oppositions éclatantes, on pense au style bref de Giraudoux : « *Grandes nouvelles, Reine, Oreste n'était pas mort. Il s'est évadé. Il se dirige vers Argos.* » Giraudoux n'emploie aucun verbiage : ses petites phrases vont au but, tout droit, comme des flèches.

La comparaison entre ces deux formes d'expression explique ma joie à barrer tous ces mots de soutien qui ralentissent inutilement.

C'est comme, au moment où une jambe est guérie, de rejeter loin ses béquilles et de pouvoir enfin avancer fièrement et librement.

C'est revenir à la santé ; et il s'agit ici de la santé de cette langue qui nous est chère et que nos maladresses paresseuses risquent parfois de paralyser.

Avril 2000

À propos de modes

Le mot *mode*, qui nous paraît si familier, peut être déroutant, car il comporte une trop grande famille ! Il vient du latin *modus*, qui signifie à la fois « manière » et « mesure ». Cela paraît simple, mais gare aux complications ! La première est que ce mot peut changer de genre et être parfois masculin, parfois féminin.

Ceci nous rappelle une règle qui, dans ma jeunesse, semblait tout à fait péremptoire : il existait trois mots qui devaient s'employer au masculin lorsqu'ils étaient au singulier et au féminin lorsqu'ils étaient au pluriel ; ces trois mots étaient – joli assemblage – *amour, délice* et *orgue*. Des années ont passé et la règle s'est un peu perdue : on cite des exceptions multiples. Peut-être est-ce dommage, et il serait triste que l'on ne comprît plus de gracieuses expressions, comme *nos premières amours, les amours enfantines*, etc.

Le cas du mot *mode* est un peu différent. En gros, il était au début féminin, mais par fidélité au latin, dans beaucoup d'emplois, on est revenu au masculin. Chaque fois que le mot *mode* est employé d'une façon un peu technique, il est au masculin. On parle ainsi des « modes musicaux » pour désigner un type d'harmonie présidant à un certain style musical. On trouvera des emplois analogues, techniques, en philosophie. Mais on dit aussi, plus couramment, *un mode de vie, un mode de pensée, un mode de raisonnement.* Cela sans parler des modes du verbe qui désignent l'indicatif ou le subjonctif.

Cependant, le mot *mode* dans ce sens de « manière » s'emploie également et couramment au féminin – en particulier quand le mot est déterminé par un complément. On dira ainsi *des cousins à la mode de Bretagne,* qui ne sont pas tout à fait des cousins, ou *des tripes à la mode de Caen,* ce qui est une recette de cuisine, et une vieille chanson française très connue parle de savoir planter les choux *à la mode de chez nous.* Quelquefois, même une formule abrégée suffit : un *bœuf mode* désigne, sans précision, une certaine façon de cuire le bœuf (bouilli, avec des carottes).

Mais tout cela s'efface devant un sens général : *la mode,* c'est-à-dire une manière d'être ou de parler ou de s'habiller qui est appréciée de tous pour une vogue provisoire. La mode, la mode tout court, domine tout. Et d'abord, bien entendu, le vêtement – avec ce détail curieux que la modiste s'est spécialisée dans la mode des chapeaux. Le principe de la mode, dans le vêtement, est de changer : la taille descend, la taille remonte, la taille s'efface ; d'une année sur l'autre, les vêtements sont *démodés.* Ce qui ne veut pas dire qu'ils ne reviendront pas *à la mode…*

De nos jours, cette notion de mode s'étend à tout et déjà à notre façon de parler ou de sentir. Il faudrait seulement ne pas oublier que dans cette notion de mode réside le principe même du changement rapide et presque inévitable. Comme le dirait Cocteau, pourtant si attiré par les modes, « *La mode meurt jeune* ».

Laissons de côté l'autre sens du mot latin qui a donné

des composés d'un esprit différent comme *modéré, modeste*, ou *modique* : la fragilité de la mode nous mène droit à un autre mot, de sens assez proche, qui est le mot *moderne*. *Moderne* ne se rattache pas à mode. Il se rattache – et cela est amusant pour un mot tourné vers l'actualité – à un vieil adverbe latin, *modo*, qui veut dire « récemment ».

Les choses paraissent claires. Mais, là aussi, que de relativité ! Le mot s'est beaucoup employé dans la querelle des Anciens et des Modernes au XVIIᵉ siècle ; elle opposait les partisans de l'imitation des auteurs latins et grecs aux partisans d'esthétique nouvelle. Mais si nous disons aujourd'hui qu'il s'agit d'un *auteur moderne*, qui pensera qu'il s'agit d'un auteur du XVIIᵉ siècle ? Le mot *moderne* a finalement la même fragilité que le mot *mode*. Lui aussi désigne ce qui passe ; et le terme *modern style* est encore employé pour désigner le plus démodé de tous les styles avec ses circonvolutions multiples appréciées à la fin du siècle dernier.

Dans le domaine de la langue, en tout cas, si nous voulons être *à la mode* et parler de façon *moderne*, nous risquons de nous jeter dans des habitudes qui nous donneront, dans cinq ou dix ans, l'air de vieilles badernes dépassées et – comme on dirait de façon moderne – *obsolètes* ! Une langue vit et se renouvelle par un sens profond de l'usage et elle s'affadit par un goût déraisonnable de la mode.

Mai 2000

L'évolution des mots, symptôme révélateur

Les mots, en plus de leur sens, ont souvent une coloration particulière, favorable ou défavorable. Il arrive que cette coloration change, en fonction d'une superstition ou d'une mode, ou bien en fonction d'une doctrine, ou même d'une expérience sérieuse et objective, sur laquelle il vaut alors la peine de se pencher.

Le grec ancien connaissait de tels exemples. Ainsi, le côté gauche étant pour eux le mauvais côté, ils avaient choisi tous les noms les plus favorables pour le désigner : rien n'y faisait, ces mots aussitôt prenaient valeur défavorable. De notre temps, on observe des cas contraires : on était autrefois *complice d'un meurtre*, on est aujourd'hui *complice d'une émission de radio ou de télévision* ; et comme ce sont les auteurs de cette émission qui le disent, le mot n'est certes pas défavorable.

Mais si de tels exemples restent assez innocents, il n'en est pas de même de certains changements qui prennent place en notre temps et touchent à des domaines importants, comme l'éducation des jeunes et le plein épanouissement de leurs qualités.

Et voici des surprises ! le mot *élite* est favorable ; il est apparenté au mot très démocratique d'*élu* ou d'*élection*. Et l'on continue à dire, de façon tout à fait élogieuse, *un tireur d'élite, une élite intellectuelle*, voire *une élite rurale*. Mais voici que surgit, il y a peu d'années, un mot franchement défavorable et péjoratif qui est l'*élitisme*. L'élitisme est une tendance à favoriser les meilleurs, éventuellement ceux qui sont d'un meilleur milieu, mais surtout, plus généralement, ceux qui ont la chance de réussir et de se distinguer dans la suite. L'attention se portera sur eux, avec l'inconvénient qu'on ne se souciera pas assez des plus faibles, de ceux qui suivent mal et qui auraient, justement, besoin d'aide. L'accident qui fait passer d'un mot si favorable à un composé si défavorable révèle donc la conscience d'un défaut, d'un abus.

Et le cas n'est pas isolé : ainsi, le mot *sélection*, qui aurait dû être très favorable, a pris, en matière d'enseignement, une coloration extrêmement fâcheuse. Dans le commerce ou l'industrie, dans le sport, partout la sélection indique une qualité ; dans l'enseignement, elle est proscrite. Faudrait-il donc sélectionner les meilleurs joueurs et non pas les meilleurs élèves ? Et pourquoi cela ? C'est sans aucun doute parce que le désir légitime de reconnaître et d'aider les meilleurs a entraîné des choix trop sévères et une attitude trop obstinément centrée sur le résultat et le concours. Ici encore, l'abus a fait basculer le mot du mauvais côté, et cette modification nous fait mesurer l'erreur qui a pu être commise.

Il en est de même pour le mot *compétition* : le mot est très favorable dans le domaine du sport où l'on parle d'*une noble compétition* ; il est mal vu dans l'enseignement où l'on parle d'*une âpre compétition*. Là encore, la condamnation vise une attitude qui est comme lorsqu'on force une culture ou un élevage au lieu de laisser les êtres s'épanouir librement. Mais attention ! Parce que l'on a très justement reconnu ces défauts et que les mots mêmes ont porté en eux cette condamnation, on risque de verser dans la tendance opposée ; on risque de vouloir s'occuper exclusivement des plus faibles et de vouloir maintenir les autres au même niveau, dans un esprit d'égalité.

On risque ainsi d'étouffer, chez les jeunes, ce désir naturel de se surpasser soi-même, de faire mieux, d'apprendre et de comprendre. Ce désir est la porte ouvrant sur tous les progrès. Il est ce qui permet aussi bien les réussites éclatantes que les minimes découvertes qui, peu à peu, meublent l'esprit et font passer un même courant entre tous. Va-t-on donc renoncer à ce facteur de progrès si précieux ? Heureusement, certains mots ont échappé à l'évolution signalée ici. Il nous reste, par exemple, le beau mot d'*émulation*. L'émulation se vit au niveau de la classe ; elle est notre feu vert, la direction que nous pouvons encourager.

L'évolution des mots, dans un cas de ce genre, nous signale le danger. Elle nous avertit à la fois de ce qu'il faut se garder de faire et des limites dans lesquelles cet interdit doit jouer, de manière à éviter des risques opposés. Les mots ne sont pas seulement le témoignage de la pensée : leur vie et leurs variations mêmes peuvent aider la pensée à se préciser au contact de l'expérience.

Juin 2000

L'alternative et l'alternance

On entend beaucoup parler de pays où se font des élections, où le président de la République doit choisir un nouveau Premier ministre et où des partis nouveaux peuvent soudain venir au pouvoir ; et l'on parle, selon les cas, d'*alternative* ou d'*alternance*.

Le mot *alternative* peut très bien être pris dans le sens de succession d'éléments différents, où l'un vient remplacer l'autre. Ce sens a existé dès le début ; et l'on emploie couramment la formule *une alternative de froid ou de chaud*, ou d'autres expressions analogues. Ceci correspond au sens du mot *alterner* qui se retrouve dans toutes sortes d'expressions, même familières : on parle de *courant alternatif* qui s'oppose au courant continu, de *stationnement alterné* quand celui-ci est autorisé un jour d'un côté, un jour de l'autre. L'alternative va donc très bien dans ce sens.

Mais le mot *alternative* a également un autre sens, plus particulier, qui désigne le choix que l'on a entre une solution et une autre. Je répète le mot *autre* puisque, de toute évidence, *alternative* vient du latin *alter*, signifiant « autre ». Mais il se trouve que dans notre monde où les choix politiques ont tant d'importance, cette double valeur pourrait être un peu gênante et ce pourrait être une des raisons qui ont poussé à créer un autre mot, un peu différent, à savoir *alternance*. C'est un mot bien formé qui fait penser à des termes comme *délivrance* ou *transhumance* ou même *puissance*. Le mot désigne alors spécifiquement la succession qui se fait entre un élément et un autre et on peut parler alors de l'*alternance entre le jour et la nuit, entre l'été et l'hiver*, mais aussi de l'*alternance entre tel parti et tel autre, entre tel chef de gouvernement et tel autre.*

On arrive ainsi à un équilibre parfaitement clair et bien réglé, comme la langue française aspire à les instaurer. Le président de la République se trouve placé devant une *alternative* et les partis représentés peuvent se succéder en une *alternance*. Eh bien, malgré cette apparente clarté, il se trouve qu'avec ces mots et les mots de la même famille, nous rencontrons bien des petites difficultés et des petites surprises !

Déjà avec le verbe simple *altérer*, il est un peu surprenant de constater que ce mot qui veut dire « rendre autre » se spécialise dans cette forme d'irritation particulière et de malaise particulier que crée en nous la soif ; on est altéré, cela veut dire que l'on est assoiffé, et on a envie de citer les vers de Corneille :

> *Tigre altéré de sang, Décie impitoyable,*
> *Ce dieu t'a trop longtemps abandonné les siens…*

La spécialisation du mot en ce sens est très ancienne, il n'empêche qu'elle est amusante. Mais pour en revenir à notre *alternative*, le mot pose des problèmes assez importants. Car on a bien dit qu'une alternative opposait deux possibilités entre lesquelles on avait le choix. Mais, par conséquent, on peut parler de deux solutions, d'une autre branche de l'alternative, mais non pas d'une *autre* alternative. Ce serait là faire un contresens sur le mot. Ah ! Il faut se méfier !...

D'autres mots peuvent être plus délicats encore. Exemple, le mot *dilemme*. Le premier danger est de le déformer et, au lieu de respecter les deux *m* de la finale qui correspondent à l'étymologie grecque, de dire ou d'écrire *dilemne*, sous l'influence de l'adjectif *indemne*.

Mais, cette faute une fois évitée, il faut encore employer le mot avec exactitude ; or c'est un mot technique, il désigne le cas où deux hypothèses opposées aboutissent à la même conclusion. Ce peut être ceci ou cela, mais de toute façon la conclusion est la même. Il s'agit là de quelque chose d'extrêmement précis et il ne faut jamais confondre le dilemme et l'alternative ; le dilemme n'offre aucun choix. Il est vrai qu'on l'emploie aussi dans un sens en quelque sorte moral et l'on dit que l'*on est placé devant un dilemme*, ce qui veut dire que, de toute façon, la solution sera fâcheuse.

Voilà bien des raisons d'hésitation ! Et du coup nous pensons à l'âne de Buridan que l'on cite volontiers. Quel est cet âne ? Serait-ce l'âne de quelque fermier ? Assurément pas ! Buridan était un savant. On lui devrait une historiette, illustrant les problèmes de choix ; cet âne était assoiffé et affamé. On lui offre d'un côté à boire, de l'autre à manger. Lequel choisir ? Il pèse le pour et le contre, et meurt de faim et de soif entre les offres qu'il n'a pas su choisir...

Que de périls nous guettent ! Mais quel plaisir quand on sait employer les mots avec leur valeur exacte, avec leur précision, leur finesse et leur clarté.

Juillet 2000

Autour de la carotte

La carotte a sans doute un intérêt pour quiconque s'occupe de notre santé et de notre nourriture. Mais le mot a aussi un intérêt pour notre langue.

Il se trouve, en effet, que ce légume, assez modeste et très répandu, a donné naissance, en français, à quantité d'expressions familières qui peuvent paraître un peu surprenantes. Commençons par sa couleur : un rouge un peu orangé. Le mot s'est plutôt spécialisé pour désigner une certaine couleur de cheveux roux. On ne dira pas « il est devenu rouge comme une carotte », mais *comme une tomate* !

En revanche, on dira avec un tour télescopé fréquent *il a des cheveux carotte* et un de nos auteurs, Jules Renard, a même intitulé un de ses livres traitant d'un jeune garçon aux cheveux de cette couleur *Poil de carotte*. Je cite ce livre avec d'autant plus d'amusement que je me rappelle avoir vu, dans une copie d'un étudiant étranger, citer ce titre sous la forme inattendue : « Le poil d'une carotte ».

Mais la forme allongée de la carotte nous précipite bientôt vers un autre domaine. En effet, les feuilles de tabac que l'on roulait se présentaient un peu avec la forme d'une carotte et il est devenu courant d'appeler ce rouleau de tabac une *carotte*. Et vite cela s'étend, car nos marchands de tabac ont conservé l'enseigne suspendue au-dehors, devant leur magasin ; cette enseigne évoque la carotte de tabac et son nom est précisément *carotte*. Le passé se reflète ainsi dans notre langue, même si, le plus souvent, nous ne l'y reconnaissons plus.

Mais voici plus moderne ; car à notre époque de progrès industriel la même forme suggère un autre emploi : la *carotte* désigne l'échantillon allongé que retire du sol une foreuse.

La carotte nous inspire aussi parce qu'elle est un aliment pour nous et pour certains animaux. À cet égard, il faut faire une place à part à l'âne. Il était en effet de tradition de le faire avancer en offrant sous son nez une carotte, et le mouvement qu'il faisait pour l'atteindre l'engageait à travailler. Ceci est devenu presque proverbial et a fini par s'appliquer à tous les domaines de l'autorité. On distingue deux moyens d'action sur les gens : *la carotte ou le bâton*. Autrement dit, on peut faire avancer l'âne en balançant sous son nez une carotte qu'il ne saurait atteindre ou bien en tapant sur lui par-derrière.

De même, on peut faire agir les hommes en leur offrant des avantages ou en exerçant des mesures coercitives et parfois violentes. La devise s'applique à toute l'action humaine et voilà que notre pauvre carotte nous entraîne droit dans le domaine moral.

Et les choses n'en restent pas là, car cet avantage que l'on offre peut devenir un avantage que l'on s'assure de façon malhonnête, à la dérobée. Comme la carotte est un légume modeste et peu coûteux, il s'agira de petits larcins. On dira *tirer une carotte à quelqu'un* ; et, chose curieuse, cet emploi a bientôt pris tant d'importance qu'il s'est créé de nouveaux dérivés. On a ainsi un verbe *carotter*, qui désigne précisément ces petites malhonnêtetés ; on a aussi un substantif, le *carottage*, et un adjectif *carotteur*, dans le même sens. À peine atteint le domaine moral, notre carotte prolifère dans la langue de façon saisissante.

Et puis, voici plus grave ; car il existe une expression populaire, *les carottes sont cuites*. L'expression veut dire « tout est perdu, il n'y a plus d'espoir ». Pourquoi cela ? Quand on me dit *les carottes sont cuites*, cela sonne plutôt comme une bonne nouvelle. Et nul ne sait exactement pourquoi l'expression a pris ce sens si défavorable.

Plusieurs hypothèses ont été offertes, qui ne se fondent pas sur grand-chose. Il en est de même pour une expression voisine qui est *la fin des haricots*, l'expression désignant le comble de la contrariété et parfois de la catastrophe : s'agit-il de nos provisions ou des haricots utilisés dans certains jeux ? Mystère !...

De ces diverses expressions, deux conclusions peuvent être tirées. La première est qu'il est amusant de voir comment un objet matériel et familier donne dans la langue populaire des images nombreuses, atteignant le domaine moral. C'est là une preuve de l'invention créatrice de notre langue. Mais les expressions ainsi formées restent souvent obscures. Aussi faut-il les connaître et les apprécier au passage, mais s'en tenir, pour le langage correct, à des expressions plus claires et plus précises. Admirez la descendance de la carotte dans notre langue, mais n'en abusez pas !

Août 2000

Féminisation

Lorsqu'il a été décidé que le mot *ministre* deviendrait féminin si la fonction était occupée par une femme, je n'ai pas été très heureuse. D'abord, cela me paraissait aller contre l'habitude du français, qui veut que les formes masculines prennent la valeur de ce que l'on pourrait appeler un neutre, c'est-à-dire puissent englober aussi bien le masculin et le féminin. On dira « nous avons été heureux, ma femme et moi, de vous revoir » ; et nul ne sera choqué que cette forme masculine convienne pour les deux sujets. Il en est de même lorsque l'on dit « tous les hommes sont mortels » ; il est clair que, dans ce cas, le mot *hommes* englobe, au masculin et au féminin, toute l'humanité.

C'est d'ailleurs là l'origine de cette définition qui nous avait jadis fort amusés quand nous lisions dans le dictionnaire pour le mot homme : « Terme générique, qui embrasse la femme » ! D'autre part, dans ma génération, nous avions, nous les femmes, été fières de réussir à nous présenter aux mêmes concours que les hommes et dans les mêmes conditions. Il était donc déroutant de voir aujourd'hui les distinctions se rétablir, fût-ce avec les meilleures intentions de la terre, sous la forme de débats sur la parité ou les quotas. Pourtant, je n'en ai point parlé ici, ne voulant pas offrir aux lecteurs des discussions trop mêlées et d'actualité et d'incertitude.

Mais aujourd'hui les choses se compliquent : dans un texte officiel récent, relatif à une promotion de la Légion d'honneur, on va de découverte en découverte. Ce texte a d'ailleurs soulevé quelque émotion et je citerai les réactions d'un député de Paris dans une question écrite (Gilbert Gantier) ou un article paru dans *Le Monde* (Bertrand Poirot-Delpech).

Dans ce texte, on voyait la féminisation s'étendre soudain à toutes les fonctions, à tous les métiers, à toutes les activités. Et elle y prenait des formes un peu insolites. Ainsi, moi qui ai enseigné toute ma vie, j'ai découvert alors que j'étais *professeure* ! C'est un exemple parmi d'autres sur cette liste ; mais je dois avouer qu'il m'a atteinte au cœur.

Je n'ai jamais éprouvé de scrupule à entrer dans une salle où, même dans un lycée de filles, on lisait sur la porte les mots *salle des professeurs*. Et lorsque j'ai écrit un livre intitulé *Nous autres professeurs*, je n'imaginais guère que, pour me conformer au nouvel usage, je devrais un jour écrire « Nous autres professeurs et professeures » !

De toute manière, on ne crée pas des féminins avec cette légèreté. Et, puisqu'il s'agit des mots en -*eur*, je remarque que plusieurs féminins peuvent se présenter : on dit une *directrice* et une *actrice* ; mais une *chanteuse* et une *masseuse* ; certains mots ont même deux féminins, comme *chasseuse* et *chasseresse*. Ces différences tiennent dans certains cas à la nature du verbe correspondant, ou bien à la date de création et certains hasards de l'histoire peuvent jouer ; mais, de toute façon, nous sommes loin du compte avec ce petit *e* muet qui atteint soudain tant de métiers. Il se glisse là, de façon discrète, puisqu'on ne l'entendra pas, mais aussi sans que rien ne le justifie. À la limite, pourquoi ne se mettrait-on pas à écrire la *couleure* ou la *blancheure*, sous prétexte que ces mots sont féminins ?

Une telle pente m'inquiète ; mais déjà la liste qui nous est offerte touche en moi le professeur avec ou sans *e* muet. Je suis professeur de lettres. À ce titre, j'ai toujours eu à cœur d'enseigner aux jeunes la valeur des mots, leur étymologie et les règles de la langue française, avec l'orthographe des mots. Je crois fermement que c'est la condition première d'une pensée claire.

Mais comment veut-on que l'on puisse enseigner vraiment cette correction de la langue et de l'orthographe si, d'un trait de plume, on introduit de si brusques changements ? L'élève devra-t-il préciser à quel décret il se conforme ? Et ne s'inquiétera-t-il pas devant les textes antérieurs ? Quelle confiance aura-t-il en nous et en notre langue française ? Et comment la respectera-t-il ?

Je sais bien ce que l'on me dira : que peut-être le texte cité n'est pas tout à fait le texte officiel, qu'il y a eu des erreurs ou un excès de zèle de la part de rédacteurs. Une telle explication est possible. Mais c'est précisément là que je voulais en venir : nous ne saurons plus, dans l'enseignement, reconnaître ce qui est désir de se conformer à quelque règle nouvelle ou simple erreur d'étourderie ! Certes, la langue évolue ; la langue change ; mais il n'est pas bon de la brusquer ni de la faire tituber, et la plus belle des causes ne saurait gagner à la traiter ainsi.

Septembre 2000

En scène !

On a beaucoup parlé au cours de l'été, de *mise en scène* ; et ce petit mot *scène* me semble assez révélateur de la façon dont une image évolue et s'enrichit.

À l'origine, le mot était un mot grec désignant de façon modeste une petite construction légère, en feuillage, en branches, en bois. Mais il s'est vite appliqué aux constructions marquant le fond de l'emplacement où jouaient les acteurs au théâtre. Et dès que l'on touche au théâtre, avec les Grecs, tout prolifère !

Du grec le mot est passé au latin, puis au français et à presque toutes nos langues européennes. Dans le théâtre actuel, la scène n'est plus ce qu'elle était dans le théâtre antique ; mais le mot lui-même a fait fortune.

Ah ! ce vocabulaire du théâtre ! Le grec ancien l'a richement alimenté. Le mot même de *théâtre* désigne, en grec, le lieu où l'on regarde, le lieu du spectacle ; en cela il est distinct de l'*odéon*, qui veut dire l'endroit où l'on chante, à l'origine du moins. Il en est de même des genres littéraires : la *tragédie* et la *comédie* sont des mots qui nous viennent de Grèce ; de même, le *drame* qui, en grec ancien, signifie « action ». Tous ces mots ont pénétré nos langues modernes. Mais le mot *scène* a reçu un accueil particulièrement frappant.

En principe, il s'agit d'un lieu concret : on entre *en scène* ; un acteur apparaît *sur la scène* ; on dit même, de façon un peu malencontreuse, *sur scène*. Mais l'important est de voir que, bientôt, le mot s'applique à toute la vie du théâtre. On écrit *pour la scène* ou on adapte une œuvre *à la scène*. La scène tend à se confondre avec le théâtre lui-même et avec la vie théâtrale. Mais, à partir de là, le mot entre dans le vocabulaire littéraire ; il se met à désigner une partie d'une œuvre théâtrale ; il y a des *actes* divisés en *scènes* : la scène II de l'acte III.

Et si c'était tout ! L'évolution d'un mot depuis le domaine concret jusqu'au domaine de la vie morale ou intellectuelle est chose assez courante. Mais il se trouve que le domaine du théâtre invite plus qu'un autre à ces glissements de sens. Une œuvre théâtrale est une histoire inventée par un auteur et jouée par des acteurs ; mais cette histoire est censée représenter notre vie. Et l'on passe très facilement de l'aventure représentée au monde du réel : quand on dit *les scènes de la vie parisienne*, on vise des situations réelles et multiples, qui ne doivent rien à aucune œuvre théâtrale.

Quand on regarde un enfant jouer dans un jardin et que l'on déclare *voilà une scène délicieuse*, on est également loin du théâtre. Et la réciproque est vraie : si, dans la vie réelle, on se hausse à un ton qui rappelle le théâtre, on emploiera le mot *scène* pour désigner cette conduite. Ainsi l'on peut parler de façon générale des *scènes de la vie conjugale*, mais si l'on dit qu'une femme fait une *scène* à son mari, cela implique une manifestation de colère, exprimée avec violence.

On peut aussi dire *il nous a offert une scène inoubliable*, alors qu'il ne s'agit pas de colère, mais d'une emphase quelque peu dramatique. De façon plus générale, le mot *scène* s'emploie pour bien des domaines de l'action humaine ; on parle de la *scène politique*, ou bien d'événements qui se produisent sur *la scène de l'histoire*. Le mot a conquis peu à peu tout le domaine de notre action et de nos conduites.

Encore faudrait-il ajouter ses composés. Certains sont anciens, comme la *scénographie*, qui désigne la représentation d'un espace par le dessin et qui, plus tard, a pris la valeur de représentation de la perspective dans un décor. Le mot a évolué, mais il est ancien et il ne faut pas confondre *scénographie*, de *skènè*, la scène, avec *sténographie*, de *stènos*, étroit. À une époque beaucoup plus récente et avec un caractère un peu plus technique, on a inventé *scénologie*.

Déjà on avait fait des emprunts dont un qui a fait fortune : c'est le mot *scénario* qui a donné des dérivés comme *scénariste*, etc. Mais j'ai dit plus haut que le théâtre était souvent intermédiaire entre la représentation et les sentiments mêmes de l'homme : la psychanalyse s'en est avisée ; Freud a parlé de la *scène primitive* ou *originelle* et, plus tard, voici un autre emprunt à ces techniques fait, cette fois-ci, à l'allemand : le mot *scénoteste*, qui désigne une méthode pour mettre en lumière la connaissance de nos pensées secrètes.

Ces créations plus ou moins heureuses attestent la vitalité du mot et la santé même de la langue qui ne cesse d'en adopter ou d'en créer. Mais le plus important reste à mes yeux le développement même de notre petit mot *scène*. Celui-ci nous rappelle que si le théâtre, toujours, imite la vie, la vie à son tour imite le théâtre. Il y a là comme un jeu de miroirs, dont notre langue apporte un témoignage saisissant.

Octobre 2000

À propos du *referendum*

On a beaucoup parlé ces temps derniers du *referendum*. C'est là un mot étrange, savant, latin. On reconnaît dans la fin de ce mot une forme verbale du latin, analogue à ce que l'on retrouve dans d'autres emprunts comme, par exemple, les *addenda*, désignant ce que l'on doit ajouter à un livre et qui a été omis dans le texte. Mais le mot est si bien entré dans la langue française qu'il y reçoit parfois deux accents aigus, nouveaux pour lui. Et si l'on veut bien réfléchir à l'origine de ce mot, on s'aperçoit que toujours, mais plus particulièrement dans le vocabulaire politique, la langue reflète non seulement le passé, mais les fluctuations et les péripéties mêmes de l'histoire.

Le *referendum* et le *plébiscite* sont des formes de consultation populaire. Dans les deux cas, il s'agit de consulter tout le peuple sur une question importante. Et dans nos grands pays les deux usages correspondent au désir de rapprocher un peu nos démocraties indirectes de la démocratie directe, dans laquelle tout le peuple est consulté.

Le plébiscite existait à Rome ; et c'était une conquête du peuple, de la *plèbe*. Le mot désignait une décision prise par cette plèbe et ayant valeur de loi sans impliquer les organismes officiels prévus à cet effet. De fait, le mot a été emprunté, il y a relativement peu de temps, pour désigner cet appel à la consultation de tous. Voilà l'histoire romaine qui nous rejoint ! Mais là-dessus, que se passe-t-il ? Il se passe que cette consultation populaire a été amenée dans certains cas à ratifier des décisions du pouvoir personnel et en a consacré l'existence. Ainsi un plébiscite a ratifié le coup d'État bonapartiste du 2 décembre 1851. Dès lors, le mot s'est coloré de sens fâcheux ; il a désigné l'engouement populaire et le risque du pouvoir personnel. Aussi a-t-on changé le mot. On a trouvé *referendum*, un mot latin qui s'était conservé dans le droit et gardait une existence politique dans certains pays comme la Suisse.

Avec certaines différences de définition, sur lesquelles je n'insisterai pas, il convenait fort bien pour remplacer le mot *plébiscite*. D'ailleurs on dit parfois « voici un *referendum* qui prend des allures de *plébiscite* ». Le mot *plébiscite* était entré en latin puis en français comme une conquête démocratique ; il en a été chassé comme suspect de tendance au pouvoir absolu.

Ce n'est pas le seul cas où une procédure exceptionnelle a laissé dans notre langue des traces auxquelles on ne pense pas toujours. Il existait à Athènes une procédure particulière qui était l'*ostracisme*. On votait en portant des marques sur des coquilles, comme des coquilles d'huîtres, pour écarter de la vie politique, pour un certain nombre d'années, un homme important, quand il risquait de s'opposer à un autre et d'amener ainsi le désordre dans la ville. La notion s'est conservée : nous disons de façon imagée « tel personnage a été frappé d'ostracisme ». Et qui pense encore aux coquilles d'huîtres qui servaient pour ce vote, aux *ostraka* de la Grèce ? Et pourtant voici un usage d'ordre politique et moral, rattaché tout à coup par la langue à l'activité des ostréiculteurs. Les huîtres survivent là de façon surprenante.

Et si c'était tout ! Mais les images nous réservent d'autres surprises. On dit que l'*on donne sa voix* à un candidat, ou bien que l'*on compte les voix* qu'il a obtenues. Mais de quelles voix s'agit-il ? Personne n'a parlé ! Il ne s'agit même pas, je pense, de ces votes par acclamation qui ont existé, par exemple, à Sparte ; il s'agit d'une image par laquelle on donne un avis comme lorsqu'on dit *avoir voix au chapitre*. On parlera donc de compter des voix, là où personne n'a ouvert la bouche.

On pourrait s'étonner aussi du mot *scrutin* qui, normalement, s'applique à l'activité de ceux qui comptent et calculent le nombre de ces voix, mais le mot s'est étendu et désigne la consultation elle-même. Si l'on dit « j'ai participé au scrutin », cela ne veut pas dire qu'on était scrutateur, mais simplement votant.

Les mots glissent et se chevauchent ; la langue emprunte à tous les moments du passé, et les moins latinistes d'entre nous en arrivent à parler latin plus souvent qu'ils ne croient. Après tout, ne parle-t-on pas souvent dans les institutions internationales du *droit de veto* ? *Veto* est un verbe latin signifiant « je m'y oppose, je le défends ».

Cela sans compter le nom qui désigne les *candidats* : le mot se rapproche de la blancheur et de la candeur simplement parce que ceux qui briguaient les honneurs de Rome portaient une toge blanche. Mais ce rapprochement de la candeur et de la candidature politique prend, lorsque l'on y réfléchit, une saveur dans laquelle ne manque pas l'ironie. Et c'est tellement plus amusant quand, derrière les mots que l'on emploie, on entend ce qu'ils étaient, ce qu'ils signifiaient et quelle fut leur histoire.

Novembre 2000

« Comment allez-vous ? »

Nous employons chaque jour beaucoup d'expressions qui représentaient à l'origine des images – images progressivement perdues de vue et oubliées. Cela arrive même dans des formules modernes et familières. Quand nous disons *la nouvelle vague*, nous ne pensons guère à la mer et à ses déferlements ; quand nous disons *une larme de cognac*, l'idée des pleurs versés est bien absente ; et quand nous disons *un froid de loup* ou bien *un froid de canard*, l'image de ces deux animaux n'est guère présente à notre esprit.

De ce fait se dégage d'abord un avertissement : il faut éviter de combiner ensemble des images à moitié effacées, qui se heurtent de façon fâcheuse. Car on tombe alors dans l'absurdité. J'y pensais l'autre jour en écoutant à la radio les nouvelles de la circulation sur les routes et en entendant dire qu'il y avait de nombreux bouchons, ce qui donnait une circulation en accordéon : ces bouchons et ces accordéons offraient un rapprochement quelque peu surprenant. Mais il est inutile de multiplier les exemples ; rappelons seulement la célèbre formule : « Il est bien hypocrite, il vous passe la main dans le dos par-devant, mais vous crache à la figure par-derrière » !...

Mais ce trait nous inspire aussi quelques réflexions sur les formules que nous employons. Voici un exemple pour les lecteurs de *Santé Magazine*. On demande « comment vous sentez-vous ? » ou « comment êtes-vous aujourd'hui ? » Ces formules sont parfaitement raisonnables. Mais on dit aussi « comment allez-vous ? » Que vient faire ici ce verbe *aller* ? Je sais bien que c'est un verbe passe-partout, qui s'est beaucoup affaibli, et que l'on rencontre dans des formules aussi loin de toute idée de déplacement que « ce chandail vous va bien » ou encore « va ! tu peux rester ! » Il reste cependant que ce verbe *aller* ainsi employé mérite quelque attention. On dit, en effet, « comment allez-vous ? », « cela va mieux », alors que personne ne va nulle part.

Un médecin pourra demander « comment va notre malade ? » quand il s'agit d'un paralytique. Alors pourquoi ce verbe *aller* ? Sans doute par comparaison avec une machine, un outil un peu complexe, ou bien un animal qui accomplit son travail. De toute façon, le mot implique une activité complexe, à laquelle participent divers éléments, divers organes, et qui s'orientent dans un certain sens.

C'est dans le même esprit que l'on dira, pour une activité soit intellectuelle soit industrielle, « cela marche ? » ou « les affaires marchent bien ? » Certes, la nuance dans notre question familière est perdue de vue, affaiblie, mais on ne peut pas expliquer autrement le choix du mot. Et le fait est que si nous regardons vers d'autres mots ou d'autres langues, nous nous apercevons qu'il s'agit d'un phénomène assez fréquent. Quand nous demandons « comment vous portez-vous ? », il y a un effet semblable : nous participons à un effort et nous prenons une direction, car on se porte « vers quelque chose ». Quand en anglais on dit « *how do you do ?* », c'est-à-dire « comment faites-vous ? », on retrouve la même notion d'activité et la même surprise.

L'on pourrait d'ailleurs faire remarquer qu'il en est de même pour d'autres langues : le grec moderne, pour demander comment l'on va, emploie le verbe *faire*, et l'allemand, parfois, emploie son verbe *aller*. On mesure par là ce que représente le choix initial de ces expressions : il s'agit bien d'une certaine vision de la vie et de la santé où se reconnaît la complexité et aussi l'orientation allant vers quelque chose.

Mais ces formules nous orientent vers des remarques un peu du même genre. Car nous ne disons pas toujours « comment cela va-t-il ? » On demande même, en général, de façon familière, « ça va ? » Et je m'attendris aussi un peu sur ce neutre. Certes, il y a notre activité, notre fonctionnement dans le verbe, mais comme ce neutre est révélateur ! Il marque que ce fonctionnement se perd dans un ensemble où tout se tient et dont les limites sont mal définies.

« Cela va-t-il ? » peut être complété par une addition explicative et l'on dira « comment cela va-t-il, la santé ? », « comment cela va-t-il, les affaires ? », « comment cela va-t-il, votre projet de roman ? » Tout ce qui nous concerne est ainsi englobé dans une appréciation générale formulée par le neutre.

J'irai même plus loin. Je ne cesse de protester contre le fait d'écrire *ça* au lieu de *cela*, abréviation courante dans le langage parlé, mais vraiment choquante quand on écrit ; et pourtant, dans ce cas unique, je serais prête à admettre même cette abréviation, qui symbolise l'idée abstraite et insaisissable de ce neutre. « Ça va ? », « ça va mieux ? » Nous ne précisons pas quel est ce mystérieux *ça* et nous ne précisons pas le sens de ce verbe *va*, mais nous suggérons qu'il s'agit d'un ensemble qui dépend un peu de nous, car selon une autre expression frappante, ne dit-on pas que l'on « fait aller » ?

Décembre 2000

Les phrases folles

Je faisais allusion, le mois dernier, à l'incohérence que l'on rencontrait parfois dans l'emploi des images : j'ai été bien servie, à cet égard, par ce que j'ai entendu quelques jours après.

En effet, quelqu'un a expliqué les ennuis récemment arrivés dans le domaine d'Internet en déclarant que c'était un virus, plus exactement ce que l'on appelle en anglais « *the worm* », c'est-à-dire « le ver », et que c'était là *un véritable cheval de Troie qui s'était faufilé partout comme une taupe* ! Je dois dire que cette ménagerie, qui correspondait bien à notre ignorance en ce domaine, laissait quand même quelque peu surpris et dérouté.

Mais ce mal n'atteint-il que les images ? J'ai alors eu le sentiment que, dans le langage parlé tout au moins, un grand défaut était sans doute l'incapacité à voir l'unité de la phrase et à la respecter ; au-delà de quelques mots, on perd trop souvent le souvenir de ce qui précède et la notion de ce qui va suivre. On se lance un peu au hasard, on perd le fil. Et beaucoup des mots qui affligent notre langage, beaucoup des incorrections dans lesquelles nous tombons, qui nous conduisent tout près de l'obscurité, viennent sans doute de là.

Ainsi pour le simple accord des adjectifs avec les

substantifs, l'accord en nombre ou en genre, l'accord le plus simple que l'on puisse imaginer. Par exemple, en notre époque de féminisation, on oublie trop souvent d'accorder l'adjectif avec un nom au féminin ! Naturellement, quand les deux mots sont côte à côte, on ne se trompe pas ; mais j'ai entendu l'autre jour quelqu'un demander à une dame : « Comment vous y êtes-vous *pris* pour aborder ce travail ? »

Personne ne se trompera s'il s'agit de lire ou d'écrire « l'enveloppe que j'avais *mise* sur la table » ; mais on se trompera aisément si l'exemple est moins simple, et l'on rencontrera alors des formules comme « la cuisinière en voyant le désastre s'est *mis* à pleurer ». On a perdu de vue son propre début ; on avance à petits coups, par saccades, de façon désordonnée. Je me contente des cas simples.

Et j'ai remarqué que dans les lettres de personnes inconnues, j'avais souvent du mal à reconnaître s'il s'agissait d'un homme ou d'une femme, car les adjectifs étaient tantôt au masculin, tantôt au féminin. L'inattention, ici, crée l'obscurité.

Mais plus encore que ces erreurs de détail, fruit de l'inattention, et de portée en somme limitée, on peut remarquer dans le langage parlé un abandon trop fréquent de la construction même des phrases et de leur cohérence. Je le veux bien, les gens sont émus ; ils improvisent et ils tâtonnent ; mais quand j'entends quelqu'un, qui a demandé à s'exprimer sur les ondes et a attendu pour prendre la parole, déclarer : « Je voudrais vous demander, à propos de votre remarque… concernant… qu'il fallait agir de telle ou telle façon », je suis quand même un peu horrifiée. Cela veut dire que la personne qui s'exprime ainsi ne sait pas du tout où elle va, qu'elle parle au hasard, cherchant un mot après l'autre dans l'incohérence ; et c'est ce que j'appelle une phrase folle.

J'admets qu'en écrivant et en réfléchissant elle se serait exprimée autrement, mais exprimer sa pensée, c'est comme accomplir un mouvement : on ne devrait pas se lancer au hasard, se jeter n'importe où, se reprendre et tituber ! Je relève d'ailleurs un signe inquiétant de cette tendance aujourd'hui trop répandue : c'est l'habitude d'interrompre le cours des phrases par le petit mot *bon*, dont j'ai déjà parlé ici. Ce petit mot fait une pause, le temps d'une hésitation, et le temps aussi d'une faute de construction.

On commencera ainsi avec *quoique* et, l'ayant oublié, on continuera à l'indicatif. Va-t-on à ce point émietter la phrase que le subjonctif présent doive disparaître à la suite du subjonctif imparfait ? La syntaxe se trouve atteinte, elle qui est l'art de mettre les choses ensemble, les unes avec les autres, à la suite.

Je ne réclame pas de grandes phrases et ne m'attends même pas à un style toujours correct, surtout dans la langue parlée. Mais je pense que, comme on exerce son souffle pour des mouvements physiques, on devrait un peu plus s'exercer à dominer la phrase, même brève, par laquelle on s'exprime ; on peut s'entraîner à dominer à l'avance les groupes de mots pour construire des formules correctes, précises et cohérentes, où la fin rejoigne sans accident le commencement.

Après tout, nous ne le savons que trop pour les animaux : une démarche saccadée et folle peut être un signe alarmant. Mais dans le domaine du langage le remède est facile.

Janvier 2001

« Et puis après ? »

L'autre jour, le fils d'une de mes amies prononça n'importe quelle phrase, où il y avait plusieurs fautes de français : je le lui fis amicalement remarquer ; et le garçon me répondit : *Et puis après ?* J'en demeurai, je l'avoue, décontenancée et abasourdie. Pouvait-on adopter ce ton et comprendre si mal l'importance de la langue ?

En fait, il s'en moquait. Il n'était pas en train de passer un examen, donc il n'avait pas à parler correctement ! Nous savons pourtant que, cette année même, un livre vient de paraître qui s'appelle *Halte à la mort des langues* : la désaffection à l'égard d'une langue peut donc être lourde de conséquences. Mais, sans aller si loin, dans la vie courante, et pour chacun, l'imprudence en ce domaine se paie toujours d'une façon ou d'une autre. J'aurais pu expliquer à ce jeune homme que mal parler, et afficher ses fautes, ses inexactitudes ou ses imprécisions, risquait de lui nuire à chaque instant. Le jour où il voudrait obtenir un emploi, convaincre quelqu'un, obtenir l'accord d'un parent, d'une femme, d'un collègue ou produire un rapport qui soit admis et convaincant, mal parler risquera toujours d'être un handicap, qui pourra être grave, ou entraîner l'incompréhension et le malentendu.

Mais il ne s'agit pas seulement de cette utilité maté-rielle et immédiate : car il est évident que seules la pré-cision de la langue et sa correction permettent que la pensée se précise, que les différences s'affinent, que les arguments s'organisent, et qu'ils s'expriment avec force et habileté. La langue est un instrument de précision, et l'instrument même de notre pensée. Après tout, c'est le langage qui nous distingue des animaux et le langage peut être plus ou moins heureux et précis.

On me dira qu'il s'agit de conventions ; et cela n'est pas contestable. Mais ces conventions sont précisément destinées à créer accord et compréhension ; je dirais presque qu'il faut respecter ces règles d'autant plus qu'elles sont des conventions en vue d'une compréhen-sion mutuelle. On me dira aussi que telle faute isolée ne rendra pas pour autant la pensée si obscure et que peut-être il s'agit seulement d'un des traits par où toute langue évolue et se modifie. Là aussi, j'en conviens.

Et des fautes trop souvent répétées finissent par être adoptées dans l'usage. Mais pas toutes, heureusement ! Et les fautes sont trop souvent des marques d'étourderie ou d'ignorance. De plus, même si elles s'installent dans la langue, je ne suis pas certaine que ce soit pour son bien. Car les langues évoluent, naturellement ; mais par-fois en bien et parfois en mal : cela dépend de nous.

Pense-t-on que je prends là au tragique de petites marques d'inattention qui n'ont aucune conséquence ? C'est possible ; mais je crois qu'en ce domaine, comme en d'autres, la prudence est nécessaire.

Dans le domaine de la santé, on sait trop combien cela est vrai. Un petit refroidissement, un rhume ? On peut très bien dire *et puis après ?* Mais il est certaine-ment plus sûr de prendre un cachet et de rester au chaud avant de commencer une mauvaise grippe. De même si l'on s'est piqué avec un clou rouillé, *et puis après ?*, on risque de finir avec une bonne infection, ou même plus grave. Il en va de même si l'on se met en route avec un pneu usé qui risque d'éclater. Et il en est de même si l'on veut « tâter » de la drogue, juste une fois, sans savoir comme on s'habitue vite à en reprendre.

Dans tous ces cas-là, dire *et puis après ?*, c'est prendre un risque manifeste, dont chacun comprend la portée. Certes, une ou deux fautes de langue ne comportent pas de danger immédiat ; mais les habitudes se prennent si vite ! Et elles sont si difficiles, ensuite, à redresser !

Je crois qu'en ce domaine, comme en d'autres, les jeunes ne se rendent pas compte que ce que nous tentons de leur transmettre est le résultat d'une expérience : nous avons vu que cela était bon et que l'on pouvait regretter plus tard de n'avoir pas le moyen d'en profiter.

Peut-être le savent-ils. Peut-être les formules comme *et puis après ?* ou bien *et alors ?* ne sont-elles qu'une petite provocation et une manière indirecte de défendre leur indépendance. Mais placer son indépendance dans l'ignorance ou la gaucherie n'est pas un bon calcul. Après tout, Molière se moque des femmes savantes, mais il nous fait aussi bien rire avec cette servante qui confond *grammaire* et *grand-mère*. Veut-on l'imiter ?

Février 2001

Perfides petites négations

La négation est un très petit mot, qui peut changer du tout au tout le sens d'une phrase. D'où la nécessité de se méfier. Les rencontres d'expressions négatives sont toujours dangereuses. C'est ainsi que l'on peut dire avec élégance « ce livre n'est pas sans intérêt », mais que l'on tombe dans la gaffe si l'on déclare à quelqu'un « vous n'êtes pas sans ignorer... » : on dit alors le contraire de ce que l'on voulait dire. On s'est en quelque sorte pris les pieds dans les expressions négatives.

Le simple emploi de la négation offre lui-même quelques curiosités. Celles-ci nous intéressent dans la mesure où nous souhaitons éviter les fautes, mais elles nous intéressent plus encore dans la mesure où elles éclairent la vie même des langues.

Et, tout d'abord, la forme faible de la négation, celle que nous employons à chaque instant, dans chaque phrase, ce petit mot *ne*. À l'origine, il s'employait seul. Et on le trouve, en effet, seul dans la langue classique. Cet emploi s'est maintenu dans des expressions proverbiales ou volontairement élégantes. Ainsi on dit *il n'est pire eau que l'eau qui dort* : le *ne* suffit, et même il est élidé ! Ou bien on dit *il n'importe* ou encore *je n'aurais garde de*, ou autres expressions du même genre, toujours d'une élégance un peu désuète. Mais il était bien court ce petit *ne*, bien faible ! Alors, que s'est-il passé ? Il s'est passé qu'on lui a ajouté, comme support, pour le soutenir, divers mots indiquant une très petite mesure, une très petite quantité : cela peut être la plus petite distance couverte : un *pas*, cela peut être une toute petite quantité de liquide : une *goutte*, cela peut être, aussi, une toute petite chose : un *rien*, qui correspond à l'accusatif latin *rem*, une chose. Mais il est alors amusant de voir ces mots, qui n'étaient, à l'origine, nullement négatifs, se charger, par le voisinage, de valeurs négatives. *Rien*, qui désignait donc une chose, finit par être complètement négatif. On dit même, en poussant les choses au maximum, *rien de rien*.

Ce serait parfait, si les habitudes modernes, en tendant à abréger aveuglément tous les mots employés, n'aboutissaient pas, de façon un peu désolante, à supprimer en fin de compte tout ce qui restait vraiment négatif dans ces expressions. On entend, en effet, des formules comme *j'ai pas peur, j'ai rien fait*. On avait voulu soutenir la négation : voilà que, par une petite incohérence, on la tue.

Mais il y a plus subtil. Il y a ce que l'on appelle le *ne* explétif. Cet adjectif signifie, en principe, « qui remplit » ; ce serait donc un mot de remplissage. Et le fait est que l'on rencontre ce *ne* dans certaines propositions subordonnées, sans qu'elles aient valeur négative. Mais, si l'on y regarde de plus près, on s'aperçoit vite qu'il s'agit, en fait, d'une nuance intéressante de la pensée.

Cela arrive dans bien des langues : le grec ancien avait deux négations différentes, l'une qui niait un fait (« je ne le vois pas »), l'autre qui niait une idée (« pourvu qu'il ne soit pas malade »). Or, il se passe quelque chose de comparable en français. Après les verbes qui expriment la crainte, l'empêchement, l'incertitude, l'usage veut que la proposition qui suit s'accompagne de ce petit mot *ne*. Pourquoi cela ? Eh bien, parce que l'idée de crainte ou d'empêchement qui est exprimée dans le verbe domine toute la phrase et pèse ainsi sur la subordonnée ; en effet, la syntaxe d'une langue n'est pas faite de règles théoriques avec des séries d'exceptions dont on peut faire la liste : une langue traduit les mouvements mêmes de la pensée et du sentiment. Quand on dit *je crains qu'il ne vienne*, on pense « pourvu qu'il ne vienne pas » et la valeur négative de ce souhait rayonne et s'étend sur toute la phrase ; elle devient une prière, un refus. Le petit mot *ne* rend témoignage de cette nuance de sentiment. C'est là un phénomène que je trouve émouvant : la phrase est un tout et porte en elle, jusque par-delà le verbe principal, ces nuances du sentiment. Ce qui nous paraît des bizarreries est donc une souplesse riche d'intentions.

Mais alors, comment faire si l'on veut exprimer une crainte inverse ? Comment peut-on traduire en bonne syntaxe que l'on redoute son absence ? c'est-à-dire un souhait contraire au précédent. La langue a trouvé la solution : au petit *ne* explétif on ajoutera le support de la négation et l'on dira « je crains qu'il ne vienne pas ». Cela a l'air compliqué et cela est si simple, si naturel !

Perfides, ces petits mots négatifs dans lesquels nous nous mouvons parfois si maladroitement ? Je dirais plutôt qu'ils sont souples, vivants, suggestifs. Alors, prenez-les en pitié ! Ce n'est pas enrichir la langue que de massacrer brutalement ces petites anomalies, parce que l'on ne voit pas ce qu'elles cachent.

Mars 2001

Le vocabulaire de la santé

J'ai parfois parlé, dans ces pages, de l'héritage grec et latin qui avait contribué à façonner notre vocabulaire et y restait vivant pour de nouvelles créations : le vocabulaire de la santé et de la maladie est un exemple frappant.

Sans doute, il n'explique pas tout : il y a des formations familières et purement françaises, ainsi quand on parle d'une *attaque* ou d'un *coup de sang* ; il y a des emprunts étrangers pour des maladies étrangères, comme le *béribéri* ; il y a aussi des maladies qui portent le nom du savant qui les a identifiées, et deviennent un symbole assez sinistre : ainsi lorsque l'on craint un *Alzheimer* ou bien un *Creutzfeldt-Jakob*. Cependant, la grande majorité des mots de ce vocabulaire vient du grec et du latin.

À cet égard, une première remarque s'impose, et me semble amusante : les mots venant du latin et ceux venant du grec sont, en général, d'un ordre assez différent. Le latin a donné les mots les plus familiers et les plus quotidiens, le grec a donné les mots les plus intellectuels. C'est ainsi que la *santé* est un mot latin, alors que l'*hygiène* est à l'origine un mot grec, se rattachant à la déesse Hygie, la santé (qui subit des avatars fâcheux quand on descend jusqu'aux composés comme le papier *hygiénique*) ; or, le mot *hygiène* implique un calcul et des raisonnements préventifs. Il en est de même pour le *médecin* qui est un mot latin ; il s'oppose à tous les noms de spécialistes, composés soit sur *iatros*, le « médecin » en grec, soit sur *logos*, le « raisonnement », la « connaissance », en grec. On a ainsi, à côté du *médecin*, le *pédiatre* ou le *psychiatre*, le *cardiologue* ou le *cancérologue*. Il en va de même des maladies et des traitements : s'ils sont d'ordre courant, ils sont souvent latins. L'*abcès* ou la *rougeole* sont latins, et même la *variole*, la *purge* et le *lavement*. Au contraire, les maladies plus savantes portent, en général, des noms où se reconnaît le grec : ainsi la *pneumonie* et la *pleurésie*, l'*arthrose* ou la *sclérose*, la *phlébite* ou l'*encéphalite* sont grecques, de même que l'*homéopathie* ou l'*électrocardiogramme*.

Pourtant, les choses ne sont pas si simples, et il peut être intéressant de noter que ces emprunts au latin et au grec ne se font pas toujours dans les mêmes conditions. Il est parfois difficile de trancher entre les deux langues anciennes, pour la bonne raison que le latin a emprunté au grec un mot et l'a adopté à une époque parfois relativement tardive.

Cette continuité, qui fait que les mots entrent dans notre langue avec déjà un lourd passé, est bien significative de la vie même des langues. Je citerai des exemples, presque au hasard, mêlant maladies et traitements : ainsi les mots *cataplasme, eczéma, collyre, gargarisme*, ou surtout tous les composés de *gaster* ou *gastro*, signifiant « estomac ». Ces emprunts, qui sont très nombreux et qui passent par le latin, se sont multipliés de façon suivie, des origines à la fin du Moyen Âge.

Mais ce n'est pas tout car, à partir de ce moment-là,

sont venus d'autres emprunts, en général un peu plus savants, mais formés, parce que la médecine progressait et que l'on avait besoin de termes nouveaux, sur des racines grecques. Dans certains cas, ce n'étaient que des composés ; je viens de citer les composés de *gaster* : assez tôt on voit la *gastrite*, puis la *gastralgie*, puis la *gastrectomie*, puis la *gastro-entérite*, ces derniers mots sont du début ou de la fin du XIXᵉ siècle ; le *gastro-entérologue*, lui, est du XXᵉ siècle. Les mots grecs continuent à vivre dans notre langue et à y produire tous les termes nouveaux dont nous avons besoin. Il s'en crée encore, tous les jours, et ces mots se différencient, de plus en plus, tous les jours.

Il faut l'avouer : ces créations deviennent parfois un peu compliquées. Elles me rappellent l'anecdote que racontait un savant italien disant que dans sa langue on employait le préfixe moderne *sopra* quand on n'ajoutait pas une grande importance au terme et il citait les institutions *sopranazionale* ; que l'on employait le préfixe latin quand on voulait frapper davantage et que l'on parlait de *supercarburante* ; et que l'on avait recours au grec *hyper* quand on voulait frapper fortement, en disant *ipertensione*. Les racines des mots obéissent à la même différenciation et personnellement je ne suis pas très heureuse quand le médecin multiplie, en s'adressant à son patient, des termes si savants que celui-ci ne les comprend plus. J'aimerais qu'il soit encouragé à s'expliquer aussi auprès du malade dans un français familier et clair. Mais il faut reconnaître que les maladies ou les soins nommés d'autre façon sont encore moins clairs, et qu'après tout ils me fournissent là un bon argument : avoir été un peu initié au grec et au latin vous aide à mieux comprendre les propos du médecin

ou du radiologue, de même qu'ils aident celui-ci à maîtriser ce langage que les racines grecques font à chaque
instant progresser.

Avril 2001

Entre la scie et le gonfleur

Il existe une mode, d'allure moderne, qui consiste, comme des gens trop pressés, à couper les mots, en travers et brutalement, pour n'utiliser que les abréviations ainsi constituées. Dans bien des cas, ces abréviations sont entrées dans le langage courant. C'est ainsi que l'on dit fort souvent le *bac*, un *prof*, la *Sécu* ; on va dans un *amphi*, on consulte un *psy*, on travaille dans un *labo* ; de même, on fait des *maths* ou de la *philo*, on entre à l'*agro* et on s'en prend, bien sûr, aux *collabos*.

Ces expressions ne font pas partie d'un vocabulaire soigné et élégant, mais elles sont admises et courantes. Pourtant, il ne faudrait pas exagérer ; et j'ai reçu plusieurs lettres se plaignant de ce découpage des mots, tranchés comme à la scie ou à la tronçonneuse, qui fait que de nos jours on entend, paraît-il, des abréviations comme un *appart* pour « appartement », *comme d'hab* pour « comme d'habitude » ; et l'on ne dit plus, paraît-il, « c'est personnel », mais *c'est perso* ! Je ne poursuis pas plus loin la liste de ces horreurs, qui semblent un simple jeu de provocation ; mais le fait que tant d'abréviations aient été peu à peu admises est quand même inquiétant. Ce massacre de mots finit par être imité : la maladie s'attrape. Et ceux qui entendent communiquer avec les autres, se faire comprendre même par-delà les frontières, devraient bien se soucier de n'être pas si brutaux avec notre langue.

Mais je vois en même temps un autre excès apparaître, qui ne me plaît pas davantage. Si les uns coupent au hasard, les autres visent à la prétention et recherchent des mots plutôt longs, qui peuvent exister ou bien être de leur invention ! Et, du coup, on assiste à quelques créations, qui, pour émaner d'un esprit différent, n'en sont pas moins choquantes que les précédentes. Dans les deux cas, on ne se gêne pas : on coupe ou on allonge, sans se soucier de la langue. *Position* et *se positionner* existaient dans un sens précis et militaire ; mais la mode veut que l'on dise *comment vous positionnez-vous par rapport à ce problème ?*, alors qu'il serait si simple de dire « comment vous situez-vous ? » De même, *opérationnel* a été, il y a quelques décennies, emprunté à l'anglais et il a un sens précis dans les sciences. Mais quand on dit *ce centre sera bientôt opérationnel*, il serait mieux de dire « entrera bientôt en action ». De même, *préconisation* a été employé autrefois dans le sens très précis de « proclamation », mais c'était un mot bien long et savant, aussi entend-on dire souvent *quelles sont vos préconisations ?*, alors que l'on pourrait dire « quels sont vos conseils ? » Ces emplois dénotent une forme de modernisme qui ne rend l'expression ni aisée ni claire.

Mais il y a bien pire car, là aussi, on se met à inventer des mots à tort et à travers. Dans la même semaine, j'ai entendu des créations à faire frémir, comme *starisation*, pour dire que quelqu'un accède au rang de « star », ou bien encore *matignoniser le débat*, c'est-à-dire se rapprocher des problèmes posés par l'Hôtel Matignon ! Pourquoi se gêner ? Tout à l'heure on coupait, à présent on gonfle et on crée des mots longs. Mais j'ai mieux à vous offrir avec deux adjectifs qui, bien que n'existant pas, semblent devenus à la mode : ce sont les adjectifs *intergénérationnel* et *transgénérationnel*. On parle de *rapport intergénérationnel*, que gagne-t-on par rapport à l'expression claire de « rapport entre générations » : on allonge, et c'est tout. Et j'ai entendu récemment faire l'éloge de Charles Trenet en disant qu'il était *un artiste transgénérationnel*. On aurait pu penser qu'un des mérites de Charles Trenet avait été justement de fuir un tel langage, de se contenter du vocabulaire simple, concret, transparent que lui offrait la « douce France ».

Certes, la langue française s'enrichit chaque jour de mots nouveaux ; et cela est un bien. Mais on ne crée pas un mot nouveau parce que l'on est pressé ou que l'on veut faire bon effet, et que l'on ne se rappelle plus comment il faut s'exprimer. J'ai entendu aussi, puisque j'en suis à citer ces exemples, parler d'un travail *préparatif*. Oui, le mot existe : on fait ses préparatifs de départ ; mais l'adjectif, qui existe, est *préparatoire*. Manifestement, ces créations sont les improvisations de quelqu'un qui perd ses moyens. Encore une fois, ces accidents ne seraient pas si graves et l'on pourrait fermer les yeux ; il y a eu à diverses époques de ces modes ridicules portant atteinte à la langue ou à la clarté. Il fut un temps où l'on parlait des *commodités de la conversation* pour désigner les fauteuils ; et tout cela est tombé dans l'oubli. Mais à notre époque les maux se propagent vite par des moyens puissants. Alors, s'il vous plaît, n'encouragez pas ces modes ! Débarrassée de la scie et du gonfleur, la langue française retrouverait sa grâce et son élégance, qu'en réalité nous aimons tous.

Mai 2001

Au service de la vitesse

Je me suis parfois élevée ici contre les libertés que l'on prenait trop aisément avec le vocabulaire français. Mais je reconnais et j'apprécie la force de renouvellement qui est celle de notre langue : afin de le montrer, j'ai choisi de me pencher sur les mots qui expriment le développement des moyens de locomotion toujours plus rapides que connaît la civilisation. Là, les inventions pratiques ne cessent de se multiplier et de progresser. Le vocabulaire doit suivre le mouvement et invente à chaque fois les mots nécessaires pour désigner ces nouveaux progrès. Il en résulte une éclosion de mots ininterrompue ; et l'on peut ainsi mieux percevoir la façon dont notre langue vit et se renouvelle.

Certes, il y a en français tous les dérivés issus du vieux *char* romain, qui forment un point de départ. Mais déjà bien des mots, tout en se rattachant à cette racine, sont en fait des emprunts aux pays d'alentour. La *carriole* est du provençal ; le *carrosse* est de l'italien ; et le *car*, lui-même, nous est revenu d'Angleterre, où il était arrivé sous la forme du normand *char*. Tout communique à partir du latin.

Mais les emprunts ne sont pas tous limités à cette racine unique, loin de là. Pour commencer par un mot

que les débats politiques actuels pratiquent abondam-
ment, on pourrait citer le *tramway* qui nous est arrivé
d'Angleterre en 1860, bientôt suivi par son abréviation
tram. De l'anglais nous est également venu le *ferry*,
ou bien le *wagon*. De même, si le *carrosse* est italien,
la *calèche* est allemande (quoique venue du tchèque),
et le *coche* est également allemand (quoique venu du
tchèque). Cela sans parler de la *berline* qui désignait,
au XVIIIᵉ siècle, une forme de voiture utilisée dans la
ville de Berlin dès le siècle précédent. Les emprunts se
multiplient, s'adaptent, pénètrent dans le français.

Il faudrait préciser que souvent les mots désignant
ces moyens de locomotion disent ou suggèrent la rapidité. Ceci se retrouve de façon flagrante dans les noms
des trains comme le *rapide* ou l'*express*, pour aboutir
à la forme moderne du train qui est le *train à grande
vitesse* ou *TGV*. Pendant ce temps, l'avion tente le *supersonique* ; mais déjà l'époque classique connaissait la
diligence qui suppose une certaine hâte, même si elle
n'atteint guère une grande rapidité.

Peut-être cet esprit de rapidité est-il pour quelque
chose dans le fait que presque tous ces moyens de transport sont aussitôt abrégés : presque tout de suite, on dit
le *vélo* pour le « vélocipède », l'*auto* pour l'« automo-
bile », la *moto* pour la « motocyclette » (et aussi, ce qui
ne suggère plus la rapidité, le *métro* qui ne renvoie qu'au
« métropolitain »).

Parmi ces emprunts et ces créations, il en est une particulièrement surprenante. C'est celle de l'*autobus*. Pour
la comprendre, il faut remonter au mot *omnibus* : ce mot
est un beau mot latin au datif, qui se traduit par « pour
tous » : il s'agit d'un transport « pour tous ». Mais on
n'a pas vu la valeur de ce mot et, du coup, on n'a retenu

qu'un petit morceau de la désinence, quelques lettres, dépourvues de sens, que l'on a accolées à d'autres éléments de composition. Le voilà notre *auto-bus* ! Et, à partir de là, on continue avec le *trolleybus*, le *minibus*, l'*airbus* et quantité d'autres formations analogues. Et puis, à partir de là encore une fois, on abrège, et voici le *bus*, petit morceau de désinence latine, qui devient un moyen de locomotion. L'évolution s'est faite en Angleterre ; elle s'est faite en France ; le mot a pris, dans les deux langues. Cela nous confirme que le succès d'un mot n'est pas toujours en rapport avec sa formation claire et correcte.

Nous le savions et il en est bien d'autres exemples. Il y aurait pourtant intérêt, pour la clarté, à ne pas trop en multiplier le nombre. Il est tellement plus agréable que les mots suggèrent des images et un sens précis : l'*avion* fait penser à l'oiseau *(avis)*, comme l'*aéroplane* fait penser à l'air qui le soutient. Ce qui se passe, en fait, c'est que la vitesse du renouvellement technique ne laisse pas toujours assez de temps pour le choix de mots bien adaptés.

C'est que les choses, en ce domaine, vont vite ! Tout le monde connaît le poème d'Alfred de Vigny qui commence par « *Je roulerai pour toi la maison du berger* » ; dans la charmante anthologie imaginaire de la poésie française, Henri Bellaunay répond par ce vers : « *Nous partirons demain avec le TGV* » ! Autres temps, autres mœurs ; mais autres mots aussi, car la langue est vivante et ne cesse de s'adapter à une vie qui se renouvelle.

Juin 2001

Le verbiage exclamatif

Certains tours prêtent plus que d'autres à une sorte de laisser-aller qui s'écarte du sens exact : c'est le cas des tours exclamatifs. On croit, en effet, marquer mieux son admiration, son étonnement ou son indignation en multipliant les mots presque au hasard.

En fait, le langage offre de multiples possibilités pour formuler des exclamations. On peut employer un infinitif (« *mourir* à cet âge ! »), un adjectif (« *ravissante*, cette robe ! »), ou un substantif (« une *merveille*, cette tarte ! »). On peut naturellement aussi utiliser les mots proprement exclamatifs : *comme, que, combien*, etc. Jusque-là tout va bien, mais ces formules toutes simples tendent à s'allonger de façon plus ou moins compréhensible. On ne dit pas simplement « *que* je suis content de vous voir », mais « *ce que* je suis content de vous voir ». Évidemment, un tel tour est l'abréviation de tours corrects plus étendus, mais, dans la plupart des cas, ce démonstratif ne se construit pas et ne se comprend pas bien. Ce glissement même est bientôt dépassé, car on allonge encore en employant le tour interrogatif : « *qu'est-ce qu'*il fait froid ! », « *qu'est-ce qu'*elle est belle, ta maison ! » Ici, il n'y a plus de grammaire claire sous-jacente. Tout se passe comme si on avait voulu allonger, délayer l'exclamation et la perdre dans des formules dépourvues de sens.

Dès que l'on a remarqué ce phénomène, on ne s'étonne plus de le voir bientôt s'aggraver, ni que, dans la vie courante, s'y ajoutent quantité de remarques totalement dépourvues de sens. On dira ainsi (je n'invente rien) : « Non, mais dis donc ! ce n'est pas pour dire, mais qu'est-ce qu'elle est belle ta maison ! » Ce petit discours devient pur verbiage et semble là pour meubler le vide. D'ailleurs, *ce n'est pas pour dire* attire l'attention sur l'absurdité du propos.

En fait, il s'agit là d'un embarras à s'exprimer, d'une ignorance des mots et d'une incertitude sur leur valeur exacte. Cela me fait toujours penser à ces intervenants dans les colloques qui, n'ayant pas encore bien fixé leur pensée, commencent par quantité de banalités sur l'intérêt de la question, la difficulté de prendre parti, l'importance de ce qui a été dit jusque-là… bref, du pur remplissage. Je pense qu'il en est de même pour l'exemple de la maison : celui qui parle ne manie pas assez bien sa langue pour dire combien cette maison est spacieuse, comme la lumière y est bien répartie, comme l'entourage y est harmonieux, quelle paix il éprouve à la découvrir, etc. Tout cela peut se dire à condition que la langue soit vivante et présente chez celui qui parle.

L'émotion exprimée est peut-être cause de ces étranges boursouflures ; mais cette même émotion se traduit aussi en des jurons où le sens, clair à l'origine, tend à s'effacer peu à peu par des affaiblissements délibérés et le choix de sonorités voisines. Dans les siècles classiques, le juron se faisait essentiellement sur le nom de Dieu, ce qui était en même temps coupable ; aussi a-t-on produit des formules exclamatives où le nom de Dieu est remplacé par un mot de même sonorité.

Nous connaissons tous les exclamations des textes

classiques comme *morbleu !, corbleu !* ou *parbleu !* ; ce sont là des formations courtoises pour éviter le nom de Dieu. On employait également le beau juron *palsambleu*, qui est évidemment la trace d'un *sang de Dieu*. Les Anglais aussi disent parfois *Gosh* au lieu de « *God* ». Il en va de même dans le très classique *nom de Dieu*, qui a subi des correctifs plus ou moins saugrenus, dans des jurons comme *nom d'un chien, nom d'une pipe*, ou même *nom d'un petit bonhomme* ! L'absurdité est à son comble quand on arrive au juron *nom de nom*, qui ne prétend plus avoir aucun sens.

Il est amusant de constater que ces pudeurs se retrouvent à notre époque, où le scandale n'est pas d'invoquer le nom de Dieu, mais d'employer, comme on dit, « les cinq lettres ». Pour rester poli, on remplace donc le… mot de Cambronne par un terme qui y ressemble (par exemple *mince* ou *mince alors*).

Tout cela fait un parler dépourvu de sens, mais quand on s'écriait tout simplement *oh là là !*, il faut bien reconnaître que ce n'était pas plus clair.

Oublions ces pures exclamations ; mais qu'elles nous soient du moins une leçon : dans l'expression de notre sentiment, tâchons d'être un peu plus précis et de trouver vraiment à exprimer ce que nous éprouvons. La santé de la langue y gagnera, mais les rapports humains aussi.

Juillet 2001

Petites embûches du bon français

Dans une scène fort amusante de sa comédie intitulée *Le Dindon*, Feydeau nous présente une Anglaise très agitée qui parle français et commet des erreurs. En particulier, elle confond des mots presque synonymes et son interlocuteur la reprend à chaque fois. Elle parle ainsi d'une *gueule de gaz* et on lui dit qu'il faut dire « bec » ; alors elle parle de *bec de loup* et on lui dit qu'il faut dire « une gueule » ; alors elle parle au monsieur de *sa gueule* et on lui répond qu'il faut dire « bouche ». Ce sont pour nous des mots familiers, l'effet comique est assuré. Mais, en même temps, il attire notre attention sur toutes ces petites différences qu'implique la connaissance d'une langue.

Mais tout n'est pas toujours aussi clair, et il y a bien des cas où l'usage comporte des bizarreries, dont l'explication n'est pas immédiatement évidente ; et ces bizarreries entraînent des fautes. J'ai ainsi un souvenir, lui aussi amusant, d'une conversation dans l'autobus entre deux femmes. L'une disait à l'autre : « Il était horriblement laid : aucun homme ne m'a jamais autant *repoussée*. » Elle voulait dire qu'aucun homme n'avait été à ses yeux aussi repoussant ; mais si le verbe a bien cette valeur absolue dans le participe, pour le verbe avec un complé-

ment, il signifie une action ; le sens est ainsi immédiatement opposé : si l'on trouve un homme *repoussant*, on le
repousse, on n'est pas repoussé par lui. C'est par l'usage
que l'on apprend cela et l'usage seul le justifie.

Sans aller jusque-là, on s'aperçoit vite qu'une langue
comporte quantité de petits illogismes à propos desquels
on peut commettre des erreurs moins comiques, mais
tout aussi regrettables. Chacun sait qu'il y a des verbes
qui n'existent pas à tous les temps : ainsi le verbe *clore*
est un verbe bien connu, dont on rencontre constamment le participe, comme dans *un débat qui a été clos*
ou *une maison close*, ou bien *trouver porte close*, et l'on
peut très bien dire *je clos le débat* ; mais imaginez qu'on
veuille le dire à l'imparfait ou au passé simple : arrêt
complet ! La forme n'existe pas, on hésite ; si on invente,
on commet une faute ; il faut se réfugier dans un autre
tour : « j'ai clos le débat » ou, simplement, « je mis alors
fin au débat ».

Il y a aussi des mots qui existent qu'on n'emploie
pas constamment. Ainsi le mot *obole*, qui, à l'origine,
désignait une monnaie grecque de peu de valeur, s'emploie de façon courante et très française, par exemple,
lorsqu'il s'agit d'une quête et qu'on remet sa *modeste
obole* ; c'est du français le plus habituel, mais l'on ne
peut pas dire « je n'ai dans mon porte-monnaie que
quelques oboles ». Tout simplement, cela n'a pas de
sens et ne se comprend pas ; il y a là aussi un emploi
limité par l'usage. Et pour des expressions beaucoup
plus courantes, nous rencontrons à l'heure actuelle des
glissements un peu inquiétants. Nous sommes si prétentieux aujourd'hui, que l'on dit très souvent *se revendiquer d'une doctrine* au lieu de *se réclamer de…*

On me dira que ce sont là des tours de toute façon

rares et recherchés : très bien ! Mais la faute la plus courante de notre langue quotidienne est bien de confondre les constructions de *se rappeler* et de *se souvenir*. L'explication est pourtant naturelle : le verbe *rappeler* lui-même, tout seul, s'emploie avec un complément direct, il est transitif. On dit « rappeler une personne » et le verbe *se rappeler* ne veut dire que « rappeler pour soi » et reste donc transitif : on « se rappelle quelque chose ». Mais *souvenir* n'est pas un verbe qui existe par lui-même, il n'est pas un verbe, surtout, que l'on puisse construire avec un complément ; il veut dire, en principe, quelque chose comme « survenir », « se présenter » ; et il ne se rencontre que dans les expressions *il me souvient de* qui est un peu passé de mode, ou *je me souviens de*, qui est correct et normal ; le sens est que quelque chose revient pour moi, dans ma mémoire.

Naturellement, il est très commode d'identifier les deux verbes et de les construire, au hasard, l'un comme l'autre ; mais pour quiconque voit l'évolution de la langue, l'étymologie et l'histoire, c'est quelque chose de choquant et de regrettable. Il ne faut d'ailleurs pas croire que le français soit seul à conserver ces traces d'histoire. Toutes les langues le font et, petit détail au passage, puisqu'il est question de souvenir, je signalerai qu'en anglais le *myosotis* est « ne m'oubliez pas » ; mais on ne dit pas « *don't forget me* », on dit « *forget me not* ».

Il ne faut pas vouloir tout aplatir selon la seule logique : après tout, ne disons-nous pas, de façon apparemment illogique, dans la première des conjugaisons, *je suis*, et *tu es* ?

Août 2001

« Montrez-moi votre langue… »

En considérant le titre de la rubrique sous laquelle paraissent ici mes articles – « Santé de la langue » – je me suis aperçue qu'il contenait une ambiguïté amusante et révélatrice. Le mot *langue* désigne d'abord l'organe que nous avons dans la bouche, et il y a une santé de la langue entendue en ce sens avec, *a contrario*, les maladies qui lui sont propres comme la glossite ou la glossopharyngite. Mais, tout de suite, on est passé de ce sens concret à un autre beaucoup plus important : la langue entendue comme langage, et désignant le système de sons par lequel un peuple donné peut communiquer et élaborer une pensée. On dit ainsi *la langue française, les langues indo-européennes.* Et cela vaut naturellement même si les signes sont écrits, et non plus parlés !

Or, dès qu'il s'est agi de la langue au sens de langage, on constate le surgissement d'une quantité d'expressions pour désigner cette merveilleuse conquête et ce trésor propre aux hommes. Comme si souvent, on trouve des mots qui ont été formés d'après deux sources, latine ou grecque, en latin *lingua* et en grec *glotta*. Côté latin, donc, des mots aussi répandus que *langage* et son adjectif *langagier*, ou *linguiste* et *linguistique*, ou encore l'adjectif *bilingue* désignant celui qui pratique deux langues.

Et le grec, alors ? Eh bien, une fois de plus, il va se trouver dans des composés un peu plus savants. Une *glose* est un commentaire sur un mot rare, et produire un tel commentaire se dit *gloser* ; un *glossaire* est un recueil de mots également rares, et le phénomène de la *glossolalie* est encore plus rare, puisqu'il s'agit de parler tout à coup des langues que l'on ne connaissait en principe pas. Petit fait amusant, on trouve de ces composés qui se rattachent au sens de langue dans la bouche, comme *glotte* ; mais on y glisse aussi vers la langue comme langage, dans un composé comme *polyglotte*, désignant la personne qui fait mieux encore que le *bilingue*, et parle plusieurs langues...

Pour parler de notre *langage*, il nous faut donc des mots, et encore des mots... D'ailleurs, je m'arrêterai à un groupe de mots dont l'existence m'est chère, et dont la multiplicité témoigne bien du grand intérêt que l'on n'a cessé de porter à la langue en tant que langage. Il s'agit des mots désignant le dictionnaire. Le *dictionnaire* peut être une description des mots avec leur orthographe, leur sens, leur étymologie et la façon de les employer correctement ; cela peut être aussi les listes des équivalents permettant de passer d'une langue à une autre. Encore aujourd'hui, beaucoup d'activités sont consacrées à la rédaction et à la mise au point des dictionnaires de la langue française : celui de l'Académie en est un exemple, à côté du Robert ou du Larousse et bien d'autres.

Mais il y a aussi le *lexique* (du grec *lego*, signifiant « je dis ») : il s'agit d'un dictionnaire plus bref, parfois spécialisé ou destiné soit à des débutants, soit à des touristes ; il peut s'agir aussi de la liste des mots employés par un auteur déterminé. Il existe d'autres mots, plus spécialisés et assez nombreux, qui désignent cet effort de compilation, de précision et même de commentaire. On parle du *thesaurus* (qui signifie « trésor ») pour la liste de tous les mots d'une langue donnée ; on parle de l'*index* pour la liste des mots employés par un auteur, avec les références permettant de retrouver les passages ; le *glossaire*, on l'a dit, étant réservé aux termes rares. La multiplicité des mots nous révèle l'importance de cette activité consistant à bien connaître le vocabulaire, à en définir, à en préciser le sens. D'ailleurs, cette activité a reçu un nom fort à la mode aujourd'hui, la *lexicologie* ou *lexicographie* !

Cet intérêt, toujours renouvelé et passionné, pour les éléments du langage, est, je crois, plus répandu qu'on ne le pense. Il a joué dans l'histoire de tous les peuples un rôle considérable et a beaucoup contribué à la diffusion du français : on peut regretter l'absence d'efforts suffisants – et, avant tout, financiers – pour maintenir ce rayonnement. De même que le langage est la grande fierté de l'homme, de même notre langue devrait nous tenir à cœur, à tout moment.

Alors, tout comme le médecin dit à l'enfant « Montre-moi ta langue », au sujet de sa santé, ce serait bien si chacun disait à son voisin « Montre-nous ta langue », au sens de langage. Ce serait s'assurer non seulement de la santé de la langue, mais aussi de la santé d'un peuple et de sa culture, de ce qui compte pour son avenir et même pour sa prospérité.

Septembre 2001

N'exagérons pas !

Je crois avoir déjà fait allusion, dans ces pages, à la gradation qui, parfois, semble s'établir entre les mots *sur, super*, et *hyper* : le premier est français, le second latin, le troisième grec. Tous évoquent l'idée de renchérir, de dépasser, d'aller au-delà. Mais leur emploi présente de curieuses particularités.

Déjà, notre petite préposition *sur* – une des plus employées qui soit ! – est l'occasion de multiples erreurs ou confusions. Ainsi, cette préposition gagne sur toutes celles qui indiquent le lieu, et l'on rencontre des expressions aussi curieuses que « j'habite maintenant *sur* Paris », ou « leurs magasins ont été transférés *sur* Paris ». On dirait vraiment qu'ils se sont installés dans une sorte de soucoupe volante, alors qu'ils habitent simplement *à* Paris, ou *dans* la région de Paris ! Le mot *sur* a déjà beaucoup de valeur, et voici qu'il en gagne de façon inquiétante.

Mais c'est un petit mot de trois lettres, modeste et peu voyant ; aussi le latin *super* a vite pris de l'importance par rapport à lui. Il a servi à former de nombreux composés dans notre langue. Beaucoup, bien entendu, avaient été formés à partir du mot *sur*, et dans tous les temps. On a facilement parlé de *surhomme* ou de *surabondance* et, plus tard, de *surclasser* quelqu'un, ou de *survêtement*. Mais *super* sonnait bien et l'époque moderne ne s'est pas montrée avare de créations ; on a eu des composés fort à la mode, comme le *supermarché* ou le *supercarburant*, ou encore l'avion *supersonique*. Et ce, à telle enseigne que ce terme latin a bientôt été employé comme un substantif (on met dans sa voiture du *super*), ou encore comme un adjectif, et, lorsque l'on reçoit un cadeau, il est aimable de s'écrier qu'il est *super* ! Le terme savant est devenu familier. On voit la tentation, qui est grande, de suggérer plus, avec des moyens faciles ; on exagère à bon compte.

On peut penser que *hyper*, qui est le mot grec correspondant, restait plus spécialisé. Il a surtout servi à former des composés désignant des maladies ou des déformations ; cela n'empêchait pas ces mots d'entrer dans le vocabulaire courant, comme lorsque l'on parle d'une *hypertrophie du moi*. Mais il s'agissait toujours d'un excès, d'une exagération. On trouve d'ailleurs cette racine dans le mot *hyperbole* qui désigne la figure de style par laquelle, justement, on s'exprime en forçant les termes et, par suite, en exagérant.

Ceci me paraissait à peu près établi et clair, lorsque je suis rentrée de vacances et que j'ai trouvé sur ma table de nuit un papier avec un seul mot, griffonné à la hâte. Ce mot était : *hyperouverte*. Je me suis alors souvenue de l'émotion que j'avais éprouvée en entendant, à la radio, un présentateur dire que « la compétition était hyperouverte ». C'était donc ce petit mot *hyper* qui gagnait du terrain ; et c'était l'exagération qui s'étendait encore davantage ! L'invention me choquait d'autant plus qu'il s'agissait d'un domaine qui ne comporte pas le plus ou le moins. Une chose est ouverte ou non ; et puis, il s'agissait d'un néologisme, d'un terme inventé pour les besoins de la cause ; et là aussi, c'était la preuve d'une fâcheuse tendance à inventer un mot, quand on ne trouve pas tout de suite celui qui conviendrait. Si je le cite ici, ce n'est point pour rire d'une erreur : chacun peut en commettre ; c'est parce qu'il est intéressant de relever ces signes généraux par où une langue évolue et parfois s'abîme et se détériore. De même, je sais que maintenant l'on dit souvent d'une chose qu'elle est *top*, c'est-à-dire qu'elle atteint le sommet. Le terme n'est pas français non plus, mais il représente la même exagération.

La beauté de notre langue, quand elle est bien maniée, vient au contraire, bien souvent, de sa réserve et de sa pudeur. Si l'on veut faire impression, il faut souvent dire moins que l'on ne pense, et non pas plus. Cela s'appelle pratiquer la litote, plutôt que l'hyperbole. Et cela donne de la force aux expressions employées.

L'exemple le plus célèbre reste sans doute la formule de Corneille : « *Va, je ne te hais point !* » – une déclaration sobre, s'il en fût, mais profondément émouvante. Et il ne faut pas croire que cette mode de l'exagération, si répandue aujourd'hui, tienne le moins du monde à l'influence de l'anglais sur notre langue : le bon Anglais n'était-il pas fier de pratiquer ce que l'on appelait l'*understatement*, c'est-à-dire, en effet, dire moins pour suggérer plus ?

Tout nous le dit : il ne faut pas sans cesse exagérer !

Octobre 2001

« Je n'étais pas né ! »

J'ai frémi, l'autre jour, en lisant, dans un livre sur l'enseignement[1], une réplique d'élève : on lui parlait d'auteurs célèbres du début du XXe siècle et, pour justifier son ignorance, il proclamait, comme une excuse parfaite : « Mais, Monsieur, je n'étais pas né ! »

Le mot est révélateur : il montre que, pour trop de jeunes, le monde n'a pas de passé. Tout commence avec leur naissance, ils ne se rendent pas compte que, dans tout ce qu'ils pensent ou éprouvent, dans tout ce qu'ils font, ils sont tributaires du passé. Cela est vrai dans la vie matérielle, dans les habitudes, les villes, les monuments ; cela est vrai également dans les repères historiques et les valeurs morales, on le voit dans la littérature, on le voit dans l'art. Mais je voudrais aujourd'hui préciser qu'on le voit également dans la langue.

Nous avons hérité des mots, qui nous servent à tout désigner ; nous avons hérité des règles de grammaire qui ont été peu à peu précisées, pour nous permettre d'exprimer au mieux notre pensée. La langue est le résultat d'un long travail de mise au point, dont seule

---

1. Serge Koster, *Adieu grammaire*, PUF.

la connaissance donne à son emploi une vraie fermeté.

Partons des éléments les plus simples. Je ne prends même pas l'étymologie des mots compliqués ; mais, en composition, on peut distinguer deux éléments qui se ressemblent. Il y a ainsi un *a*, dit privatif, qui signifie « sans ». Par exemple, dans des mots comme *amorphe, atone, aphasique*, ou simplement *anormal*.

D'autre part, il y a un élément de composition qui vient du *ad* latin, signifiant que « l'on va vers quelque chose » : ce sont des mots comme *accolé, affolé, associé, acclimaté* ; et la rencontre entre le *d* de *ad* et la consonne initiale fait que l'on a une consonne redoublée. Voilà une distinction facile. Il est vrai que, quelquefois, ce redoublement orthographique a été abandonné, car l'histoire a aussi ses exigences et ses fantaisies et parfois son ombre se marque sur la clarté des étymologies. Mais, en tout cas, comprendre comment sont faits les mots et saisir leur transparence est une aide, non seulement pour l'orthographe, mais pour leur vraie compréhension.

En dehors de ces étymologies, je viens d'évoquer l'évolution historique : elle touche le sens même des mots. Va-t-on renoncer à comprendre les auteurs des siècles précédents ? Les mots d'un autre siècle ont parfois changé et l'on peut faire de grosses erreurs. Ainsi, un amant pour la littérature classique est un homme qui se déclare *épris* d'une femme, sans que cela implique le moins du monde les rapports sexuels que notre époque comprendrait. Quels contresens si l'on rejette sur le passé des habitudes modernes et si l'on brouille les valeurs des époques différentes !

Mais attention ! Le but n'est pas seulement de pou-

voir lire des auteurs classiques, si important que cela
paraisse à mes yeux. Le but est de savoir donner leur
vrai sens aux mots qui font notre vie quotidienne et
que nous aurons à employer pour toute pensée, tout
jugement ou tout choix moral. On croit comprendre les
mots ; mais si l'on ne connaît pas leur naissance, leur
point de départ, on ne peut pas s'en servir bien.

Quel que soit notre âge, nous avons tous constamment
à la bouche le mot *démocratie*. Cela ne change peut-être
pas beaucoup de savoir que ce mot a été forgé, en même
temps que la réalité qu'il désigne, par les Athéniens du
début du Ve siècle avant J-C et que l'on y reconnaît le
pouvoir *(kratos)* exercé par le peuple *(demos)* ; mais
déjà, cela attire notre attention sur le fait qu'à la différence des systèmes *ploutocratique* – pouvoir des plus
fortunés –, *technocratique* – prédominance des techni-
ciens – ou *autocratique* – un seul dirigeant –, la *démocratie*, pouvoir du peuple, suppose que tous participent
aux décisions, dans des débats qui se déroulent pour
l'intérêt commun. Tel est son principe, et les anciens
Grecs qui étaient à l'origine de ce régime en ont pris
conscience et l'ont dit avec force.

Il n'est pas indifférent de s'en souvenir. Il y a eu,
certes, des formes de démocratie très différentes, avec des
institutions complexes et propres à chaque pays ; il y a
eu des excès, des maladresses, des tentatives pour mieux
faire. Mais remonter au principe aide à comprendre ce
dont on parle et ce dont on vit. Et il se trouve que les
anciens Grecs, encore tout proches de ce principe premier, avaient également dit que cette démocratie, ainsi
comprise, était le régime « le plus doux » : celui où il n'y
avait ni exécution arbitraire, ni violence et confiscation,
ni non plus, pour employer un mot que ne connaissait

pas l'Antiquité, de terrorisme. À notre époque, le retour
à ce sens fort des mots qui ont défini notre idéal n'est
sans doute pas inutile.

Novembre 2001

Aimer les mots

J'ai trop souvent parlé des mots dans cette chronique, pour ne pas saluer ici la parution du livre d'Erik Orsenna intitulé *La grammaire est une chanson douce*. Ce livre vient de paraître aux éditions Stock ; il est très court, car il ne fait pas plus de 136 pages, mais charmant et agrémenté même de petits dessins. On ne peut imaginer un livre où l'amour des mots se traduise de façon plus chaleureuse.

L'auteur les aime tous, les mots. Il aime même ces mots anciens qui sont un peu sortis de l'usage et qu'il se plaît à rappeler à nos mémoires, souhaitant les voir employés à nouveau. Il n'est peut-être pas nécessaire d'aller jusque-là ; mais il est bon de redire quel plaisir ce peut être de parcourir un dictionnaire, de découvrir toutes ces richesses de la langue.

Mais l'amour des mots, dans le livre d'Erik Orsenna, s'étend à eux tous, même les plus simples et les plus courants. Il imagine deux enfants, jetés dans une île mystérieuse où ils vont retrouver ou découvrir les ressources de la langue. Les mots, autour d'eux, prennent vraiment vie. Ils ont une existence personnelle, des sentiments, des façons d'agir. Ils se présentent comme des petits êtres bien personnels. On rencontre dans son livre des villes de mots, des volières de mots, un hôpital de mots – cela sans compter des distributeurs automatiques pour les formes dont on a besoin.

Et tout ce monde se démène dans une belle activité. Les substantifs sont là, avec, comme de petits porte-enseigne les précédant, leurs articles ; ils vont se marier avec les adjectifs ; mais ils vont aussi les abandonner, pauvres adjectifs, victimes de cette infidélité. Car il y a des formes fixes et fières de ne pas changer, comme les mots invariables, ou bien d'autres qui s'accordent, et concluent une sorte de pacte, qui se mettent au pluriel ou au féminin.

Quant au verbe, qui ne vient qu'à la fin du livre, il est sensible à tous les changements et pratique tous les accords. En plus, il y a ces petits groupes arrogants que forment les exceptions, toutes fières de n'être pas comme les autres – ainsi ces mots qui ne font pas leur pluriel normalement : bijou, caillou, genou, etc.

Toute cette activité aboutit aux phrases de notre langue. Mais cette activité peut les user, les mots ! Et dans une revue comme *Santé Magazine*, je ne saurais passer sous silence l'*hôpital des mots* où ceux qui ont été trop usés doivent aller se remettre de leur fatigue. Ainsi, la pauvre expression *je t'aime*, qui a tellement servi, et à tant d'usages, qu'elle est là, couchée, toute seule et sans force, attendant un mieux, bien long à venir !

Voilà, certes, une façon joyeuse de prendre contact avec la langue et les règles de la grammaire ! Mais attention… car dans le livre même, on voit qu'un ennemi guette et vient se mettre au travers de cette belle animation. Cet ennemi est incarné par la redoutable « Madame Jargonos ». Dès le début du livre, on voit, en effet, deux façons de lire un texte de La Fontaine, opposées l'une à l'autre : la première façon de lire est de se laisser entraîner par le pouvoir suggestif des mots, dans leur simplicité même ; la seconde consiste à placer, comme un écran, des grilles de lecture toutes faites, et se définissant par des mots savants et un air de grande prétention, qui rompt tout contact avec le texte. Dans divers passages du livre, on retrouvera des allusions à cette tyrannie du pédantisme. Et ici, l'on comprend peut-être pourquoi, pour une fois, je consacre toute une chronique à l'évocation de ce livre. Il dénonce, en effet, un mal réel, et une menace grave qui pèse d'abord sur l'enseignement du français, puis sur l'enseignement en général et sur la presse et la radio.

Cette menace est celle d'un pédantisme obscur et prétentieux qui, loin de respecter la richesse naturelle des mots et la simplicité de la langue, se drape dans les faux-semblants d'un savoir contestable. Je me suis réjouie de trouver là un allié qui m'aide à pourfendre « Madame Jargonos » ; car la lutte en vaut la peine ! J'ai parfois parlé dans ces pages des risques que cause l'ignorance ; le pédantisme est parfois plus dangereux encore pour la santé de la langue que l'ignorance elle-même. Et je me réjouis de voir, dans un combat engagé depuis longtemps, arriver cet allié joyeux et malicieux ; il prouve bien que ce combat n'est pas celui d'une arrière-garde dépassée : pour une fois, on le voit, la santé de la langue est défendue avec gaieté, sur le ton heureux de la jeunesse.

Il est presque inutile de dire que le livre, en évoquant ainsi avec amour la vie des mots, aboutit, en fin de parcours, à la merveille de leur utilisation littéraire. On découvre, bien cachés, trois grands amis des mots en train de travailler à écrire. Ce sont Saint-Exupéry,

Marcel Proust et La Fontaine. Il était normal que l'amour des mots vînt, pour finir, rayonner dans une création littéraire où ils retrouvent toute leur force.

Décembre 2001

Le style télégraphique

Nous vivons, ces jours-ci, suspendus aux bulletins de nouvelles ; mais, dans les exposés des experts, on ne peut s'empêcher d'entendre en même temps la langue. Or, j'ai été frappée de constater avec quelle fréquence ceux qui parlaient avaient recours à des télescopages qui ressemblent fort au style télégraphique.

C'est ainsi que j'ai entendu dire *dans un contexte postattentat*. Passons sur cette vogue du *contexte*, qui représente sans doute l'influence de la linguistique, mais comment ne pas s'étonner de cet usage du mot latin *post*, employé sans aucune construction ? Je sais bien que ce mot entre en composition dans quantité de mots très corrects comme *postclassique* ou bien *postimpressionniste*, encore que ces mots appartiennent toujours un peu au vocabulaire technique de l'école. Mais, du moins, ils sont construits, ils entrent dans le mot qui prend la forme d'un adjectif ; ici, au contraire, les mots se télescopent ; je ne sais s'il faut mettre un trait d'union ou pas et j'en viens à me demander pourquoi cette hâte alors que l'on aurait pu dire, à propos de cette tragédie, « la situation créée par les attentats » ou « résultant des attentats ».

En fait, on a renoncé à un tour qui exigeait une construction, des petits mots de liaison, de subordination, voire un participe ou un verbe. On n'a même pas vraiment gagné du temps ; on a simplement brûlé les étapes de la construction. J'ajoute que, le lendemain, j'ai entendu, sur une autre station, des événements *post-11 Septembre*, ce qui traduit de façon encore plus fâcheuse la même tendance.

J'en étais là de mes réflexions attristées, et me plaignais à part moi de cet abus du style télégraphique, lorsqu'un paradoxe s'est soudain présenté à mon esprit. Je me suis demandé si l'on n'avait pas affaire à un phénomène comparable lorsque l'on employait à tout bout de champ de longs termes abstraits, qui s'inventaient d'année en année, et remplaçaient les expressions simples que l'on aurait pu employer. Il y a eu tant de ces créations au cours des cinquante dernières années et elles ont si vite été mises à la mode !

Dans ces mêmes jours où j'écoutais les nouvelles, j'ai été un peu alertée par l'emploi du mot *paisibilité* : il s'agissait d'introduire dans certains pays *une plus grande paisibilité.* Alertée par ce terme, j'ai eu l'idée de vérifier un peu la progression de ces composés si lourds et si envahissants. Beaucoup sont dus à l'influence, soit de la linguistique, soit de la psychanalyse, soit de l'économie ; mais ils sont vite sortis de ces domaines, et le grand dictionnaire Robert donnant des dates assez précises pour l'apparition de ces mots, je me suis amusée à parcourir cette soudaine efflorescence et voici quelques exemples.

Le mot *rentabilité* existe depuis 1926, puis on crée *rentabiliser* en 1962 et *rentabilisation* en 1969 ; de même, voici, d'après *responsabilité*, les mots *responsabiliser* en 1963 et *responsabilisation* en 1970 ; de même, *culpabilité* est un mot ancien, mais *culpabiliser* apparaît en 1946 et *culpabilisation* en 1968 ; ou encore *globaliser* est de 1965 et *globalisation* de 1968, ce dernier mot n'étant pas retenu par le Dictionnaire de l'Académie. Je pourrais parler également de *faisable* qui est un mot ancien, sur lequel a été formé, toujours dans les mêmes années, le mot *faisabilité*, qui est dans les dictionnaires, mais pour lequel l'Académie ajoute qu'il est déconseillé de l'employer !

Quant à cette *paisibilité*, dont nous étions partis, il semble avoir été formé, pour une traduction, par Benjamin Constant, mais ne s'est guère répandu depuis et le grand dictionnaire Robert le déclare justement « rare ».

On voit le principe : un mot est créé pour un vocabulaire technique et il se répand malencontreusement dans la langue courante. Il s'agit en l'occurrence de mots bien formés, mais longs et lourds. Je pense qu'on les emploie un peu par souci de pédantisme si fâcheux en notre temps ; mais il est possible que, ici encore, nous retrouvions la fuite devant la construction à l'aide de petits mots simples faisant l'unité et la clarté de la phrase.

Au lieu de développer la paisibilité, on a dit que l'on pouvait répandre des rapports plus paisibles ; à la limite, on pourrait parler simplement de la paix ; de même on peut dire qu'on se sent plus coupable, ou que l'on rend les autres coupables : une construction toute simple reste possible. Ce sont des petits mots, des conjonctions, l'emploi d'un verbe, tout ce qu'écarte le style télégraphique. Après tout, il devrait bien disparaître, à présent que le fax ou l'*e-mail* permettent de ne plus être avare de ses mots, et ce serait là rendre à notre langue sa belle netteté d'allure – autrement dit, lui rendre sa santé.

Janvier 2002

Glissements de sens

Dans une récente chronique, je donnais le mot *amant*
comme exemple d'un terme dont le sens avait évolué et
n'était pas le même dans la langue classique et dans la
langue moderne. Une lettre de protestation émanant
d'un lecteur m'invite à préciser un peu les choses. Le
changement de sens est indiscutable et signalé dans
tous les dictionnaires importants. Dans la langue du
XVIIᵉ siècle, il désignait le plus souvent un amoureux,
un soupirant et n'impliquait pas de relation sexuelle.
Cela se vérifie dans des expressions comme les vers de
Corneille, qui écrit :

Tant qu'ils ne sont qu'amants, nous sommes souveraines,
Et jusqu'à la conquête ils nous traitent de reines.

Le titre d'amant est opposé au moment de la conquête
et, en effet, on pouvait couramment féliciter une femme
d'avoir de nombreux amants, ce qui serait plus délicat
aujourd'hui : actuellement règne, sauf exception, le sens
que les dictionnaires qualifient de « moderne ». Cela
vaut d'ailleurs pour le mot *amant*, mais non pour ceux
de la même famille.

J'ajouterais que l'on sent déjà une évolution du

même genre à propos du terme que j'employais dans la même remarque, lorsque je parlais de la langue *classique* ; le mot, là aussi, a subi une évolution. Il a commencé par désigner le modèle, une œuvre que l'on commente dans les classes et qui définit une certaine perfection. Puis il s'est spécialisé, désignant la littérature et la langue du XVIIᵉ siècle par opposition à la langue moderne ; et c'est en ce sens que je l'employais à propos du mot *amant*. Mais tout ce qui s'oppose à une valeur moderne prend facilement le sens un peu péjoratif de « passé de mode », ou bien « dépassé » ; et l'on dira, sur un ton indulgent et supérieur, « cela est terriblement classique et peu original ». Une fois de plus, le langage devient le miroir même de la société et de ses goûts.

Il ne s'agit pas là de simples affaiblissements comme pour le mot *formidable* : il s'agit de glissements bien plus révélateurs. On pourrait citer bien des exemples.

Ne parlons pas seulement des questions de fait : un vieillard au XVIIᵉ siècle peut très bien désigner un homme de soixante ans ; il en faut au moins quatre-vingts pour mériter ce terme à l'heure actuelle. Mais j'aimerais mieux m'arrêter à des mouvements plus sub-tils et qui me paraissent aussi plus révélateurs. C'est le cas pour le mot *interprète*. Il implique toujours que l'on transpose ou traduise à sa façon la pensée, ou l'œuvre, ou les paroles de quelqu'un d'autre. Mais, à partir de là, s'ouvre tout un éventail de sens qui impliquent une relation très différente avec la vérité.

Un simple traducteur peut être dit « interprète » et doit être exact. Un commentateur de textes ou exégète doit également chercher le sens vrai. Mais l'éventail s'ouvre et des sens différents apparaissent : l'acteur interprète un rôle, il doit suivre le texte, mais il peut, par ses gestes et sa prononciation, faire sortir telle ou telle idée à sa guise. De même, le metteur en scène interprète une pièce par tout ce qu'il en modifie par la présentation et on le félicitera de ce qu'il soit très libre dans son interprétation.

Mais bientôt on appelle aussi interprète celui qui reprend un texte célèbre, ou un mythe, ou une œuvre connue et qui la transpose à son goût, à son idée, selon son temps, en ajoutant, en retranchant, en modifiant : tout souci de vérité a alors disparu ; et l'œuvre originale n'est plus qu'un prétexte. Tous ces sens coexistent ; mais la part de la vérité varie grandement d'une acception à l'autre. Or, je constate que le sens de l'exégète fidèle tend à disparaître, et que les dictionnaires l'avouent, et que le sens moderne tend à être de plus en plus du côté de la liberté, de l'originalité, de la création neuve et personnelle. Parfois, la première valeur du mot est complètement effacée et la dernière seule retenue.

Nous assistons donc ici à l'évolution qui, peu à peu, privilégie une valeur aux dépens de l'autre. Et, une fois de plus, notre goût moderne de la liberté, de l'originalité, de la nouveauté se fait sentir dans la valeur des mots. On parlait autrefois d'interprétation juste ou fausse ; on parle à présent d'interprétation originale ou audacieuse.

La langue est infiniment souple, mobile, jusque dans le sens même des mots. Peut-on dire que ces glissements sont contraires à la santé de la langue ? Certainement pas ! Ils en épousent exactement le cours. Mais ce qui serait contraire à la santé de la langue serait de ne pas reconnaître ces glissements, de ne pas tenir compte des nuances qu'ils établissent, et de ne pas respecter ce qui, dans le détail même des rouages les plus discrets, constitue la vie même de la langue – une vie qui est, finalement, à notre image.

Février 2002

La bêtise

Chaque fois qu'un mot attire notre attention, on ne peut que s'émerveiller de la façon dont s'est constitué notre vocabulaire. C'est ainsi que, l'autre jour, j'ai été frappée par l'emploi d'un mot bien banal : celui qui fait dire qu'un homme est *bête*.

Dans ce mot, si répandu, se peint déjà notre orgueil d'homme : le substantif signifie un « animal », l'adjectif signifie « qui manque d'intelligence ». Le mot est, à ce titre, tout à fait répandu et normal. Et ceci déjà est amusant, à une époque où l'on discute tellement sur l'intelligence des animaux. Il est amusant aussi de constater que, dans d'autres pays, la bête désigne non pas le manque d'intelligence, mais plutôt la brutalité et les mauvais instincts : c'est le cas du mot *beast*, dans la langue anglaise ; cette nuance apparaît un peu, quand nous disons en français *quel animal !*, ce qui marque plutôt de mauvais sentiments.

En tout cas, voici le mot *bête* bien établi dans notre langue, en ce sens précis, et donnant naissance à quantité de mots dérivés ou composés, comme *bêtise, bêtifier*, etc. Trait curieux, ce même mépris pour l'animal se retrouve dans toutes sortes de comparaisons ou d'expressions abrégées : *bête comme une oie, bête comme un âne…*

Naturellement, le règne animal n'est pas le seul à fournir ces comparaisons ou ces expressions désignant la bêtise. On rencontre aussi des métaphores avec n'importe quel récipient vide. Ainsi, quand on dit qu'une personne est une *cruche* ou une *gourde.* L'on a recours aussi à diverses parties du corps qui semblent le plus opposées aux activités intellectuelles. On dira de quelqu'un qu'il est *bête comme ses pieds,* quand on n'a pas recours à cette partie du corps trop souvent évoquée, qui a donné d'ailleurs des composés comme *connerie* ou bien *déconner* – mots qui ne sont pas, rappelons-le, du meilleur langage ! Autrement dit, la langue française, pour désigner la bêtise, part d'abord de l'animal ; mais tout est bon au langage familier pour suggérer et réprouver le manque d'intelligence.

Cette impression est confirmée par la masse des mots qui sont synonymes, ou presque synonymes, de *bête* ou d'*être bête.* Dans ce domaine, la langue française semble avoir puisé un peu n'importe où, et chaque langue pourrait bien avoir procédé de même, de façon indépendante et propre à chacune.

Tout proche de la bêtise, il y a la *sottise.* Là, un détail curieux : ce mot si employé, si ancien, si courant, je dois constater, à en croire les dictionnaires, que son origine est totalement inconnue ! Où a-t-on été le chercher ? Mystère ! Il y a d'autres mots bien clairs comme *stupide* qui vient du latin et se retrouve dans d'autres langues ; mais beaucoup sont surprenants. C'est ainsi que *niais,* qui est à l'origine un terme de chasse, désigne l'oiseau à peine sorti du nid et qui n'a pas ainsi acquis d'expérience. En voilà un sens particulier ! Or le mot est courant et il a même donné des dérivés de diverses sortes, non seulement des mots directement dérivés comme *niaiserie* ou *déniaiser*, mais des mots comme *nigaud* et *niguedouille* (ou *niquedouille*). Que dire du *crétin* ? L'étymologie généralement donnée le fait venir d'un parler des Alpes qui désigne le *chrétien* ; et le sens serait possible en rapport avec la notion du simple d'esprit, qui peut être en bons termes avec la divinité ; c'est le cas pour l'*innocent* ou pour le *benêt* (qui se rapproche du mot *béni*).

D'autres surprises encore : le mot *empoté*, qui évoque pour nous le sens de mettre dans un pot, vient en réalité du gaulois et d'un autre mot, *pot*, qui n'a pas de rapport avec nos habituels récipients ! S'il s'agit de critiquer son prochain, on emprunte allègrement, et de tous les côtés. J'ajouterais que, même pour des mots correctement issus de la source gréco-latine, on constate des évolutions étonnantes, comme celle de l'*idiot*, qui à l'origine, en grec, désignait un simple particulier, par opposition à un homme en fonction. Je passe sur des mots comme *balourd, lourdaud, borné, obtus, demeuré* ou, plus rare, *bredin* – sans parler des mots médicaux ou des diminutifs familiers. Je voudrais plutôt en tirer une conclusion positive.

Si la langue est si riche pour désigner les nuances de la bêtise, il est bien dommage d'en écraser les possibilités pour ne se borner qu'au pire et au plus vulgaire, celui que nous avons évoqué à la fin des comparaisons. Mais, en même temps, si nous montrons tant d'ingéniosité à condamner la bêtise chez les autres, ne pourrait-on pas en conclure que nous aspirons profondément à l'intelligence, au savoir, au jugement et que nous devrions tout mettre en œuvre pour les développer, dans la formation des jeunes et dans la vie des moins jeunes ? Le langage de la bêtise révèle ici une aspiration dont il faudrait bien ne pas avoir honte.

Mars 2002

« ... Et tout ça, machin »

Je voudrais ici relater une petite émotion que j'ai éprouvée il y a quelques jours. Je venais de rédiger une note sur le goût de l'exactitude dans les textes grecs de l'époque classique ; je venais de montrer avec quel soin les auteurs distinguaient des mots presque synonymes comme le *reproche* et l'*accusation*, ou bien la *défection* et l'*insurrection*, forgeant même parfois des mots composés pour marquer plus finement les différences de sens. Et j'étais pleine d'admiration. Là-dessus, voici que j'entends une enquête menée auprès de nos jeunes contemporains : on les interrogeait sur les perspectives qui les attendaient avec le droit de vote ; et une jeune voix résolue déclara alors : « Oh ! Aller voter, et tout ça machin, ça ne m'intéresse pas. »

Je tombais d'une rigueur parfaite dans une étrange imprécision. *Tout ça, machin* combinait l'imprécision et le mépris. C'était une aggravation de tours comme « et cetera » ou « et autres choses du même genre ». Je sais bien que de Gaulle a, une fois, employé le mot *machin* pour désigner une institution importante ; mais c'était de Gaulle et au moins ce n'était pas imprécis ! Ici, c'était différent. Il y avait cette espèce de blanc à quoi correspond le mot *machin*, employé quand on ne trouve pas le terme précis ou le mot recherché.

Que voulait dire cette formule ? Et comment remplir ce blanc ? Peut-être voulait-elle dire « je ne m'intéresse pas aux querelles particulières entre des partis ou des hommes » ; dans ce cas, c'était un sentiment bien compréhensible, mais qu'il aurait mieux valu exprimer plus clairement. Ou bien voulait-elle dire que le droit de vote et le suffrage universel ne l'intéressaient pas ? Soit ! Mais, dans ce cas, on pouvait se demander à quel autre régime elle pensait et si elle ne craignait pas l'arrivée de quelque forme de dictature ou d'oppression ?… Voulait-elle dire qu'elle ne s'intéressait pas au vote des femmes ? Solution improbable !… Peut-être voulait-elle désigner, avec le droit de vote, l'ensemble des règlements et des lois régissant un pays ? Ce serait là une tendance qui est, semble-t-il, répandue chez un certain nombre de jeunes ; mais la voix, toute gentille, n'avait rien de révolté ni de nihiliste et je crois qu'à cette interprétation comme aux autres elle aurait répondu que telle n'était pas sa vraie pensée.

Le blanc dans l'expression correspondait, je le crains, à un blanc dans la pensée. Car une impression globale et vague ne peut se préciser qu'à l'aide des mots, de leur distinction, de leur emploi délibéré et contrôlé. On pense avec des mots. On distingue les notions avec des mots. Le langage est, en effet, l'instrument même de la pensée, et le seul moyen de lui donner des contours fermes.

En fait, cet exemple m'a frappée à cause des redoutables implications politiques qu'il pouvait suggérer. Quelqu'un qui a connu la guerre, l'Occupation et des régimes d'oppression n'aurait pas accepté ce flou dans sa réponse. Mais il n'est pas de colloque ou de débat dans lequel on n'entende de perpétuelles rectifications du genre de « ce n'est pas là ce que je voulais dire… »

ou « vous avez mal compris », ou « je me suis mal exprimé… » De telles remarques révèlent assez l'insuffisance des déclarations antérieures. Même si cela était inévitable, et qu'il y ait toujours profit à progresser par la discussion, ce serait encore à l'honneur du langage.

Le débat, dans une classe, quand chacun offre une réponse, et que le professeur, interrogeant les autres, demande mieux ou plus exact, est une bonne image de cette recherche de la précision. La recherche d'une bonne traduction en est aussi un exemple : on offre, on critique, on mesure la différence entre ce que l'on voudrait exprimer et les mots que l'on propose, et les notions, de proche en proche, prennent leur vrai contour et leur vraie force. La santé du langage, c'est aussi la santé de la pensée – sa précision et son efficacité : avec les *machins*, en revanche, aucune discussion n'est même possible.

Je voudrais pourtant ajouter un mot, qui me rapprochera de l'auteur de cette triste déclaration. C'est que, d'une certaine façon, les déclarations des hommes politiques, nourries par la langue de bois, rejoignent un peu le refus d'expression de la formule que j'ai citée. La langue de bois n'est pas non plus une langue en bonne santé ; son emploi trop fréquent justifie un peu, non pas la réponse de la jeune fille, mais le sentiment auquel elle peut correspondre. La rigueur de la pensée, on ne cesse jamais de l'exercer : on l'exerce par l'attention donnée au langage.

Après tout, ce n'est pas un hasard si – pour en revenir à lui – le grec ancien avait un même mot, *logos*, désignant, tout à la fois, la parole et la raison.

Avril 2002

Éloge de la virgule

Les signes de la ponctuation, qui sont conventionnels, ne font pas vraiment partie de la langue ; mais ils contribuent à sa clarté. Et je suis de ceux qui les apprécient très vivement. Je ne suis pas la seule et je me rappelle l'insistance du président Senghor, quand il parlait de la ponctuation en général et de la virgule en particulier. Naturellement, on pourrait s'en passer ; les premières inscriptions, dans les langues anciennes, s'en passaient – ce qui ne facilite pas les choses. D'autre part, les signes employés ont parfois varié. Pour ne parler que de ce que je connais, je signalerais, par exemple, que le grec ancien avait un point en haut, que l'on plaçait au niveau supérieur des caractères, et qui correspondait en gros à notre point-virgule – ce dernier étant employé comme point d'interrogation !

De tels faits montrent bien le caractère factice de ces signes. Et il faut avouer que, dans le monde moderne, certains ont souhaité les rejeter. Des poètes, en particulier, ont voulu faire fi de la ponctuation, laissant aux mots le soin de se grouper pour suggérer des valeurs diverses. Même en dehors des poètes, beaucoup sont un peu rétifs ; la vérité est qu'ils sont souvent embarrassés par l'emploi de ces signes. Personnellement, je les aime, car ils contribuent à rendre le langage clair et à éviter tout malentendu. Je crois que je n'ai pas à défendre ici le point, si nécessaire, ni les deux points, introduisant une explication, non plus que le point d'interrogation ou le point d'exclamation. La question est un peu plus délicate pour le point-virgule, que beaucoup voudraient supprimer. Hélas ! Pourquoi s'en priver ?

En revanche, la virgule, ce petit signe en forme de baguette recourbée, n'est pas tant attaquée que difficile à bien utiliser. Il marque une faible coupure, mais, par là, il permet de grouper, en un ensemble distinct du reste, des mots qui, pour le sens, vont ensemble. Il n'est pas ici question de faire un manuel de l'emploi de la virgule : il existe pour cela des ouvrages spécialisés ; mais j'aimerais attirer l'attention sur un ou deux points. Je ne mentionnerai qu'en passant un emploi très simple : dans une énumération, les divers termes doivent être suivis de la virgule ; mais, s'il existe un mot de liaison à la fin, il n'y aura pas de virgule. Ainsi on écrit « les cahiers, les brouillons, les notes et les livres ». On a le choix entre la virgule et le mot de liaison.

Un autre emploi est plus intéressant. On met, en effet, entre deux virgules un groupe de mots qui forment un tout et rompent l'ordre normal de la construction. Et il est aisé de voir quel malentendu l'on peut ainsi éviter. Supposons que j'écrive « il m'insulta vivement et avec le sourire, je lui répondis… », voilà notre insulteur qui insulte avec le sourire ! Il fallait écrire « et, avec le sourire, je lui répondis ». Ainsi la phrase aurait été claire. L'exemple est un peu gros, mais ce genre de confusion est constant. Dans ce cas une règle d'or : ce groupe de mots, ainsi détaché, doit être entre deux virgules, une avant lui, l'autre après lui.

La même idée s'étend aux relatives. Si nous disons, sans virgule, « les élèves qui bavardent seront punis », la relative apporte une définition et fait corps avec les mots « les élèves ». Au contraire, si je dis « tous les élèves, qui étaient fatigués, cessèrent d'écouter », il ne s'agira plus d'une définition, mais d'une explication venant comme une parenthèse dans la phrase et sera, elle, entre virgules – ce qui permettra de bien distinguer les deux cas. La virgule, dans les cas de ce genre, nous indique souvent la construction, c'est-à-dire le sens. Après tout, pouvons-nous douter de son importance, quand nous voyons, en mathématiques, la différence entre 105 et 10,5 (dix, virgule, cinq) ?

Un joli instrument de clarté et de précision, par conséquent ! Mais il faut ajouter que la virgule peut aussi marquer une différence dans le ton, dans le rythme de la parole, dans le souffle de la voix. On peut parfaitement écrire « je me suis fâché stupidement », mais il y a une nuance, lorsqu'on écrit « je me suis fâché, stupidement ». Alors se glisse un temps d'arrêt, comme un remords et un jugement donné après coup.

Précieuses petites virgules ! On comprend que, lorsque l'on reproduit un texte, on se vante de l'avoir copié, « sans y changer une virgule ». Si nous aimons notre langue, il faut lui donner toutes les chances de faire valoir ses possibilités. Pensons alors à cet auxiliaire qui m'est cher : pensons alors à la virgule !

Mai 2002

Le style

Notre mot français *style* est un bon exemple de la façon dont les mots évoluent du concret vers les notions abstraites. On connaît, en effet, en grec, un mot *stulos* qui signifie « colonne » et, en latin, un mot *stilus* qui signifie « style », un instrument pour graver et, par conséquent, pour écrire. Nous n'avons pas ici à nous interroger sur les échanges et les influences qui ont pu exister, qui ont fait passer en grec le sens du latin et nous ont légué dans nos langues modernes le *y* correspondant à l'*upsilon* du grec. Ce qui importe, c'est que, entre une colonne et un instrument pour écrire, nous sommes en plein dans les objets concrets.

Ces deux valeurs se retrouvent d'ailleurs dans notre français. Le sens de « colonne » ne subsiste que dans des dérivés ou des composés ; mais nous employons le mot *péristyle* pour désigner l'espace compris entre le mur d'un temple et une rangée de colonnes qui en suivent la forme ; on rencontre aussi l'expression de *stylite* pour désigner les saints, les anachorètes, qui décidaient de vivre sur une colonne ; on parle ainsi (et pour plusieurs personnes !) de saint Siméon le Stylite.

Quant au sens d'« instrument pour écrire », il a donné de nombreux termes dans notre langue française et s'applique même à des objets très modernes, qui ne procèdent plus du tout de la même façon que les anciens, pour écrire. On a ainsi le *stylographe*, abrégé en la forme courante de *stylo* ; on a aussi le *stylobille*, ou le *stylomine*. Et voici la colonne du Parthénon étroitement associée au stylomine dans notre poche !

Jusque-là, pourtant, tout va bien ! Il s'agit toujours d'objets matériels. Mais à partir du moment où l'on écrit, quel que soit l'instrument utilisé, l'attention se porte sur ce que l'on écrit. Il y a une manière d'écrire, et non pas de façon seulement matérielle : il y a une manière d'arranger les mots et cette manière traduit à la fois notre goût, notre éducation, notre époque, mais aussi le genre littéraire que nous pratiquons. Il y a un style noble et un style familier ; il y a le style de Tacite, ou bien le style de Verlaine. Il y a, certes, des règles pour bien arranger les mots. Ce sont des règles de rhétorique ; et l'on a ainsi des ouvrages intitulés *Traité du style*. Mais il y a également une part personnelle très importante, qui est comme le ton que nous adoptons pour parler, et traduit un choix délibéré et bien à nous. C'est bien pourquoi Buffon a pu en formuler la phrase célèbre qui dit : « *Le style, c'est l'homme même.* »

Nous voici donc devant un immense changement, un élargissement sans pareil. Mais ce n'est pas tout ; car, à partir du moment où l'on emploie ce mot pour l'art d'écrire et d'exprimer sa pensée par l'écriture, comment ne l'emploierait-on pas pour toutes les autres formes d'expression, pour la peinture, pour la musique, pour l'ameublement, et bientôt pour l'habillement ? J'ai dit à l'instant qu'il y avait un style de Verlaine ; mais il y a aussi un style de Rubens, ou de Mozart ; il y a aussi un style Le Corbusier ; et il y a également un style Chanel !

Les lectrices de *Santé Magazine* savent à coup sûr qu'il y a un style dans le domaine de la coiffure ou bien, si l'on préfère, dans les maillots de bain ! Nous sommes là bien loin du *style* dont nous étions partis : on dirait que le *style* prend toutes les formes. Et de même qu'il existe une science appelée la *stylistique* pour le style littéraire, il existe, dans tous ces domaines, des *stylistes* qui peuvent donner des conseils de raffinement et de goût.

On ne peut plus le retenir, ce mot ! On parlera d'un domestique *stylé*, quand il connaît les règles de la bienséance et les bonnes manières ; on parlera d'un ameublement *de style* si l'on veut dire qu'il s'inspire d'une certaine époque, sans qu'il soit même plus besoin de préciser laquelle et, pour un spectacle d'acrobatie, voire de sport, on s'écriera volontiers : *Quel style !*

Que l'on passe du concret à la notion abstraite est un phénomène courant. Pour mieux s'en tenir aux instruments d'écriture, on dira ainsi que tel auteur s'est exprimé avec une *plume féroce.* Mais qu'est-ce que cela, par rapport au style ? Le petit instrument pour écrire est devenu, en fin de compte, la marque propre de l'homme sur ce qu'il a à dire et sur la façon dont il a choisi de vivre. Il y a, en effet, et j'en terminerai avec lui : un *style de vie…* Ou, en tout cas, il serait bon d'en avoir un.

Juin 2002

Sur le mot *incivilité*

J'ai été frappée de rencontrer un peu partout, ces derniers temps, un sens nouveau pour le mot *incivilité* : je ne sais qui a lancé ce sens ; mais il m'a inspiré un peu de trouble et quelques réflexions.

Le mot, naturellement, est bien attesté en français ; mais il n'était pas habituel de l'employer pour désigner des actes de délinquance, des agressions, des destructions ou des vols de propriété privée ou publique. Le mot s'employait dans un sens beaucoup plus faible pour désigner un manque de courtoisie. On s'excusait de son incivilité si l'on avait, par mégarde, franchi une porte avant une personne qui méritait des égards, ou bien si on lui avait coupé la parole ou que l'on ait négligé un des titres qu'il convenait de lui donner. Je me rappelle d'ailleurs avoir eu entre les mains, dans ma jeunesse, un livre fort sage qui s'appelait *La Civilité puérile et honnête*. Je sais bien que l'on rencontre dans des usages rares et vieillis le mot *incivil* pour désigner ce qui manque aux lois relatives aux citoyens ; mais ce précédent est bien lointain et fort éloigné de l'usage. J'ai donc été troublée de voir employer un mot qui semblait minimiser la gravité des faits auxquels on l'appliquait et suggérait une sorte d'indulgence, peu justifiable.

Cela m'a pourtant fait réfléchir à l'évolution même de ce groupe de mots ; on y reconnaît, bien lisible, la présence du citoyen et de la cité, la dignité du *civis romanus* et tous les dévouements qu'impliquent des mots comme *civique* ou *civisme*. Et je trouvais assez émouvant que cet idéal d'ordre public, régi par des lois et liant entre eux des concitoyens, ait porté en soi cette tendance à évoluer vers les manières douces, vers la tolérance, vers la courtoisie. C'est ainsi que l'on a vu, à l'intérieur de notre langue, naître et s'épanouir des composés d'une rare importance : *civilisé* et *civilisation* ! Et c'est un fait que la civilisation, entendue au sens large et général, s'oppose à toutes les brutalités et à toutes les violences : le contraire d'un *civilisé* est un *sauvage*. On comprend donc comment une sorte d'évolution naturelle a pu faire passer des sens nobles et politiques au sens simplement familier de courtoisie, quand la douceur se développe dans l'ordre des cités.

Mais alors ce nouveau sens n'était-il pas un effort pour remonter aux valeurs premières de cette famille de mots, à toute cette constellation de vertus qui a pu entourer la notion au début ? Si l'on pouvait seulement les retrouver bien vivantes, ces valeurs et ces vertus ! Elles commandent et dominent l'ordre de la cité ; et, par le mot *cité*, on sait bien que l'on désigne tout groupe obéissant à des règles communes : un pays, un groupe de pays ; on peut même être *citoyen du monde* ; et c'est précisément le sens premier de ce mot grec passé en français qui est *cosmopolite*.

Et je retrouvais soudain les grands développements du temps passé sur ces valeurs et ces vertus. Et d'abord la loi : je pensais à ce texte de Démosthène s'interrogeant sur les raisons qui font que les gens n'ont pas peur dans la rue, ne craignent pas une agression, s'en retournent chez eux tout tranquillement : et qui donc les rassure ? Eh bien, dit-il, c'est la loi. Non pas qu'elle puisse venir à leur secours en cas de danger, mais simplement grâce à sa force. Et d'où vient-elle, cette force ? Voici ce qu'il répond : « *Ce qui fait la force des lois c'est vous-mêmes, à condition de les fortifier et de mettre en toute occasion leur puissance souveraine au service de l'homme qui les réclame. Voilà comment vous faites la force des lois de même qu'elles font la vôtre.* » Ce beau texte nous le dit clairement : il incombe à chacun de maintenir le plus possible l'État de droit qui assure la sécurité des personnes et des biens. De plus, par-delà la loi, il y a le fait de sentir que l'on appartient à un même groupe, qui a ses règles et se trouve de ce fait uni : ainsi se développe un sentiment de fraternité et de solidarité. Bientôt, c'est la porte ouverte à une tolérance largement humaine.

J'ignore si le mot *incivilité* dans son sens nouveau sera durable, et si son emploi fera rayonner ses valeurs civiques, ou ne constituera qu'un affaiblissement de plus. Mais une chose est sûre : les mots dans l'évolution qu'ils subissent et les nouveautés qui apparaissent sont le reflet même de notre idéal ou de nos façons de voir. Ils peuvent même à l'occasion contribuer à modifier cet idéal ; et la réciproque est vraie. La vie des mots est un peu notre vie.

Juillet 2002

Si nous parlions de l'amour ?

Le vocabulaire français pour parler de l'amour semble parfaitement clair et ordonné. Il remonte en gros à deux sources. La source latine a donné le verbe *aimer* avec ses divers dérivés, depuis l'*amitié* et l'*amant* jusqu'au simple *amateur*. Le verbe *aimer* est le modèle de notre conjugaison ; il est le plus employé et le plus classique. La source grecque, elle, a donné (souvent à travers le latin) deux racines, de sens différent. Il y a les composés formés sur *philos* ou *philia*, qui désignent un sentiment de proximité, de sympathie, et d'amitié. Et il y a les composés d'*eros*, désignant le désir et l'amour sexuel. De ces deux sources grecques sont nés des quantités de composés.

Pour la première série on peut trouver la racine *phil*, soit au début soit à la fin du mot : ainsi le *philosophe* est un ami de la sagesse et de la recherche ; le *philologue* est un ami du langage et expert en la matière ; inversement, le coton *hydrophile* attire l'eau ; et des composés modernes s'y joignent bientôt, comme le *cinéphile* ! En face, nous avons toute la famille de l'érotisme. Au besoin on fait appel aux divinités, par pudeur, et l'on parle de drogues *aphrodisiaques*, d'après le nom grec de la déesse, ou de maladies *vénériennes*, d'après son nom latin. Tout cela fait un cadre net et précis ; il suffit d'ajouter tous les mots, plus ou moins imagés, que le français s'est donnés pour désigner les diverses formes de l'amour, comme l'*attachement*, l'*affection*, la *tendresse*, l'*inclination*, le *penchant*, la *flamme*, ou les verbes comme *brûler pour, chérir, adorer, désirer…*

Mais ce cadre parfait nous réserve pourtant quelques surprises et quelques leçons. D'abord dans l'ordre de l'orthographe. À plusieurs reprises, il a été question de simplifier l'orthographe des mots français et en particulier de remplacer le groupe *ph* par la lettre *f.* Or, il est clair que l'orthographe traduit ici l'origine des mots, et par conséquent leur sens. De la racine *phil-* existait un mot grec *philtron*, qui désignait une boisson capable d'inspirer l'amour. On pourrait l'écrire avec un *f*, comme en italien. Mais dans ce cas, reconnaîtra-t-on le mot grec ? Ne le confondrons-nous pas avec le *filtre*, qui désigne un petit tamis et vient d'un dialecte francique ? Fâcheuse confusion ! Il ne faudrait pas croire qu'une cigarette à bout filtre ou un café-filtre sont des recettes d'amour ! La faute d'orthographe comporterait ici de possibles désillusions…

Puis surgissent des problèmes relatifs au sens même des mots. Le plus connu est celui, si employé aujourd'hui, du *pédophile*, qui devrait signifier ami des enfants, tout le contraire du sens souhaité. Pourquoi ce glissement de sens et ce choix malencontreux ? Simplement parce que *pédéraste*, formé sur la racine d'*eros*, était déjà employé dans le sens plus large d'homosexuel. On a fait ce qu'on a pu, mais le mot traduit l'embarras où l'on s'est trouvé. De même, un mot a complètement abandonné le domaine de l'amour : *agapè.* Employé aujourd'hui pour désigner un festin, il signifiait à l'origine, en grec, l'« amour divin ». Il s'est appliqué d'abord aux repas fraternels des premiers chrétiens où dominait cet amour ; puis l'on a glissé, glissé, et l'on parle aujourd'hui de *folles agapes*, pour des festins où l'amour divin n'a plus rien à voir. L'histoire des mots est l'histoire même de notre culture ; et ces surprises méritent d'être méditées.

Enfin, disons un mot du style et de la bonne langue. Je parlerai à peine de la négligence familière qui consiste soit à employer des mots trop forts en leur donnant une valeur ridiculement faible – par exemple *j'adore le gruyère* –, soit à négliger les formes grammaticales normales et à dire par une sorte d'élision *le gruyère, j'aime !*

D'autre part, même là, il y a intérêt à éviter l'exagération. Pour une fois, je citerai un texte classique comme un exemple à ne pas suivre ; il est vrai qu'il est placé par Racine dans la bouche de Néron, déclarant dans *Britannicus* : « *J'aime, que dis-je, aimer ? J'idolâtre Junie* » ; n'y a-t-il pas plus de force dans la litote cornélienne, souvent citée en exemple, qui dit seulement : « *Va, je ne te hais point !* » ?

L'amour est un domaine pour lequel la langue française a très peu emprunté à l'anglais ou à l'allemand, à *love* ou à *Liebe* ; mais elle a cherché les moyens d'exprimer des nuances précises : elle nous les offre, et c'est un plaisir que de les respecter. Nous ne nous en porterons pas plus mal et elle s'en portera mieux.

Août 2002

L'adjectif : où le met-on ?

Bien que l'ordre des mots dans la phrase française ne soit pas aussi libre que dans d'autres langues, il reste quelques libertés : la place de l'adjectif épithète, par rapport au nom, semble être du nombre, car on peut placer cet adjectif, selon les cas, avant ou après le nom.

Attention, pourtant ! Il y a non pas, peut-être, des règles, mais des habitudes de langue, si nettes qu'une différence de sens peut en résulter, ou même une faute caractéristique.

Lorsque l'adjectif constitue comme une définition, donnant son sens au nom, il se place toujours après ce nom. On le sait par l'habitude, par l'oreille ; mais, si un étranger se trompe, cela donnera une faute manifeste et risible. Il est impossible de dire *le municipal conseil* ou *le gaulois coq*, ou bien *le secondaire enseignement* ; on ne dira pas non plus (car l'adjectif définit la réalité même dont il est question et forme un tout avec le substantif) *l'infantile mortalité* ou *la dominante pensée de ce texte* et cela est si vrai que, lorsque l'on traduit, il faudra inverser les mots : l'*Académie britannique* s'appelle en anglais la *British Academy*.

Ces faits sont évidents pour tous, même si on ne les

a jamais remarqués. Mais il est plus curieux encore de constater que l'adjectif épithète change souvent de sens, selon qu'il est placé avant ou après le nom : en gros, on peut dire que, placé avant, il indique une catégorie générale, souvent mêlée d'un élément affectif ; au contraire, placé après, il exprime un jugement précis et concret, portant souvent sur un cas déterminé. *Un grand homme* n'est pas *un homme grand* : dans un cas c'est une appréciation morale et générale, dans l'autre c'est un jugement physique, portant sur une personne précise. Inversement, *un petit frère* n'est pas forcément « un frère encore petit ». Quelquefois la différence est grande ; si je dis *un curieux policier*, cela désignera un homme déguisé ou aux façons inhabituelles, tandis qu'*un policier curieux* désignera le tour d'esprit d'un personnage déterminé. De même, si l'on dit *ces pauvres enfants*, c'est une appréciation générale et affective, mais si l'on dit *les enfants pauvres*, on définit une catégorie à part. Dans ce domaine aussi, la traduction nous révélera souvent l'importance de la distinction : en anglais, les mots *great* et *big* ne sont pas synonymes.

Oh ! je sais : la nuance est parfois à peine perceptible. On peut dire que l'on éprouve *un intense désespoir* ou *un désespoir intense* ; que dans un jeu ou un tournoi, on a *un avantage sérieux* ou *un sérieux avantage* ; c'est presque la même chose. Mais peut-être reste-t-il une nuance, quand même ! Peut-être, placé après, l'adjectif indique-t-il plus nettement que l'on porte un jugement et prend-il une valeur légèrement renforcée. Tout cela est délicat, subtil, et mérite attention.

Là, on touche au style et j'ajouterai que le style veut

que l'on choisisse les mots, que l'on choisisse leur place, et que l'on joue parfois à modifier cette place pour créer un certain effet ou de surprise ou de relief : c'est une façon de mobiliser l'attention. Cela est surtout vrai en poésie. J'ai feuilleté un peu Baudelaire et, à chaque page, je trouvais des formules où l'ordre des mots était juste un peu inattendu. Nous parlons de *paroles confuses*, mais Baudelaire dit de *confuses paroles*. Ou bien l'on rencontre dans le même vers deux ordres inverses qui frappent et attirent l'attention ; ainsi, dans *Le Cygne*, on a d'abord l'oiseau qui « *sur le sol raboteux traînait son blanc plumage* » ; et, vers la fin, la femme noire qui regrette « *les cocotiers absents de la superbe Afrique* ».

Mais, de toucher à la poésie nous révèle que l'harmonie compte aussi ; elle compte dans la prose elle-même, et veut que, s'il y a plusieurs adjectifs, ou des adjectifs avec un complément, on ne fasse pas trop attendre le substantif auquel ils se rapportent ; elle compte aussi pour l'agrément des sonorités. Mais cela est plus vrai encore en poésie. Nous parlons normalement de *longs sanglots* ; mais Verlaine jouant sur le son même des mots et étirant mélancoliquement l'expression, écrit, avec une inversion, ces quelques vers superbes :

> *Les sanglots longs*
> *Des violons*
> *De l'automne*
> *Blessent mon cœur*
> *D'une langueur*
> *Monotone.*

N'est-il pas précieux de prendre conscience de ces merveilles et de s'exercer à les entendre : la santé de la langue se complète ici par sa grâce.

Septembre 2002

À demi-mot

J'ai déjà signalé ici, à propos des moyens de transport, l'habitude qui consiste à couper brutalement les
mots et à n'en garder qu'une syllabe ou au plus deux.
J'avais rapproché ce trait du goût de la vitesse : il s'agissait de mots comme *auto, vélo, moto*... Mais l'usage est
loin de se limiter à ce domaine ; et il n'est pas sans suggérer quelques réflexions.

Il s'étend, en fait, à tous les domaines un peu usuels,
et surtout s'il s'agit de mots appartenant à un groupe
de personnes déterminé : les mots tendent alors à entrer
peu à peu dans la langue. Tel mot, qui est presque de
l'argot, est ignoré des dictionnaires ; puis il entre à
la fin d'une rubrique comme abréviation ; bientôt, le
mot a une rubrique à lui, mais est qualifié de familier ; enfin, il devient un vrai mot à part entière. Il n'est
même plus familier. C'est le cas de mots comme *métro*,
pour lequel on ne pense plus au « métropolitain », ou
de *stylo* pour lequel on oublie « stylographe » ; de
même, qui pense que le *piano* n'est qu'une abréviation
de « pianoforte » ou même *rétro*, une abréviation de
« rétrograde » ?

Comment se fait cette entrée progressive et quelles en
sont les conditions ? Il faut évidemment qu'il s'agisse

d'un mot très employé, et que les sonorités s'y prêtent ; on aura remarqué, par exemple, le goût pour les abréviations se terminant par la lettre *o*. En tout cas, une fois entrés dans la langue, ces mots en observent les règles : on écrit au pluriel des *profs*, avec la lettre *s* du pluriel, ce qui ne veut pas dire que le mot soit encore tout à fait officiel. Mais la poussée s'exerce dans tous les domaines.

Un des plus notables est le domaine scolaire. Ainsi l'on dit très normalement la *philo* et les *maths*. Au contraire, la *gym* est restée du langage des élèves et les *sciences nat* ont disparu avec le titre même de cette discipline. Tout cela mène au *bac* ; car le « baccalauréat » a d'abord été abrégé en *bachot*, lui-même encore abrégé de façon désormais officielle. Au contraire, l'agrégation, touchant un public restreint, ne s'appelle *agreg* que dans un petit groupe et le mot n'appartient pas vraiment à la langue. Je ne trouve pas le mot *prof* fort élégant, mais c'est un fait qu'il est très employé ; il faut d'ailleurs éviter de le confondre avec *pro* (signifiant professionnel) qui est sensiblement moins répandu, mais figure déjà dans les dictionnaires. C'est affaire de degré. On parlait couramment des classes comme *math élém*, *math sup* et *math spé*, mais les réformes ont rejeté ces termes dans l'argot scolaire. En revanche, le mot *fac* sera employé dans quantité de textes littéraires, bien qu'il sonne encore un peu comme appartenant au jargon du métier.

Bon ! Mais il ne s'agit pas seulement d'un langage spécial à l'école. Très vite, nous découvrons que tout ce qui est très usuel s'abrège. Ne dit-on pas, très ordinairement, la *télé*, la *radio* ? Le *cinéma* est différent ; le mot est déjà une abréviation de « cinématographe » et l'on a tenté de le raccourcir encore en *ciné* – qui n'est pas encore vraiment entré dans la langue. En revanche, on dit couramment le *micro*. Et j'en aurais autant à offrir dans tous les domaines : en médecine, la *polio* ; dans la vie courante, on va consulter son *psy* ; en politique, on parle d'un *collabo*, d'un *réac*, de la *Sécu* ; on dit, depuis peu, les *ados*. Et voici que l'on abrège même les mots anglais puisque l'on parle de *foot*.

J'en oublie, bien entendu, je cherche seulement à donner une idée de l'ampleur du phénomène, surtout dans les dernières décennies, et à montrer selon quelle progression les mots franchissent la barrière et entrent peu à peu dans notre langue. Je ne crois pas que ce soit bon pour la santé de cette langue. Je suis sûre que cela crée des difficultés de compréhension, non seulement pour les étrangers ou les peuples francophones, mais même pour les Français d'un milieu différent, peu habitués à ces coupures à la tronçonneuse. Nous avions besoin de ces éléments que l'on rejette ; ils disaient l'origine des mots et pouvaient être entendus par tous.

Ce procédé me rappelle *Le Malade imaginaire* de Molière, quand Toinette déguisée en médecin donne ses fameux conseils ; le malade doit se faire amputer allègrement : « *Que diantre faites-vous de ce bras-là ? – Comment ? – Voilà un bras que je me ferais couper tout à l'heure, si j'étais que de vous. – Et pourquoi ? – Ne voyez-vous pas qu'il tire à soi toute la nourriture…* » Puis elle lui suggère de se faire crever un œil : « *Ne voyez-vous pas qu'il incommode l'autre* […] *? Croyez-moi, faites-vous-le crever au plus tôt : vous en verrez plus clair de l'œil gauche.* »

N'encouragez pas l'entrée de tous ces mots estropiés,

boiteux, borgnes, dans notre langue ! La pression est forte ; mais il faut faire un tri et prendre la force d'aller jusqu'au bout des mots !

Octobre 2002

L'histoire des mots a ses surprises

Les termes que nous utilisons bien tranquillement dans la vie courante ont, en fait, une longue histoire et ils ont connu souvent, avant d'arriver jusqu'à nous, de curieux détours.

Je m'en étais étonnée, à l'origine, en lisant une étude de l'excellent helléniste Pierre Chantraine sur le mot *calmar*. Cela paraît-il normal de penser que le nom de ce mollusque, que nous mangeons l'été au bord de la Méditerranée, vient en fait d'un mot grec qui signifiait *roseau* ? Quelle aventure l'amenait jusque-là ? Eh bien, on le comprend : le *calamos* ou roseau servait à écrire ; par la suite, le groupe formé par la réserve d'encre et la plume s'est appelé *kalamarion* ; et le mot est passé en latin, toujours du nom du roseau ; et de là, on est passé tout naturellement à *encrier* ; puis à l'animal ressemblant à la seiche, qui a la particularité de produire de l'encre. On est passé d'un végétal à un objet puis à un animal ! De façon compréhensible, le mot a franchi toutes les étapes avant d'aboutir à son emploi courant aujourd'hui.

Mais, puisque nous en sommes à la table et aux aliments, cet exemple m'en suggère un autre, qui est celui du *muscat*. À l'origine, il y a une odeur, le *musc* ; et voilà un mot que nous avons emprunté, cette fois, non pas au grec, mais au persan ! Le musc est, en effet, tiré d'une glande d'un animal vivant en Perse ; c'est de là qu'il est venu jusqu'à nous. Très bien ! Mais il ne s'est pas arrêté à cette première conquête, car il s'est mis à qualifier tout ce qui, même venant d'une origine toute différente, avait une odeur forte et attrayante (on remarquera au passage que je continue à préférer l'adjectif *attrayant* à l'anglicisme *attractif*). Une odeur de cette sorte sera dite *musquée* ; un personnage qui se parfumait de façon insistante a même été appelé, pendant un temps, un *muscadin*.

Mais ce dernier mot même attire notre attention, car, de ce musc tiré d'un animal, est bientôt sortie la *muscade*, produite par un arbre appelé le *muscadier*, et l'expression de *noix muscade* est encore courante dans les recettes de notre temps. Voilà pour l'animal et le végétal. Mais, ici encore, ce n'est pas tout ; car bientôt cette idée d'une odeur et d'une saveur assez riches s'est spécialisée dans le cas du raisin et du vin. Et voici surgir notre *muscat* ! Le *muscat* est un raisin, superbe et parfumé ; et le mot s'emploie même comme adjectif, puisqu'il existe une œuvre de Colette intitulée *La Treille muscate.* Du coup, le mot s'est appliqué aussi au vin. Voilà qui fleure bon l'été et le Midi ; tout cela évoque la Méditerranée, mais attention ! c'est là oublier une dernière transformation qui veut que ce nom ait été transmis à un vin parfumé, mais qui n'a pas du tout le goût du muscat et qui est produit dans la région de Nantes : ce vin bien connu est appelé le *muscadet* ! C'est un vin blanc et sec, qui se boit bien frais et est excellent avec le poisson. Mais avouons-le, nous sommes loin de la Perse ! Nous sommes loin aussi de la poche de cet animal d'où se tirait le musc.

J'allais conseiller à mes lecteurs de manger leur calmar en l'arrosant de muscadet, rejoignant ainsi les deux mots dont il a été question ici, mais je m'avise que, pour leur menu, il faudrait peut-être un dessert. Je pourrais suggérer le *sorbet* ; et alors je préciserais que le mot est venu, à travers l'italien, du turc et de l'arabe et qu'en fait, il s'agissait à l'origine d'une boisson et non d'une glace.

Ces quelques exemples montrent assez deux traits caractérisant notre langue. D'abord, ils soulignent la diversité des origines de nos mots, surtout quand il s'agit de mots concrets et de réalités que l'on a pu emprunter aux uns ou aux autres. Autant il est déraisonnable d'emprunter sans raison des mots étrangers, alors que nous avons un mot français qui correspond exactement, autant c'est une marque heureuse de souplesse que d'accueillir ces mots étrangers qui nous arrivent avec les réalités correspondantes.

Mais le second trait est plus remarquable encore ; il consiste dans le fait que ces mots, une fois entrés dans notre langue, y vivent, y produisent des dérivés divers et changent peu à peu de domaine d'application. Cette transformation des mots, passant d'un domaine à l'autre, atteste, mieux que tout, la vie qui les anime. Certains des exemples cités ici sont antérieurs à la langue française, mais les faits se continuent dans notre langue et on en a eu la preuve. On pourrait en multiplier les attestations.

Or, cette faculté définit non pas seulement, comme le veut le titre de cette rubrique, la santé de la langue ; elle définit, tout aussi bien, son ouverture et sa vitalité.

Novembre 2002

Un exemple pour nous stimuler

L'exemple que j'offre aujourd'hui à notre méditation à tous est celui de François Cheng. François Cheng est d'origine chinoise ; il est arrivé en France à l'âge de dix-neuf ans, ne sachant pas un mot de français ; or, écrivain français reconnu, il vient d'être élu, et largement élu, à l'Académie française.

C'est là le résultat de toute une carrière au cours de laquelle il a appris le français, appris à aimer le français et à le manier en maître, publiant des traductions de poèmes et des poèmes personnels, des ouvrages divers sur la peinture chinoise, et bientôt deux grands romans, salués par tous avec admiration, *Le Dit de Tianyi* et *L'éternité n'est pas de trop*, parus tous deux chez Albin Michel, l'un en 1998 et l'autre en 2001. Tout récemment, il vient de publier aux éditions Desclée de Brouwer un tout petit livre intitulé *Le Dialogue*, dans lequel il s'agit évidemment d'un dialogue entre la culture chinoise et française, et dont le sous-titre est *Une passion pour la langue française*.

Là, il raconte comment il en est venu à faire de la langue française son moyen normal d'expression ; il explique quelles sont à ses yeux les qualités de cette langue qui l'ont séduit : non pas tant cette clarté si

souvent vantée que la justesse et la finesse des enchaînements liant entre elles les idées et les phrases. Il parle
même de mots pris isolément, dont il entend et apprécie
les sonorités. Il cite ainsi, par exemple, le simple mot
arbre, dans lequel il perçoit une montée allègre vers le
sommet, puis la redescente (avec la syllabe *-bre*) dans
l'ombre des feuillages. Il consacre même à plusieurs de
ces mots de brefs poèmes inspirés tout ensemble par
l'idée et le mot : le nom de l'*arbre* a ainsi droit à son
petit poème, avec le fût et la futaie jusqu'aux frondai-
sons, « foisonnantes profondeurs… » Je cite cet exemple,
mais il y en a d'autres : François Cheng évoque ainsi
en quelques traits les images que chaque terme lui
suggère.

Certes, cela peut être un avantage que de découvrir
une langue, en l'approchant en quelque sorte de l'extérieur, de pouvoir ainsi s'en étonner et la mesurer à
une autre langue : il est normal que l'on devienne par
là plus sensible aux moindres détails de ses constructions ou de ses harmonies. François Cheng est un poète
qui est porté à percevoir les détails d'une langue ; mais
il est aussi un étranger venu d'une langue toute différente ; et cela a pu être, en même temps qu'une difficulté et une source d'effort, un avantage précieux. Je
constate en effet que, parmi ceux qui illustrent le mieux
notre langue, beaucoup parlaient à l'origine une autre
langue ; pour ne citer que des exemples qui me sont
proches, à l'Académie française, Henri Troyat parlait le
russe et Hector Bianciotti est arrivé d'Argentine. Ce qui
est trop souvent devenu pour nous un savoir inconscient
et aveugle s'offre, à qui vient du dehors, dans sa vraie
lumière.

Mais, du coup, quel reproche pour nous, ou bien quel

stimulant ! C'est un reproche pour tous ceux qui traitent la langue avec mépris ou indifférence. Or, nous le faisons tous, plus ou moins. J'avoue, moi qui me bats de toutes mes forces pour cette langue française, qu'il m'arrive de mal parler ou de mal écrire par négligence démagogique ou bien par imitation ou lassitude. Nous ne devrions pas ! Car il y a vraiment une sorte de scandale à laisser s'abîmer entre nos mains cette langue que d'autres venus de loin savent apprécier, enrichir et illustrer.

Leur exemple compte. Et ils enrichissent la langue non seulement par leurs propres créations, mais par l'élan qu'ils nous communiquent, à nous qui avons tout naturellement l'usage de ce bel instrument et le traitons souvent si mal.

On comprendra d'après cet exemple qu'il n'y a, dans notre défense de la langue française, ni chauvinisme ni particularisme. Non seulement l'exemple nous vient d'un Chinois, mais le propos du livre est de ménager un rapprochement entre deux cultures, de se connaître, de se comprendre. François Cheng vit ses deux cultures et il vit avec deux langues. Simplement, pour nous qui n'en avons qu'une, et qui avons la charge de la maintenir et de l'affiner toujours plus, nous devrions bien, à notre tour, faire un effort pour que ce qui a ainsi charmé des gens d'autres pays reste digne de leur sympathie : il nous faudrait, pour cela, éprouver nous aussi, et répandre autour de nous, un peu de ce sentiment évoqué dans le sous-titre du livre : *Une passion pour la langue française.*

Décembre 2002

À propos de *rien*

J'ai déjà eu l'occasion de signaler ici l'existence de ces petits mots qui, sans être eux-mêmes négatifs, viennent soutenir la négation *ne* : ils désignaient à l'origine une petite mesure ou une petite quantité : un *pas* que l'on franchit lorsque l'on marche, un *point*, encore plus limité, ou encore des mots comme *goutte* (« on n'y comprend goutte »), et d'autres termes de ce genre. Mais je n'ai encore jamais évoqué les curieuses conséquences de cet usage sur notre langue. Car, au contact de la particule négative *ne*, certains de ces mots se sont chargés d'une valeur négative ; et ils oscillent parfois entre leurs deux emplois, positif et négatif. Or, il n'est pas sans intérêt de prendre conscience de cette souplesse de notre langue et de ces glissements qui, parfois, peuvent surprendre.

Voici, par exemple, deux mots qui nous semblent aujourd'hui résolument négatifs : le mot *rien* et le mot *aucun*. Si nous demandons « que voyez-vous ? », « quel signe voyez-vous ? », on répondra *rien* ou *aucun* et nulle expression ne pourrait être plus résolument négative. Et pourtant, il est indiscutable que ces mots et d'autres du même genre avaient à l'origine une valeur positive, dont on retrouve parfois la trace. *Rien* était à l'origine le latin de *rem*, « une chose ». Quant à *aucun*, il se rattache au latin *aliquis*, qui signifie « quelqu'un », et ce sens se retrouve en italien, où le mot *alcuni* signifie « quelques-uns ». Pour notre surprise, il a survécu en français dans un cas assez exceptionnel mais bien attesté, qui est celui de l'expression *d'aucuns* ; cette expression signifie « certaines personnes » et, quoique littéraire, cet usage est encore largement attesté : sans aucun doute, il y a là de quoi surprendre.

On constate, en effet, qu'entre ces deux valeurs – l'une, positive et assez peu attestée, l'autre, négative quand ces mots s'accompagnent de la particule négative *ne* – il existe en fait des exemples intermédiaires, dans lesquels on voit le mot se colorer d'une valeur négative sans devenir pour autant négatif. Des exemples rendent la chose claire. « Il est sorti sans rien dire » est, pour la langue, l'équivalent exact de « il est sorti sans dire un mot » ; mais c'est le mot *sans* qui exerce son influence sur notre *rien*, habitué à se rencontrer avec la négation. Il peut en être de même avec les verbes exprimant un doute, une hésitation. Et la négation, si elle n'est pas formulée directement, existe dans la pensée.

Un tel usage est vivant, souple, plus proche du souffle de la pensée que des règles extérieures. On dira ainsi, avec l'adjectif *aucun*, « il est sorti sans apporter aucune réponse », ce qui est grammaticalement l'équivalent de « il est sorti sans donner une réponse nette ». De même, avec d'autres mots de même nature : « il est sorti sans voir personne » ou bien « je ne crois pas qu'il y arrive jamais ». Dans de telles expressions, l'idée est colorée par le fait que l'on pourrait employer un autre tour, et affirmer « il n'a rien dit », « il n'a pas fait un geste », « il n'a vu personne », « il n'y arrivera jamais ». On glisse vers la négation.

Et encore, je n'ai pas compliqué les choses. Je n'ai pas parlé du piège que constitue la ressemblance entre *rien moins que* et *rien de moins que* : sur ce point, on rencontre tout, et le plus sage est de s'abstenir. Je n'ai pas parlé non plus de ce petit mot *ne*, appelé parfois explétif, qui, sans être vraiment négatif, intervient dans des propositions dépendant de verbes de sens négatif. Là aussi, il s'agit d'une sorte de contagion, d'assimilation par l'idée ; c'est ainsi que l'on dit « je crains qu'il ne vienne » ; cela veut dire « il viendra, je le crains » ; au contraire, si l'on veut dire « il ne viendra pas, je le crains », on dira « je crains qu'il ne vienne pas. »

Ce sont là des usages nuancés et délicats. Je ne les signale pas tellement pour prévenir des fautes possibles et des contresens éventuels : je voudrais plutôt en tirer deux conclusions. La première est l'importance capitale de la négation *ne*, indispensable pour donner aux autres mots leur vraie valeur négative. Il faut à tout prix la préserver et cesser de dire « j'ai rien fait, je sais rien ». La seconde conclusion est qu'il faut aimer et respecter ces bizarreries apparentes de la langue ; elles sont comme les pousses et les détours d'une plante qui se développe ; en ne les respectant pas, on porte atteinte à son épanouissement naturel et, par conséquent, à sa santé.

Janvier 2003

Gauche et droite

L'histoire des mots nous révèle la persistance dans la langue de tendances assez irrationnelles qui introduisent dans le vocabulaire des nuances de mépris ou même de superstition. Les termes désignant le côté gauche ou la main gauche sont, à cet égard, révélateurs.

Les Anciens admettaient que le vol des oiseaux vers la gauche était un signe néfaste ; le résultat est que les mots désignant la gauche devenaient aussitôt défavorables.

Pour conjurer cette tendance, les Grecs avaient inventé des mots le plus possible chargés de valeurs favorables : pour dire *gauche*, ils avaient un mot signifiant « au bon renom » (*euonumos*) et un autre mot dont Pierre Chantraine remarquait avec amusement qu'il était le comparatif d'un superlatif : il signifiait « supérieurement excellent » (*aristeros*).

Mais rien n'y a fait. La même croyance s'est transmise en latin ; et elle ne semble pas tout à fait absente du vocabulaire français, alors que les augures et les devins n'existent plus.

C'est ainsi que le mot désignant la gauche, *senestre*, du latin *sinister*, a brusquement disparu vers le XVe siècle, sans que l'on sache pourquoi : ne serait-ce pas de la même manière qu'ont disparu, en grec, les mots désignant la gauche et devenus défavorables ?

Après tout, le mot *senestre* se reconnaît dans notre *sinistre* ; et, si dans une langue comme l'italien, le mot *sinistra* désigne honnêtement la gauche, le mot français *sinistre* a pris bientôt une valeur entièrement défavorable : il a signifié « fâcheux », « terrifiant », peut-être même « de mauvais augure ». *Un bruit sinistre* ou bien *une lueur sinistre* sont à la fois tristes à percevoir et sources de fâcheux pressentiments. La tendance ancienne se glisse doucement dans notre emploi des mots.

Quoi qu'il en soit, le mot s'est effacé au profit d'un autre qui n'était ni grec ni latin, et qui est notre *gauche*. À l'origine, ce terme n'est pas très favorable : il signifiait « de travers », donc « maladroit ». Ce sens se retrouve nettement dans le verbe *gauchir* qui signifie « aller de travers, déformer » ; de même encore, une *gaucherie* est un défaut, contrairement à la *dextérité*. Dans l'ensemble, tout ce qui désigne notre gauche est tenu pour inférieur à l'autre côté.

A priori, il n'y a là rien de bien fâcheux ni de bien étonnant ; je dois d'ailleurs rappeler tout de suite que le mot n'a nullement cette valeur péjorative quand il s'agit d'indiquer une simple orientation, une position relative ou bien une direction. Et, bien entendu, il faut préciser qu'il en va de même quand il s'agit de politique : il désigne alors seulement les partis qui siègent à la gauche du président.

Mais attention ! L'évolution risque d'accentuer la nuance défavorable, quand elle existe ; et des expressions familières en fournissent bien des preuves.

Un mariage *de la main gauche* s'employait à l'origine pour un mariage qui ne conférait pas à l'épouse la noblesse de l'époux ; c'était déjà moins bien ! Et, dans la langue moderne, un mariage *de la main gauche* ou des enfants *de la main gauche* désignent une union libre ou des enfants naturels.

Mettre de l'argent *à gauche* signifie le mettre de côté, c'est-à-dire le dissimuler et bientôt le détourner ! Se lever *du pied gauche* signifie être mal à l'aise et de mauvaise humeur, mais bientôt une nuance s'y ajoute : on s'attend à une mauvaise journée. Comme on le voit, on retrouve l'attente, la superstition des origines.

Je m'arrêterai sur cet exemple : on pourrait ajouter d'autres expressions, dont le sens est plus évident comme *passer l'arme à gauche*, c'est-à-dire mourir, mais je voulais seulement attirer l'attention sur ces glissements furtifs qui s'opèrent dans notre langue. Ne tombons pas pour autant dans la « sinistrose » !

Février 2003

Les légumes et le vocabulaire

Les légumes dont nous faisons quotidiennement usage présentent un certain intérêt pour le vocabulaire. D'abord, il est amusant de voir d'où ils nous viennent. La plupart, naturellement, viennent de racines indo-européennes et souvent latines qui sont bien connues et bien attestées. Mais, pour ce qui est des légumes comme de beaucoup de ce qui remplit la vie quotidienne, il se fait des emprunts et la langue ne cesse de s'enrichir. Certains emprunts sont évidents et on ne surprendra personne en disant que le *brocoli* est un légume et un mot italien.

Mais les origines sont parfois plus lointaines et les aventures des mots plus compliquées. C'est ainsi que la *tomate*, qui nous est si familière, est un mot espagnol, mais qui vient de l'aztèque. De même que l'honnête *artichaut* vient d'un parler de Lombardie et les dictionnaires renvoient, pour l'expliquer, à l'espagnol et à l'arabe ! Il est bon d'enrichir ainsi et notre table et notre langue. Mais, parfois, les trajets nous réservent des surprises. Ainsi quand nous découvrons que le *haricot* vient d'une formation obscure et désigne au début le haricot… de mouton ! L'histoire se reflète dans de telles évolutions des mots.

Mais une fois que le mot est entré, on n'est pas au bout du chemin. Car, aussitôt, la langue familière s'en empare pour en tirer des images : un *oignon* est une petite déformation du pied, ou bien une montre ; une *asperge* se dit d'une fille trop grande et un *navet* d'une œuvre sans valeur. Mais certains légumes, particulièrement répandus et communs, semblent servir à former un grand nombre d'expressions, très employées et dont l'origine n'est pas toujours claire. On dirait même que le mot a attiré toutes sortes d'à-peu-près qui se sont groupés autour de lui. C'est le cas du *chou* !

Le chou a une place à part dans notre langage. Et d'abord l'on dit communément que les enfants *naissent dans les choux*. Pourquoi ? Parce que ce légume est bien rond et confortable et produit de nombreuses feuilles ? Le fait est, en tout cas, que la formule est très répandue. Mais les choux servent à évoquer bien d'autres situations. *Être dans les choux* est tout à fait fâcheux. Cela veut dire que l'on est dans une situation pratiquement perdue, dans l'embarras et l'ennui ; *rentrer dans le chou* de quelqu'un ou à quelqu'un, c'est l'attaquer violemment et, là encore, la chose n'est pas très claire. Pour deux expressions, même les spécialistes de la langue en viennent à se poser des questions et à former des hypothèses.

Faire chou blanc s'emploie couramment pour dire échouer et la plupart des dictionnaires ou listes d'expressions nous indiquent cet emploi, sans en préciser la source, et certains semblent en être venus à l'idée qu'à l'origine ce n'était pas le chou, notre légume, mais le coup prononcé à l'ancienne et signifiant un échec au jeu de quilles. L'hypothèse n'est pas du tout sûre, mais elle montre notre embarras devant cette invasion de notre vocabulaire par le chou.

Et il y a pire. Car si beaucoup de mots désignant des légumes sont employés défavorablement, n'oublions pas que *mon chou* ou *mon petit chou* sont des termes tendres et favorables. Pourquoi ? Pourquoi traiter quelqu'un du nom de ce gros légume inoffensif et banal ? Peut-être s'agit-il de la pâtisserie appelée « chou à la crème » ! Que dire ? Je sais bien qu'on dit aussi *mon petit rat* ou autre mot semblable, mais on reste un peu surpris ; et les choses s'aggravent quand on remarque que tout à coup une formation intervient, quelqu'un que l'on traite bien est appelé un *chouchou* et il vient de là toute une série de formations, *chouchouter, chouchoutage*, pour désigner un traitement de faveur. Ce serait un prolongement extraordinaire pour notre brave légume. Mais, là aussi, les linguistes se sont inquiétés et certains ont pensé qu'il ne s'agissait pas de lui, mais qu'il s'agissait d'une dérivation proche du verbe *choyer*. Le chou ne serait intervenu dans cette affaire que tardivement et par une sorte de prolifération qui lui fait gagner ainsi du terrain.

On le voit : il y a, dans le langage familier, des à-peu-près, des improvisations, peut-être des malentendus. Ainsi, aux emprunts étrangers par lesquels nous avions commencé s'ajoutent donc les emprunts populaires qui assurent la vitalité d'une langue.

Mars 2003

Le train

J'étais l'autre jour dans un train ; et tout à coup ce nom m'a frappé ; il n'avait rien d'extraordinaire, petit mot de sens clair et habituel qui s'est vite employé pour ce que l'on appelle de façon beaucoup plus surprenante un « chemin de fer ». Ce qui m'a frappée n'est donc pas la bizarrerie du mot, mais l'extraordinaire variété des sens qu'il offrait soudain à mon esprit oisif.

Le mot est bien antérieur, on s'en doute, à l'existence de nos chemins de fer : il désigne tous les groupes de personnes ou d'objets dans lesquels un élément en tire d'autres, ou les traîne. Et, à l'origine, on a pu parler de *train d'animaux*, soit se suivant par troupeaux, soit formant des attelages. Je passerai sur les emplois pratiques concernant la pêche ou la chasse, car presque tout de suite la notion de l'attelage s'est liée à la notion de l'ensemble des personnes accompagnant le maître, y compris les domestiques de la maison : ceci représentait son *train de maison* et expliquait son *train de vie*. Ces expressions ont subsisté avec un arrière-goût d'Ancien Régime.

Mais cette première extension est loin d'être la seule et le mot s'est très vite appliqué dans tous les domaines où entrait l'idée de série groupée, entraînée par quelqu'un ou quelque chose. Dans l'ordre pratique, tout objet servant à cela a pu être appelé *train* : ainsi le *train d'atterrissage* ; mais l'emploi peut s'appliquer au domaine abstrait puisque l'on parle d'un *train de décrets* !

Et si je joins à cela le mot apparenté de *traîne*, nous aurons une variété encore accrue puisqu'on emploie le mot dans son sens propre pour la pêche, mais aussi dans son sens figuré, puisque cela peut désigner le bas d'une robe qui se prolonge sur le sol. Quant à l'*arrière-train*, s'il suppose à l'origine un animal de trait, on sait qu'il s'emploie volontiers pour une partie du corps humain, alors que plus rien ne tire ni ne traîne quoi que ce soit.

Et si c'était tout ! Mais il se trouve que désignant l'allure d'une série en déplacement, le mot peut désigner, l'on comprend pourquoi, aussi bien une grande vitesse qu'une grande lenteur. C'est ainsi que l'on dira *aller bon train* (cela suggère la rapidité) ou *mener un train d'enfer* (ce qui suggère une rapidité proche du désordre) ou *à fond de train* (ce qui est une rapidité extrême). Mais on parlera d'un *train de sénateur*, ce qui implique une allure lente et majestueuse et l'on trouvera dans tous les termes apparentés au *train*, c'est-à-dire le verbe *traîner* et ses dérivés ou ses composés, l'idée d'une lenteur excessive. *Traîner en route* est aller trop lentement ; de même, de façon familière, les *traînailleries*, les *traînasseries*, les *traînards*, tous ces mots évoquent une lenteur excessive. Le mot semble désigner une allure qui peut être ce que l'on veut.

Et ceci nous mène à la troisième découverte de ces fantaisies du *train*, à savoir qu'il finit par perdre toute espèce de sens ! Cela se reconnaît dans l'expression *en train de*. Je sais bien que l'on offre des explications montrant que cette expression reflète un désir de commencer une action et, comme on dit, de *se mettre en train* ; mais, en fait, le mot ne fait qu'insister sur l'idée du verbe. Quand on dit *il est en train de dormir*, cela veut dire simplement qu'il dort et c'est un peu un gallicisme : on ne peut donner une traduction en mot à mot dans les langues voisines.

On arrive ainsi à de belles formules contradictoires, puisque l'on peut très bien dire *il est en train de dormir*, mais *au réveil il sera très en train*, ou bien *il sera plein d'entrain*. Le train nous conduit où nous souhaitons, du moins en général ; mais le mot nous conduit, on le voit, dans tous les sens !

Et puis je l'aime, ce petit mot. Je l'aime pour sa brièveté ; car au moins personne ne s'avisera de le couper en morceaux pour lui trouver des abréviations familières : il ne resterait rien de lui. Et, d'autre part, il nous repose de ces grands mots solennels et pédants où certains trouvent un plaisir un peu facile – des mots dans le genre de *responsabilisation, conceptualisation, concaténation*… ! « Au train où vont les choses », je me prends de passion pour les mots d'une seule syllabe.

Avril 2003

Concessions

En français, comme d'ailleurs en latin, on distingue dans tous les verbes le mode indicatif et le mode subjonctif. L'indicatif exprime un fait : « je pars » ; le subjonctif, au contraire, marque une dépendance, indique qu'une idée se subordonne à une autre : « il faut que je parte ». Cette distinction fondamentale rend compte de certaines règles de grammaire qui, autrement, sembleraient arbitraires et peu justifiables. Je pense aujourd'hui aux propositions concessives ; ce sont celles qui expriment une circonstance qui aurait pu aller à l'encontre d'un résultat et non pas jouer ce rôle. Elles commencent, en particulier, par les mots *bien que* ou *quoique*. La règle est que ces propositions se mettent toujours au subjonctif ; cela est logique et naturel ; ainsi on dira « je sortirai quoiqu'il pleuve » ou bien « quoique j'aie bien entendu, je n'ai pas compris ». L'emploi de l'indicatif dans de telles formules serait tout bonnement une faute de français.

Mais il y a quelques exceptions. Les mots introduisant une concession sont en effet nombreux. On peut employer des tours comme *malgré que, encore que*, ou bien des tours marquant presque une hypothèse, *même si* ou *quand bien même*... Mais le plus intéressant et celui qui fait le plus nettement exception est l'emploi de *tout* suivi d'un adjectif : « tout fatigué que je sois ». Il se trouve, en effet, que ce tour peut s'employer avec le subjonctif, comme dans l'exemple précédent et comme dans toutes les propositions de ce genre, mais aussi avec l'indicatif. Et cela ne se fait pas au hasard : il y a une nuance ! Supposons, en effet, que les conditions soient exactement les mêmes : on pourra dire « tout malade que je sois, je viendrai » ou « tout malade que je suis, je viendrai ». Si l'on emploie ce tour avec l'indicatif, cela voudra dire que l'on insiste sur le fait, sur la réalité de cette maladie ou de cette fatigue et que l'on attire l'attention sur elle ; au contraire, si l'on emploie le subjonctif, cela veut dire que l'on insiste sur la relation, sur la dépendance et sur la décision que l'on prend malgré cette fatigue ou cette maladie. Le degré de maladie est le même, la décision de venir malgré cela est la même : simplement, l'accent est mis un peu autrement et dégage un aspect un peu différent.

On le comprendra mieux, peut-être, si l'on constate que l'on retrouve la même différence dans les propositions exprimant une conséquence. Celle-ci peut être donnée comme un résultat de fait sur la réalité duquel on désire insister ; ou elle peut être donnée comme une possibilité, liée aux circonstances, et qui peut être réalisée ou non. Par exemple, « j'ai ralenti, de sorte que l'accident a été évité » : on insiste sur le résultat ; « j'ai ralenti de telle sorte que l'accident soit évité » : on insiste sur le lien plutôt que sur le résultat. Ce sont là des nuances, que connaissaient déjà les langues anciennes, et dont on comprend plus aisément l'existence quand on peut effectuer cette comparaison.

Mais, pour en revenir à ce tour de *tout* avec un adjectif

(« tout malade que je sois »), s'il est vrai que la nuance existe, et que les mêmes auteurs emploient de façon correcte tantôt l'indicatif et tantôt le subjonctif, il n'en reste pas moins que cette nuance s'atténue et que le subjonctif tend peu à peu à s'effacer de notre usage. J'ai remarqué, ces temps derniers, que lorsque je voyais dans un auteur respectable des formules comme « tout malade que je suis », j'éprouvais une petite surprise, quelque chose comme un malaise, et le sentiment d'une rupture dans mes habitudes. Que se passe-t-il donc ? Eh oui ! reconnaissons-le : une nuance se perd. Et, sans aucun doute, on peut déplorer la perte de chaque nuance, la perte de chaque finesse. En revanche, on a un peu le sentiment de mettre de l'ordre. Ce petit tour dont nous avons parlé était, en somme, une exception : il rentre dans la règle et la syntaxe de notre langue s'harmonise en s'unifiant.

Je sais bien que, dans l'usage, on simplifie plus encore que je ne le dis ici. Ce que l'on dira, en pratique, c'est « je suis malade, mais je viendrai ! » ou bien « j'ai freiné : j'ai évité l'accident ! » Et il est vrai que cela est correct, clair, rapide. On peut parler ainsi. Mais parfois nous lisons aussi des auteurs qui savaient construire des phrases et des périodes ; nous lisons des auteurs ou des articles où les nuances étaient spontanément suggérées et rendues sensibles. N'est-ce pas un plaisir de percevoir les finesses de ces architectures, d'en comprendre les raisons, et d'en apprécier les nuances parfois subtiles ? Tout comprendre compte aussi ; et, pour moi, rien n'est plus merveilleux.

Mai 2003

Quoi, quoi, quoi ?

J'avais évoqué, dans un numéro récent, les propositions concessives – en particulier, celles qui commencent par *quoique*. Mais il semble nécessaire d'y regarder d'un peu plus près, pour éviter certaines fautes et s'émerveiller de certains mécanismes de la langue.

Tout d'abord, il ne faut pas employer l'un pour l'autre, *quoique* et *quoi que*. Dans ce dernier cas, *quoi* a sa fonction grammaticale dans la phrase et *que* en est séparé ; *quoi* doit alors, normalement, être complément d'objet d'un verbe : « quoi que vous disiez, quoi que l'on pense ». Mais, très vite, les deux mots se sont soudés, devenant une conjonction, *quoique* qui indique une concession : « quoiqu'il pleuve, je sortirai ». Gare aux confusions !

Une des plus jolies illustrations du tour est sans doute à trouver dans *Les Femmes savantes* de Molière, quand elles se récrient sur le sonnet prétentieux qui vient de leur être lu. Ce sonnet comporte la formule « quoi qu'on die », où figure le léger archaïsme poétique de *die* pour « dise ». Et de s'écrier : « *Ah, que ce quoi qu'on die est d'un goût admirable !* »

En tout cas, le tour est clair : il signifie qu'une certaine condition peut être remplie, sans que la conséquence

arrive. Or, c'est un tour que la langue française pratique
volontiers. On le voit par des expressions reposant sur
un adjectif : « si furieux qu'il soit, il se fera une raison »,
c'est-à-dire « il est furieux, mais sa fureur ne dictera
pas sa conduite ». De même « tout malade qu'il soit, il
viendra », ce qui veut dire « qu'il est sûrement malade,
mais que cela ne suffira pas à dicter sa conduite ». Ou
encore « pour grand qu'il soit, il n'atteindra pas le
lustre », c'est-à-dire « il est très grand, mais cela ne suffira pas à obtenir le résultat escompté ».

Tout cela irait fort bien et montrerait assez de souplesse de la langue pour exprimer ce genre de relations.
Mais bientôt les choses se compliquent, car voici que
surgissent *quel... que* et *quelque* ! Là aussi, il y a une
jolie occasion de fautes d'orthographe et une jolie
révélation sur les possibilités de la langue.

Normalement, *quel* joue le même rôle dans ces propositions que *quoi*, avec cette différence qu'il s'agit d'un
adjectif et non d'un substantif. C'est ainsi que l'on dira
« *quels que* soient ses efforts, il n'y parviendra pas ».
Le verbe sera de même au subjonctif ; et la valeur de
concession sera la même, avec une insistance plus grande
sur l'intensité inutile exprimée dans la proposition.

Mais alors, que devient notre *quelque* ? Eh bien,
ce mot, nous le connaissons bien ! Il sert à exprimer
l'indéfini et à distinguer une unité ou plusieurs parmi
d'autres, de façon indéfinie. *Quelqu'un*, c'est une seule
personne, mais n'importe laquelle ; *quelques-uns*, c'est
un petit groupe dont on ne détermine pas l'ampleur.

Par suite, on comprend que le mot ait été employé
pour définir une circonstance qui, malgré son degré
intense, n'entraînait pas la conclusion envisagée. Dans ce
cas, comme pour les autres termes cités, il se construira

avec le subjonctif et établira un contraste entre une circonstance et son résultat. Le tour sera le plus souvent
avec un adjectif et *quelque* restera invariable. « Quelque
grand qu'il soit, il n'y parviendra pas » ou « quelque
malade qu'il soit, il viendra ».

Ce tour est évidemment un peu littéraire et pas très
répandu dans le langage parlé, mais il se rencontre. Et
je sais par expérience le nombre de fautes qu'il entraîne,
lorsque l'on confond, pour l'orthographe, « quel que
soit son état » avec « quelque malade qu'il soit ». Il faut
du reste admettre que, dans certains textes anciens, il
y a des exceptions ; du moins, la règle pour la langue
moderne est, elle, indiscutable. Progressivement, la
langue a été mise en ordre. Ne brisons pas cet ordre !

Juin 2003

Les petites surprises de la prononciation

Quand on s'inquiète de la prononciation, il s'agit souvent de poésie : on proteste à juste titre quand les syllabes sont avalées et que l'harmonie des vers ne se retrouve plus. On peut se plaindre également que ne soit plus faite la distinction entre les rimes féminines et masculines, alors qu'il est si facile de prolonger doucement la dernière voyelle d'une rime féminine, pour faire entendre cette différence, observée par le poète. De tels problèmes ne se posent guère pour la prononciation courante de notre langue. C'est tout juste si l'on doit faire attention, dans la langue parlée, aux voyelles que l'on avale ou que l'on élide. J'en parlerai peut-être un jour. Mais je voudrais aujourd'hui insister sur les petites curiosités que l'on rencontre dans la prononciation courante, curiosités qui ne trompent guère que les étrangers, mais dont l'existence est révélatrice.

La plus simple concerne la lettre *h*, qui peut être ou non aspirée. Si elle est aspirée, il ne faut pas faire la liaison avec le mot qui précède ; il le faut dans le cas contraire. Ainsi on dira, en faisant la liaison, *des gens (z)heureux* ; de même, *des (z)hommes de bien* ; mais on dira, sans faire la liaison, *des/homards, des/hérons, des/hasards.* La différence est nette ; je me souviens du discours fait par un savant étranger fort cultivé, mais mal entraîné sur ce point et qui répétait *ce n'est pas un (n)hasard* avec la liaison !

Mais pourquoi cette différence ? Si l'on regarde un peu les mots, on s'aperçoit que cet *h* aspiré vient de l'emprunt fait en français à une autre langue où l'aspiration existait. Autrement dit, le mot porte en lui, visible, la marque de son origine ; en effet, des mots comme *homard* ou *héron* sont d'origine dite francique, venant de la langue des Francs, proche du germanique. Quant au *hasard*, il est d'origine arabe et nous est venu par l'intermédiaire de l'espagnol ! Ce qui n'était qu'un petit piège pour nos orateurs devient ainsi une manifestation de l'histoire même de la langue.

Il en va de même pour certaines consonnes ou pour certains groupes de consonnes pour lesquels la prononciation varie curieusement. Ainsi, *ch* peut se prononcer comme dans *cheval*, ou bien prendre la valeur de la lettre *k* comme dans *choriste*. Et, là aussi, l'explication ressemble à celle que l'on vient de voir, car très souvent ces mots sont empruntés au grec qui avait une lettre correspondant à *kh.* C'est ainsi que l'on dit *cheval*, mais *orchestre*, car orchestre est un emprunt au grec – tout comme notre choriste. De même on dit *chocolat*, mais *cholestérol*, parce que cholestérol est un mot savant, emprunté ici encore au grec. De même on dit un *chiffon*, mais on dit une *orchidée*, en prononçant comme si c'était *k*, parce que, ici encore, le mot renvoie au grec.

Des étrangers peuvent à l'occasion s'y tromper ; des Français, eux, tirent de cette observation une jolie remarque sur l'histoire de leur langue.

On retrouve le même type d'explication avec la lettre *j*

et les emprunts à l'anglais. Dans ces emprunts, en effet, la lettre *j* se prononce comme si l'on écrivait *dj*. Et l'on dira ainsi des *jeans*, un *jet*, du *jazz*. Pour tous ces mots et quelques autres, la prononciation étrangère se maintient, de façon parfois même définitive ; et cela sans tenir compte des habitudes de la prononciation française. (Car on dit un *jean*, mais on dit *Jean* ou une *jeannette* pour désigner un objet servant au repassage.)

Certes, tout n'est pas si simple. Des emprunts parfois sont assimilés, d'autres habitudes sont dues à un désir de distinction ou de clarté ; les noms propres créent des difficultés. En général, on apprend cela par l'habitude et par l'oreille. J'ajouterais qu'il est aussi utile, pour mieux deviner, de connaître toutes les expressions de sa propre langue. Si j'écris les quatre lettres *f i l s*, cela peut se lire en prononçant le *s* et pas le *l*, comme le mot *fils* qui est le masculin, disons, de *fille* ; mais, si, inversement, je prononce le *l* et pas le *s*, cela sera le pluriel du mot *fil*, équivalent de filament. En général, le contexte ne laissera pas de doute. Mais j'ai rencontré récemment l'expression des « fils de la Vierge », pour désigner ces minces filaments brillants qui flottent parfois entre les plantes ; une personne ne connaissant pas cette expression pouvait lire à ce moment-là des *fils* de la Vierge, en prononçant le *s*, et voilà une curieuse population se répandant dans la nature !

J'ai cité des fautes : les professeurs aiment citer des fautes, car elles sont l'occasion de s'étonner, de se demander pourquoi, de vérifier. Une petite curiosité signalée ici nous a, en effet, conduits à découvrir avec quelle souplesse la langue française accueillait des mots venus de toute part, mais avec quelle fidélité elle en gardait la trace et les habitudes jusque dans la prononciation. Comme si tous les mots, même les plus assimilés et les plus courants, portaient ainsi la marque visible de leur origine – qui se confond avec notre histoire.

Juillet 2003

Deux petites lettres en plus...

Je voudrais parler aujourd'hui, non pas même d'un mot ou d'un groupe de mots, mais d'un petit élément entrant dans la composition de verbes ou de noms, à savoir le petit élément *re-*. Il peut en effet prendre des valeurs plus diverses que l'on ne pense et introduire dans le langage des nuances souvent plus subtiles qu'on ne le croirait tout d'abord.

La valeur la plus évidente, et qui donne le plus de dérivés aujourd'hui, n'est pas la valeur principale, mais simplement la plus courante ; c'est celle du redoublement et de la répétition : ainsi pour les verbes *relire, redire, recommencer* ou *reverdir.* Rien de plus simple !

Mais *re-* marquait, dès l'origine, le fait de rétablir un état antérieur ou de s'opposer à une volonté contraire. La première valeur se rencontre, par exemple, lorsque l'on dit que l'on *retourne* la terre ou que l'on *recouvre* un enfant qui s'est auparavant découvert. De même, pour la valeur d'une action contraire. Cet emploi est clair dans un verbe comme *repousser* et la nuance peut aller jusqu'à marquer une véritable hostilité, comme dans *refouler* ou *renier.* Même ici, les doubles nuances sont possibles. On peut renvoyer quelqu'un par pure hostilité, le chasser ; mais on peut aussi l'envoyer, pour la seconde fois, dans tel ou tel endroit, et il arrivera qu'on le renvoie pour la seconde fois avec agacement et mécontentement, les deux nuances se trouvant alors combinées.

Et même ces mots si simples s'accompagnent d'un halo de suggestions possibles ! Ils supposent en nous des nuances à peine consciemment perçues, mais qui donnent à chaque expression sa valeur affective et ses connotations secrètes.

Or les choses se compliquent encore quand on s'aperçoit que, peut-être pour résister à quelque danger, on emploie ce petit élément *re-* lorsque l'on veut attirer à soi, protéger, reconnaître comme sien. Le plus bel exemple est peut-être le mot *recueillir* : personne n'a jamais rien cueilli et l'idée d'un danger est vague à l'horizon, mais l'idée d'attirer à soi, de protéger est nette et, de même, quand on a fait un *recueil* de pensées que l'on a cherchées, que l'on veut garder à sa disposition. La même valeur se retrouve quand on parle d'un *refuge* et, parfois, comment juger ? L'on peut retenir de force quelqu'un qui s'engage dans un sens opposé, mais l'on peut retenir affectueusement, chez soi, quelqu'un que l'on veut aider et qui ne songe nullement à s'en aller ou à s'enfuir.

Et ceci nous ouvre les yeux sur les petites nuances du langage courant. Il y a une différence entre *appeler* quelqu'un et le *rappeler*, que ce soit pour la seconde fois ou pour qu'il rentre auprès de nous, à la maison. Il y a une nuance entre *chercher* un objet ou une personne et *rechercher* un renseignement ou une personne éloignée, ce qui implique à la fois un effort et le désir de s'approprier, de se rendre proche de l'objet de cette recherche. On va *chercher* un enfant en classe, on va le *rechercher* si on l'a auparavant conduit (mouvement inverse) ; et on va le *rechercher* si on a le désir de l'avoir à la maison et d'être sûr de sa présence.

De même, on dira à quelqu'un « entrez dans la maison » et soi-même on y rentrera, peut-être parce qu'on y est entré souvent et plutôt parce qu'on y est chez soi et que l'on va s'y retrouver à sa place. On pourra d'ailleurs très bien dire à un invité « entrez donc », mais si on a passé un moment avec lui dans le jardin lui dire « maintenant, si vous voulez bien, rentrons ! », car on l'assimile à son propre cas. De tels exemples montrent assez la variété de ces nuances, que l'on perçoit à peine dans la vie courante, mais qu'il est cruel de ne pas respecter et que l'on s'émerveille de découvrir.

À l'opposé, on devrait se défendre contre la manie de créer des mots qui n'existent pas avec un emploi brutal de ces petits éléments de redoublement, employés n'importe comment. On cite souvent l'expression de Proust où l'on emploie la formule « *Ce soir re-Verdurin* », ce qui veut dire « nous retournerons, ce soir, chez les Verdurin ». Mais à cette formule d'un bon observateur du langage répondent les créations affreuses de nos jours, « il a re-dit ou re-répété », dans lesquelles on manie les mots à l'emporte-pièce. Ces créations n'ont plus rien de subtil, elles donnent au langage un caractère un peu bègue, et je dirais volontiers un peu « gaga » !

Août 2003

Le doute

S'il y a un mot qui semble ne faire aucune difficulté dans notre vocabulaire, c'est bien le mot *doute* et ses divers composés : on pourrait dire « à ce sujet, pas de doute ! » Et pourtant, on s'aperçoit vite que ce mot et sa famille offrent des exemples divers, montrant l'usure progressive qui s'attache au mot et les contradictions auxquelles, parfois, conduit cette usure.

Je commencerai par la plus visible et la plus importante : elle est relativement récente, mais cause des malentendus, parfois graves, dans toutes les traductions d'une langue vivante à une autre. Il s'agit de notre expression *sans doute*. Si l'on emploie des expressions qui semblent équivalentes, comme *sans aucun doute* ou *sans nul doute*, aucun malentendu n'est possible : la formule marque une affirmation et une certitude. Il n'en est pas ainsi de *sans doute*. Il est évident que, à l'origine, le sens de cette expression était le même que pour celles que j'ai citées à l'instant. Et puis la formule a été employée poliment, sur un ton de concession, donnant une approbation pour aussitôt la rectifier et la nuancer.

C'est le cas dans un certain nombre d'autres formules du même genre ; on peut dire ainsi *cela est vrai…*, en faisant attendre une rectification et en exprimant, par conséquent, une incertitude et une critique. Si bien que, pour finir, notre *sans doute* de politesse a fini par indiquer une simple probabilité, une possibilité à laquelle on ne croit pas beaucoup, c'est-à-dire, en fin de compte, un doute ! Si l'on dit à un candidat « je voterai sans doute pour vous », il aurait grand tort de considérer que c'est là une promesse ferme ; et ce serait un contresens de traduire par une formule signifiant en anglais ou dans une autre langue *sans aucun doute*. Cette évolution n'atteint ce mot que parce qu'il était usuel et courant, il n'en est pas de même des formes savantes qui étaient parallèles, comme *indubitablement* correspondant à l'adjectif *indubitable*.

C'est là une évolution qui peut amener de véritables malentendus. Mais on trouve le même glissement de sens dans les expressions parfaitement correctes depuis longtemps et je citerai en exemple la forme pronominale du verbe *se douter de quelque chose* ; alors que le verbe *douter* insiste sur l'aspect d'incertitude dans lequel on se trouve, *se douter de* insiste, au contraire, sur la presque certitude que l'on se forme. Si l'on doute d'une affirmation, ou même si l'on dit « j'en doute fort », cela veut dire que l'on n'y croit pas ; inversement, si l'on dit « je me doute de ce que vous pensez » ou bien « il se doute de la vérité », cela veut dire qu'on est assez sûr de savoir et que l'on n'a guère de doute !

Comme dans le cas précédent, ces formules que la politesse vient atténuer ou rectifier, aboutissent à un véritable glissement de sens.

On peut d'ailleurs relever d'autres glissements sans sortir de la même famille. Dans la construction, par exemple. Car nous employons encore la construction avec *que* (« je doute que cela soit vrai »), mais la jolie construction avec *si* n'est plus normalement employée et l'on peut avoir quelque regret, lorsque l'on pense à de belles formules comme celles de Bérénice dans la pièce de Racine : « *Ingrat, je doute encor si je ne t'aime pas.* »

J'ai parlé ici de glissement de sens, de glissement dans la construction et la syntaxe : je pourrais ajouter qu'il y a aussi des glissements dans la valeur des mots et dans le contexte où on les rencontre. C'est le cas pour l'adjectif *douteux*. Son sens est clair, intellectuel, souvent fort. Si l'on dit « il n'est pas douteux que », cela correspond à une très forte affirmation. Dans le domaine pratique, il peut s'agir d'une incertitude sur l'issue du combat : « en un combat douteux ». Mais le poids de la vie quotidienne intervient à son tour et il est courant de dire, par exemple, « ce torchon ou cette serviette sont douteux ».

La vie use les mots ; la politesse, en les employant un peu à côté, par atténuation, par volontaire déformation, vient déranger la claire fixité du vocabulaire. Je suis pour la politesse, bien entendu ! Mais il est amusant de voir que, dans l'évolution du vocabulaire, elle laisse une marque qui peut parfois devenir déroutante.

Septembre 2003

Parlons théâtre !

Le vocabulaire du théâtre est un des plus révélateurs qui soit. En principe, c'est un vocabulaire grec. Les Grecs de l'Antiquité ont créé pour nous le théâtre. Ils ont donné naissance à tout et répandu dans le monde méditerranéen les édifices destinés aux représentations, les œuvres littéraires, les habitudes. Ils ont créé les genres, les règles, les traditions. Le mot *théâtre* lui-même est un mot grec se rattachant au verbe signifiant « voir », et le sens est, en réalité, « spectacle » ; il se distingue par là de l'*odéon* où, au contraire, il s'agit d'entendre et de chant. Quant aux différentes sortes d'œuvres théâtrales, on sait que les Grecs ont créé la *tragédie* ainsi que la *comédie* ; et je ne parle pas du mot *drame* qui signifiait alors seulement « action ».

Même origine pour les mots désignant les parties principales du spectacle : la *scène* et l'*orchestre*. Les deux mots sont grecs. Mais ici on voit apparaître l'influence des évolutions de civilisation. L'*orchestre* désignait la partie du théâtre réservée aux évolutions du chœur et se rattachait au mot signifiant « danser » ; avec la disparition des chœurs au théâtre, le mot s'est employé pour désigner soit l'espace assez réduit réservé aux musiciens et placé entre la scène et le public, soit les fauteuils de parterre réservés au public, et constituant les places les meilleures : on a ainsi *un fauteuil d'orchestre*, ce qui est quelque peu amusant, puisque cela voudrait dire « un fauteuil pour danser ».

De toute évidence, l'évolution des usages devait entraîner la création de termes nouveaux. Les Latins apportèrent les *arènes* et le *cirque* ; plus tard, on vit apparaître le *balcon* et, pour les places les plus élevées et les moins bonnes, le mot de *poulailler* ; pourquoi cela ? Les poules n'habitent pas les étages supérieurs ! Non, mais le poulailler représente une habitation plus modeste que la maison proprement dite et, par conséquent, des places également plus modestes. (Paradoxalement, on appelle aussi ces places le *paradis* !) Il a fallu aussi un mot pour désigner le *décor*…

Mais les genres aussi évoluaient et l'on voit d'abord se dessiner le soudain apport de l'italien quand surgit l'*opéra*. Le mot entre en français au XVIIe siècle et n'en sortira plus. Il est amusant, car il représente, en fait, un pluriel neutre latin, signifiant « les œuvres ». Et je pense toujours avec malice à ce visiteur qui, m'ayant attendue dans l'antichambre, me félicita pour mon goût musical, me signalant qu'il avait vu dans ma bibliothèque un auteur d'opéra qu'il ne connaissait pas ; et de me citer un prosateur latin dont une édition ancienne portait le titre *opéra*.

Le mot est amusant aussi par les changements qu'il subit : de pluriel neutre il est devenu, parce qu'il se terminait en *a*, un féminin, et puis bientôt, pour simplifier, un masculin. Le féminin est encore attesté dans des expressions comme l'*opera seria*. Le même changement existe pour un mot comme *geste*, qui signifiait les « choses accomplies », pluriel neutre. Le mot est devenu un féminin : « la geste de tel héros », puis le masculin, notre geste, courant en français.

En tout cas, avec cette vogue italienne, sont bientôt entrés en français tous les mots désignant les acteurs du spectacle lyrique ou les éléments de la musique. Le grec parlait du *protagoniste* pour le principal acteur. Venus de l'italien, nous avons adopté, à des moments divers, la *soprano*, la *diva*, le *ténor*. De même, toutes les valeurs de rapidité ou de lenteur de la musique, par exemple *allegro* ! Et pourquoi pas, puisque nous applaudissons encore, en criant *bravo* !

Le français accueille de tels apports, de même il accueillera, plus tard, les mots américains ou anglais désignant le *show* ou la *star*. La langue est le reflet de la culture : il est bon qu'elle soit tout ensemble fidèle à son passé et toujours accueillante aux nouveautés.

Octobre 2003

Jardins

Connaître l'origine de nos mots français n'est pas seulement un moyen pour les employer correctement : cette connaissance éclaire parfois nos aspirations secrètes et nos rêves. C'est le cas pour les mots désignant les jardins.

Si l'on regarde du côté du latin et du grec, on est déçu ; le mot normal du grec (à savoir *kepos*) n'a rien donné en français et le mot latin *hortus* n'a donné que des composés comme *horticulture*. Mais une surprise nous attend : c'est un mot qui a été employé en grec, mais n'était pas d'origine grecque, et a fait fortune dans nos langues modernes ; le mot *paradis* (en grec, *paradeisos*.)

Il a d'abord été employé par Xénophon lorsqu'il a pénétré au cœur de l'Asie et parlé de ces *paradis*, c'est-à-dire de ces vastes jardins somptueux qui étaient la propriété des princes de Perse. C'était un mot d'emprunt, désignant pour les Grecs une merveille à imaginer, située dans un lointain Orient.

Le terme s'est chargé, on le sait, de toutes les aspirations religieuses du christianisme. Il a été employé pour désigner le lieu des origines et d'une vie parfaite, le jardin d'Éden, évoqué dans la Genèse (*Eden* est cette fois un mot hébreu). Mais ce fut là un paradis perdu.

Aussi la religion nous propose-t-elle un autre *paradis* : le mot désigne alors le lieu éloigné de la terre et à peine imaginable où parviennent les âmes élues et définitivement sauvées ; il s'oppose dans ce cas à l'enfer et au purgatoire. Mais rappelons-nous : à l'origine, c'était un jardin.

Or les Grecs, qui avaient emprunté ce mot aux Perses, ont parfois rêvé aussi de lieux hors d'atteinte et de jardins merveilleux. La légende connaît ainsi les jardins des Hespérides. Et, cette fois, au lieu de l'Extrême-Orient, c'est l'Extrême-Occident : les Hespérides se situent dans la direction de l'Atlas et au-delà, et on a parlé d'une île des Hespérides qui serait en plein Atlantique. Le jardin des Hespérides appartenait à trois sœurs et était gardé par un dragon à cent têtes ; mais il y poussait les fameuses pommes d'or que devait conquérir Héraclès. Ce n'était certes pas un lieu de bonheur habité par des êtres humains ; mais c'était un jardin magique et, en un sens, désirable. Il appartenait aux mêmes régions que l'île des Bienheureux.

Mais à côté de ces jardins qui dépassent notre expérience, il y avait de simples jardins humains où l'on cultivait gentiment des plantes. Il se trouve que là aussi le mot est évocateur, non pas d'aspiration à un au-delà, mais, au contraire, d'un désir d'une paix humaine, dans un cadre modeste, où l'homme travaille tout simplement. On peut offrir comme transition le jardin du vieux Laërte, le père d'Ulysse, à la fin de *L'Odyssée* ; là, on suit tous les efforts qu'il a faits et toutes les productions dont il est fier ; c'est un domaine à la mesure de l'homme.

Pourtant, le nom de nos jardins n'a rien à voir avec le grec : il vient d'un mot franc se rattachant aux emplois germaniques de l'anglais ou de l'allemand, *garden* ou *Garten*. Mais il est intéressant de voir ce que signifiait ce mot : « endroit clôturé ». Nous disons encore un *enclos*, ou un *clos*. L'idée est bien celle d'un domaine préservé, à l'abri de la nature sauvage ou des incursions d'autres hommes. Et toute une philosophie surgit alors. *Cultivez votre jardin* signifie s'occuper de ses affaires et ne se mêler de rien d'autre. Le *jardinier* devient le symbole de cette activité modeste et quotidienne : Euripide avait marié son Électre à un laboureur, et Giraudoux la marie au jardinier pour opposer cette vie concrète et simple aux drames du mythe.

Le jardin a pu grandir, devenir un parc, mais le mot *parc* veut dire précisément *clôture* ! L'idée est bien sensible dans tout le vocabulaire. Même si le mot *paradis* avait une origine comparable, l'évolution l'a entraîné vers d'autres valeurs.

On a donc deux orientations bien différentes. Mais l'emploi des métaphores peut les rapprocher. Devant un petit jardin bien soigné avec quelques fleurs et quelques légumes, on dira « c'est un vrai paradis ». Les métaphores rapprochent le rêve et la réalité.

Novembre 2003

« Mais oui !... »

Le petit mot *mais* est un des mots les plus employés en français ; pourtant c'est un des mots qui parfois vous glissent entre les doigts et vous réservent, en fait, bien des surprises.

Cela devrait être un mot important et clair, qui s'impose. Il marque l'opposition ; il peut suivre une négation pour rétablir la vérité (« il n'est pas grand, mais assez petit »), ou bien introduire une rectification (« il est petit, mais musclé ») : il peut aller jusqu'à un fort retournement ; et, pour le plaisir, je citerai le vers célèbre de Néron dans Racine : *« J'embrasse mon rival, mais c'est pour l'étouffer. »* Voilà donc une notion essentielle et qui devrait se retrouver clairement dans notre langue et dans toutes les langues apparentées.

Or, c'est la première surprise : il varie, de façon déroutante, dans la plupart des langues européennes. Les mots employés en grec ancien, à savoir *alla* (qui se rattache à la racine signifiant « autre »), ou bien en latin, c'est-à-dire *sed* (qui se rattache à la racine qu'on trouve dans *séparation, ségrégation* et qui indique la « mise à part »), n'ont rien donné dans nos langues européennes.

Nous nous servons en français d'une forme dérivée du latin *magis*, qui voulait dire « plus », c'est-à-dire, en gros, « plutôt » – ce qui était un usage un peu faible et inattendu. Et nous sommes un peu isolés par là car, si nous regardons dans les pays d'alentour, nous nous trouvons en face d'usages bien différents. En Espagne, on dit *pero* ; du côté des langues germaniques, mêmes différences : en anglais, on dit *but*, en allemand, on dit *aber* ! Ou bien, de nouveau dans les langues romanes, signalons qu'en roumain l'usage est différent puisque l'on dit *dar*, ce qui est encore une autre solution. Sans chercher ici à expliquer l'origine de ces divers usages, on peut au moins remarquer cette variété, qui est un peu déroutante pour une notion d'une telle importance.

Pour en revenir à notre *mais*, il a largement fait fortune. On emploie même le substantif pour désigner toutes les formes d'opposition ou de refus. Une formule célèbre déclare : *Sur toute chose il y a un mais* ; et si l'on veut marquer qu'un ordre ne saurait être discuté, on déclare : *Il n'y a pas de mais qui tienne.* Tout est donc clair et ferme.

Tout, ou presque tout ! Car il existe au moins un emploi qui peut parfois dérouter des étrangers et qui se rattache à cette valeur première du mot *magis*. Il s'agit de l'expression *il n'en peut mais.* L'expression veut dire « il ne peut pas faire plus », et comme elle est assez peu usitée à l'époque moderne, elle peut aisément causer de la surprise ; elle peut aussi être employée un peu improprement, car certains, ignorant l'origine, comprennent « il n'en peut plus, il est épuisé ». Cette petite particularité signalée, on peut s'en tenir au *mais* que l'on peut appeler adversatif et qui, répétons-le, marque l'opposition.

Cela semble simple et clair ; eh bien, pas du tout ! On commence bien tranquillement avec des cas où la valeur d'opposition se sent encore, mais se trouve assez affaiblie. Par exemple, quand quelqu'un vous demande : « vous avez froid ? », on peut répondre *mais non*... ; le *mais* s'oppose alors à une idée sous-entendue et veut dire « vous le craignez, mais ce n'est pas vrai, je n'ai pas froid ».

Mais, dans bien des cas, cette valeur d'opposition sous-entendue s'est si bien perdue que l'on n'arrive pas à restituer une opposition sous-entendue. Il s'agit alors de donner à ce que l'on dit un tour plus vif et plus spontané de l'intérêt. Le mot apporte une coloration affective plutôt qu'un véritable sens. Il peut ainsi marquer que l'on fait une sorte de découverte ; on s'écrie « mais c'est vrai ! » Ou bien l'on marque une surprise heureuse lors d'une rencontre : « mais c'est Henri ! » Ou bien l'on s'indigne : « mais quelle folie ! » On peut jouer à restituer chaque fois une proposition sous-entendue qui marquerait à quoi l'on s'oppose ; mais, en fait, personne ne sous-entend plus rien ; on exprime seulement une participation affective à ce qui s'offre.

Et l'on arrive, pour finir, à une assez jolie contradiction. Si l'on veut marquer une opposition, on dira *oui, mais*, et cela suppose une série d'objections. Inversement, si l'on dit *mais oui*, cela suppose une acceptation plus chaleureuse encore qu'un simple *oui*. C'est ainsi qu'à la question « voulez-vous venir dîner ? » on peut répondre « mais oui ! », « mais bien entendu ! », « mais très volontiers ! » et l'acceptation sera alors particulièrement chaleureuse.

Il est amusant de constater que la langue a de ces souplesses, qu'à côté du sens précis et rigoureux qu'utilise le raisonnement et qu'il importe de respecter, il y a ces glissements qui sont la vie même, qui reproduisent le ton, les manières et les réactions de chacun avec une aisance qu'il faut savoir remarquer pour en apprécier et la grâce et les charmantes incohérences.

Décembre 2003

Des élégances qui se perdent

On parle d'inversion en grammaire lorsque le sujet est placé après le verbe. Dans un cas, au moins, cette inversion est la règle : c'est le cas des propositions interrogatives. On dit en effet « que demande cet enfant ? », « quand viendrez-vous ? », « pourquoi pleures-tu ? » Telle est la règle ; et elle est, au demeurant, largement appliquée.

Pourtant, il arrive très souvent que l'on mette toute l'interrogation dans le ton et que l'on renonce au tour proprement interrogatif. Pour marquer l'impatience devant une action qui devrait déjà être réalisée, on dit ainsi « vous venez, les enfants ? » ou bien « alors, tu es prêt ? » De même, pour traduire le doute ou bien l'espérance, on dira « vous y allez, vous, à cette conférence ? » C'est ainsi que, peu à peu, dans la langue parlée, puis dans les romans, la formule *veux-tu ?* est progressivement remplacée par *tu veux ?*

Ces tours sont corrects. Les choses se gâtent déjà quelque peu lorsque l'on remplace la simple inversion par la formule *qu'est-ce que ?* : on banalise et on allonge en disant « quand est-ce que vous partez ? » ou « pourquoi est-ce que tu pleures ? » Cet allongement, toujours correct, n'était pas nécessaire. Trop heureux quand le verbe *être* ne se répète pas et que l'on n'en vient pas à dire « où est-ce que c'est que vous allez en vacances ? »

Mais ce phénomène n'est pas réservé à l'interrogation. Le français avait des tours élégants dans lesquels l'inversion accompagnait des expressions ou des adverbes exprimant le doute, la possibilité, la probabilité d'un événement. Cela est très net et très connu avec des expressions comme *peut-être* ou *sans doute*. Et c'est le tour normal, aisé, rapide : « peut-être est-il malade », « sans doute ne viendra-t-il pas ».

Ces tours sont bien connus, mais on voit bientôt apparaître le même phénomène que pour les interrogatives. On renonce à l'inversion et l'on adopte ce terrible petit *que*, toujours prêt à surgir comme une solution facile. On ne dit pas « sans doute est-il malade », mais *sans doute qu'il est malade* ; et l'on ne dit pas « peut-être s'est-il trompé », mais *peut-être qu'il s'est trompé*.

Faut-il s'en étonner ? Ce petit *que* ne demande qu'à apparaître en toute occasion ! Par exemple, tous les adverbes ou toutes les locutions qui marquent la probabilité plus ou moins grande d'un événement peuvent se rencontrer avec le mot *que*, même si la construction grammaticale ne s'y prête pas et qu'il faut sous-entendre un modèle de phrase différent pour justifier un tel emploi. On dira ainsi *probablement qu'il est malade* ou bien *sûrement qu'il va arriver*.

De ces tours, certains se rencontrent dès le XVIIᵉ siècle, mais la plupart n'arrivent dans la littérature que chez les romanciers de la fin du XIXᵉ siècle, et encore ! On rencontre alors « bien sûr qu'il viendra » ou, de façon assez libre, « pour sûr qu'il viendra ! » On rencontre même ce dernier tour sous la plume d'un écrivain comme André

Gide. Mais nul n'acceptera dans un texte écrit *sûr que je viendrai vous voir !...*

On voit l'évolution : on aurait pu, si l'on ne voulait pas de l'inversion, dire très simplement « il viendra peut-être », « il est sans doute malade » ; on préfère compliquer les choses par des tours qui, d'abord plutôt familiers, entrent peu à peu dans la langue. Il est étrange de constater que l'usure de la langue devrait tendre à la simplification ; or, c'est le contraire qui se passe. Le vocabulaire actuel, on le sait, aime manier des mots très longs, souvent plus ou moins inventés et toujours assez pédants ; on aime parler de *faisabilité* ou de *responsabilisation* !

Les exemples cités ici semblent prouver que la syntaxe évolue dans le même sens. La langue parlée complique et allonge : elle nous donne ce que les médecins appellent une « langue chargée », ce qui n'est pas un signe de bonne santé. Mais, après tout, la brièveté demande de l'attention et de la vivacité, et chacun connaît la célèbre formule d'excuse qui consiste à dire « je suis désolé, je n'ai pas eu le temps de faire plus court ».

Et pour terminer par un tour interrogatif : ne faut-il pas préserver, tant que nous pouvons, ces grâces subtiles de notre langue ?

Janvier 2004

« Messieurs, la Cour ! »

Nous savons tous ce qu'est une *cour*. Dans son sens premier, c'est un emplacement qui se trouve devant la maison, qui est clos de murs plus ou moins hauts ; rien n'est plus simple ni plus familier. Mais dès que l'on réfléchit aux divers sens qu'a pris ce mot dans notre langue française, on est ébloui de voir qu'il varie du tout au tout, et finit par s'appliquer à des niveaux de vie sociale extraordinairement différents.

Sans doute, le sens familier et concret a toujours subsisté et, dans la cour la plus modeste, les parties les moins nobles étant réservées à l'élevage de la volaille, on appelle d'abord l'endroit la *basse-cour*. Inversement, les châteaux auront des cours plus grandioses ; on dira ainsi la *cour d'honneur* ou même la *cour du Louvre*.

Reportons-nous, cependant, au temps où il y avait la maison du seigneur et où les vassaux se réunissaient dans cette cour auprès du seigneur, pour recevoir de lui des ordres ou même demander qu'il rende justice. De là, le mot va franchir toutes sortes d'échelons et se spécialiser dans divers domaines.

J'ai parlé de justice, mais quand les choses ont été organisées sur un plan national, on a gardé ce nom de *cour* pour désigner les tribunaux officiels et respectés.

Nous disons encore couramment la *Cour d'appel* ou bien la *Cour de cassation* ; il y a aussi des tribunaux spécialisés comme la *Cour d'assises* qui rend la justice dans le domaine du crime ou bien la *Cour des comptes*, qui vérifie les dépenses des établissements publics. Pour les militaires, il existe une *Cour martiale* ; et pour les crimes de haute trahison, une *Haute Cour de justice*. De plus, l'habitude s'est vite prise de désigner par ce mot les membres de ces tribunaux, et chacun connaît la formule par laquelle est annoncée, de façon très solennelle, l'entrée du tribunal chargé d'une affaire, quand un appariteur proclame : « Messieurs, la Cour ! »

Nous sommes là dans un domaine très officiel et très hiérarchisé. Et il est quand même amusant de rapprocher ainsi ces deux expressions qui ne se correspondent guère : la *basse-cour* et la *Haute Cour* ! On ne peut imaginer domaines plus éloignés l'un de l'autre.

Mais le seigneur dans son petit manoir ne rendait pas seulement la justice. Il était chargé d'autorité et entouré d'égards et, par la suite, il en a été de même pour le roi, et l'on a pris l'habitude de désigner sous le nom de *cour* l'ensemble de ceux qui gravitent autour de lui, le servent, le flattent et attendent de lui des honneurs. Le mot désigne tout à la fois l'ensemble des personnes et l'attitude de flatterie qui est la leur. On dit *appartenir à la cour* ou bien *les opinions de la cour*, ou encore *faire partie de la cour*. Mais on dit aussi que l'on *fait sa cour au roi*, ce qui a même donné que l'on est *courtisan*.

Or, ces dernières mentions nous révèlent aussitôt un troisième centre d'application, lié au précédent : on ne fait pas sa cour qu'au seul roi ; le mot est entré dans le vocabulaire de l'amour et il désigne les efforts faits par un homme pour séduire une femme et gagner ses faveurs. (Par une curieuse expression familière, on dit même *faire un brin de cour* à une femme.) C'est même en ce sens que *courtiser* est le plus souvent employé ; et l'on dira facilement d'une femme, surtout pour des temps déjà un peu révolus, *elle a une cour d'admirateurs…*

Mais, dès que l'on touche à l'amour, voici que de nouvelles surprises nous attendent. Car un autre mot vient aussi de la cour, et s'applique également au domaine des rapports entre les hommes et les femmes et à l'amour : c'est le mot *courtois.*

Courtois veut dire « qui a des façons de la cour », mais le mot s'est appliqué à une forme d'amour recherchée, très pure, idéalisée, qui a existé, par exemple, au XVIe siècle. Or, j'ai évoqué le mot de *courtisan*, qui désigne en effet de façon générale la flatterie et une amabilité un peu intéressée. Tant qu'il s'agit du masculin, il n'y a rien de bien fâcheux ; mais, nouvelle inégalité, voici que le mot de *courtisane* s'est spécialisé pour désigner une femme d'un milieu aisé et qui pourtant vend ses faveurs et en tire bénéfice. On va de surprise en surprise, car la langue vit au gré de l'histoire.

Février 2004

Le rouge et le blanc

La littérature a rendu célèbre l'opposition entre le rouge et le noir ; mais celle qui oppose le rouge et le blanc ne mérite pas moins l'attention, et le contraste entre ces deux termes se révèle dans tous les domaines.

Dans la vie pratique, par exemple, on distingue le vin rouge et le vin blanc ; on dit même *du gros rouge* ou *un petit blanc*, quand ce n'est pas *du blanc de blanc* ! Ou bien, dans les récits de combat, les uns se battent *à boulets rouges* (c'est-à-dire avec des boulets de canon chauffés et susceptibles de répandre l'incendie), les autres *à l'arme blanche*.

Le contraste est plus net encore dans le domaine de la psychologie et des manifestations physiques de l'émotion. Le rouge, couleur du sang, représente un désir intense d'action extérieure et une vive passion. On rougit certes de honte, mais plus souvent de colère. Inversement, on pâlit de frayeur ou de chagrin. Dans les cas de grands bouleversements, on peut combiner les deux réactions et les poètes nous le disent : *« Je le vis, je rougis, je pâlis à sa vue »* !

Mais cette opposition d'ordre psychologique passe vite à la politique. Le rouge est aussi la couleur de la révolte, de la violence. Et le blanc, couleur de l'innocence et de la religion, va aux contre-révolutionnaires. L'identification est si complète qu'on dit volontiers *les rouges* pour les révolutionnaires et, dans le cas de la Russie soviétique, on en vient à dire *l'Armée rouge* pour dire simplement l'armée russe.

Cet emploi imagé est courant dans la vie quotidienne. Mais j'aimerais signaler une autre opposition entre ces deux mots : elle concerne leur emploi même dans le vocabulaire français. On constate en effet que le rouge, qui est la couleur dans la nature de tant de fleurs, de fruits et d'objets, se retrouve dans quantité d'expressions imagées et surtout dans des mots presque synonymes, désignant des rouges légèrement différents. Il n'en va pas de même du blanc. Et la richesse comparative des deux séries de termes est ici révélatrice.

Ne parlons même pas, pour le rouge, des innombrables comparaisons quand on dit *être rouge comme un coquelicot, comme une tomate, comme une écrevisse…* Mais que de synonymes ! Et que de beaux mots, que l'on a parfois tendance à oublier ! On a ainsi le *cramoisi*, qui désigne un rouge foncé tirant sur le violet, ou bien l'*écarlate*, tiré de la cochenille. On a aussi le rouge intense, que l'on appelle *carmin*, et la splendeur du *pourpre* qui tire une sorte de majesté de l'emploi qui en a été fait – la pourpre désignant le vêtement revêtu par le personnage noble, le grand magistrat ou le souverain (ce qui n'empêche pas de dire que le visage d'un adolescent s'est *empourpré* quand on a blâmé ses fautes, ce qui n'a rien de glorieux).

Et ce n'est pas tout ! N'oublions pas, dans les rouges vifs, le *rouge garance*, dont le souvenir reste lié à la couleur des pantalons de l'ancienne infanterie ! N'oublions pas non plus la couleur *amarante*, qui désigne un rouge foncé, légèrement velouté. Et il faudrait ajouter le *vermeil*, avec son descendant le *vermillon*, qui désigne un rouge vif, assez léger. Que de nuances et de beaux mots que l'on risque souvent d'oublier ! Et, en plus, il y a les pierres ! Le *grenat*, pierre précieuse, s'emploie comme nom de couleur – un velours grenat – et c'est un rouge foncé. Le *rubis*, lui, s'est appliqué sans doute à des boissons (quant à *rubicond*, qui remonte au même radical, c'est nettement un nom de couleur !)…

En revanche, le blanc n'est qu'une absence de couleur. Non seulement il s'emploie en ce sens, mais il désigne toute espèce de vide. *On laisse un blanc* dans un texte quand on n'y écrit rien. On peut même, par métaphore, dire qu'*on a un blanc* dans ses souvenirs ! Et l'*on signe un chèque en blanc* quand le nom n'y est pas porté. On a même un mot, le *blanc-seing*, pour désigner une signature donnée pour un texte à compléter. Or, cette fois, on a peu de dérivés, peu de synonymes approchés, comme pour le rouge. On dit bien un *blanc cassé*, quand on lui a ôté de son éclat. Mais on est loin des multiples mots désignant le blanc, qui existent, paraît-il, chez les Esquimaux. Tout cela n'est pas grand-chose !

J'y pensais l'autre jour quand est tombée la première neige de l'hiver : la variété des couleurs et la richesse des plantes, des arbres, des feuilles qui tout à coup disparaissaient sous un même manteau blanc, uniforme, et comme secret. La neige avait fait disparaître toutes les nuances du rouge : que notre négligence ne fasse donc pas disparaître de même les richesses de notre vocabulaire français, qui reproduisent celles de la nature.

Mars 2004

Divers glissements de sens

J'étais assez accablée, l'autre jour, lorsque j'ai appris que l'on supprimait presque partout, dans l'enseignement secondaire, les options qui n'atteignaient pas un nombre d'élèves suffisant. C'était la mort prochaine pour l'enseignement du latin et du grec, qui me tient si fort à cœur. Et je me disais, non sans amertume, que l'on appelait cela des *options*, alors qu'on ne pouvait plus les choisir, c'est-à-dire *opter* pour elles. L'organisation actuelle de l'enseignement offrait déjà des formules déroutantes (une *option* peut être *facultative*.)

J'espère de tout cœur que la possibilité de choisir ces options nous sera rendue ; mais cela m'a fait réfléchir au poids qu'exercent sur notre vocabulaire les circonstances politiques ou sociales du moment. On n'arrive pas toujours à une contradiction comme celle que je signalais, et qui d'ailleurs n'est pas encore entrée dans notre langage, mais on constate souvent des glissements révélateurs.

Il peut s'agir du poids de la religion. Ainsi, le mot grec qui désignait l'assemblée du peuple *(ekklêsia)* a été employé par les chrétiens pour désigner l'assemblée des fidèles, que l'on appelle *église.* L'ancien sens a disparu au profit du nouveau. Il faut bien avouer que les religions qui se veulent le plus tolérantes portent souvent dans leur nom le souvenir d'un moment où cette tolérance n'était point encore perceptible. La religion *catholique* signifie en principe, selon l'étymologie, qu'elle est universelle et s'applique à l'ensemble de l'humanité – ce que l'on n'oserait plus guère prétendre aujourd'hui. Et la religion *orthodoxe* signifie que l'on fait la bonne interprétation, le bon jugement, ce qui est un point de vue limité : aux yeux des catholiques, l'*orthodoxie* n'est pas *orthodoxe* !

Mais il en va de même, naturellement, dans le domaine social. Un exemple le prouve assez : celui du bourgeois. Un *bourgeois*, sous l'Ancien Régime, s'opposait à l'aristocratie et à la noblesse. Le mot évoquait la modestie, et, dans certains cas, un dévouement civique tout à fait louable. Il s'est ensuite opposé aux *travailleurs* et est devenu, au contraire, synonyme de gens nantis, riches, rétrogrades et attachés à des valeurs plus ou moins périmées. Avoir l'*esprit bourgeois* n'est pas de nos jours un compliment.

Parfois il peut s'agir d'un mot concret ! La *galère* était autrefois évoquée comme un beau navire de guerre, voguant sur la mer ; mais il fallait des rameurs pour faire avancer les galères et bientôt ce furent les condamnés qui se trouvèrent contraints à ce travail. Un *galérien* était un de ces condamnés ; et le mot s'est si bien chargé d'une impression de misère et de soumission que maintenant on a créé, dans le langage familier, un mot *galère*, signifiant « épouvantable, pénible ». Les jeunes disent : *c'est galère*, pour dire « c'est épouvantablement pénible ».

Mais il est des évolutions plus subtiles, et je me demande parfois si ce n'est pas le cas pour un mot qui vient de s'imposer dans notre vocabulaire. Le mot *com-*

munauté a toujours plus ou moins existé pour désigner un groupe où l'on partage toutes sortes d'intérêts, de souhaits et de solidarités. L'adjectif *communautaire* se rattache à ce sens.

Mais, depuis peu, on a vu se répandre des mots qui sont encore à peine attestés dans les dictionnaires, à savoir *communautarisme* et *communautariste*. Ces mots désignent le développement à l'intérieur d'un groupe ethnique ou religieux de ce sentiment de solidarité. Mais ils s'emploient, en fait, pour distinguer ces groupes communautaires d'autres groupes voisins et, par conséquent, ils finissent par désigner, non pas le lien entre un certain nombre d'individus, mais, au contraire, l'opposition avec les autres, l'émiettement, la division de la société. Dans la mesure où le mot prend cette valeur, il va à l'encontre de la valeur étymologique qui était la sienne.

Ces diverses évolutions sont compréhensibles et normales : on ne peut pas s'étonner que le vocabulaire et le sens des mots évoluent avec la situation et la pensée, c'est-à-dire avec l'histoire. Une langue participe de la vie de tous et la reflète. On peut seulement demander que cette évolution n'amène pas les mots à renier leur origine première et à créer ainsi une confusion, qui n'est pas meilleure pour la santé de la langue que pour le bien même de notre vie quotidienne. Tous les mots, tous les sens, ne cessent de glisser et de refléter dans une large mesure nos transformations. Mais, après tout, chacun sait qu'il peut être dangereux de glisser trop vite !

Avril 2004

Les mots que l'on oublie

Bernard Pivot, dans un livre récent paru aux éditions Albin Michel, nous propose une opération de sauvegarde, qui est aussi un assez joli jeu : il donne l'exemple de cent mots du français qui tendent à disparaître et de la langue et des dictionnaires, alors qu'il serait bon de les sauver. Le livre s'appelle *100 mots à sauver*. Ces mots portent, dans les dictionnaires, des mentions comme « vieux », « vieilli », « littéraire ». Et sans doute est-il un peu alarmant de voir la littérature ainsi rapprochée de la vieillesse et des usages périmés. Mais le rapprochement souligne aussi ce fait que les auteurs, qui ont souvent beaucoup lu, et qui cherchent l'expression la plus exacte ou la plus frappante, maintiennent fréquemment dans la langue des mots qui ont tendance à s'y perdre : ils peuvent parfois leur rendre vie. Et cela est tout aussi heureux, et même plus, que d'inventer des mots nouveaux, que ne justifient pas toujours ni leur utilité ni leur grâce.

Mais, en considérant un peu au hasard ces mots presque sortis de notre langue, j'ai pu constater avec amusement comment ils faisaient souvent signe à d'autres mots, de la même famille : parfois ils en révélaient l'étymologie oubliée, parfois ils s'éclairaient eux-mêmes au contact d'une immense parenté.

Comme exemple du premier cas, je citerai le mot *huis* : ce mot, qui signifiait « porte », a disparu de notre usage ; mais il se conserve dans l'expression *huis clos*. Cette dernière expression est restée bien vivante, en partie à cause du titre d'une pièce de Jean-Paul Sartre, en partie aussi par son lien avec des institutions qui, elles, restent conformes aux traditions ; on délibère *à huis clos*, toutes portes fermées. Certes, le mot *huis* ne s'emploie plus ; mais est-il si mort que cela ? Il revit dans son descendant, le mot *huissier*, qui désigne le fonctionnaire placé à la porte d'une administration, par exemple. L'huissier a pris de l'importance ; il joue divers rôles ; il peut nous faire peur dans la mesure où il participe à des opérations de justice. Mais finalement, ce n'est qu'un « portier » où revit le pauvre mot abandonné *huis*.

L'autre exemple est celui d'un mot plus ou moins oublié, qui apparaît comme le parent pauvre d'une énorme famille. Il s'agit du mot *atour*. Ce mot ne s'est conservé qu'au pluriel. On dit que l'on revêt ses *plus beaux atours*. On a aussi gardé la trace d'un usage d'une fonction ancienne qui était, au singulier, *la dame d'atour*. Mais le mot est fragile, peu usité. La principale raison est qu'on ne s'occupe plus guère des grandes élégances et des fonctions relatives aux robes que portaient les reines. Avec lui s'en est presque allé le verbe correspondant, qui est *atourner* ! Et pourtant, chez certains auteurs modernes on rencontre encore le participe, on parle d'une femme *bien atournée*. Et il serait joli d'encourager un tel usage. Après tout, nous avons gardé les autres composés comme *détourner* ou *contourner*. Et puis cette famille est si riche (celle de *tour* au masculin, et non pas de *tour* au féminin). Elle comporte, entre autres, le verbe *tourner* et les composés de ce verbe : depuis le *tourne-disque* ou le *tournebroche* jusqu'à *tournebride* ou *tournesol*, ou le familier *tournebouler*. Mais avec le simple mot *tour*, on a déjà tant d'emplois qu'il surgit de petites surprises.

Ainsi, on dit *tour de main* ou *tournemain*. Ce dernier indique l'adresse et la rapidité d'une opération ; l'autre peut avoir le même sens, mais désigne plutôt l'entraînement dans une activité déterminée, on acquiert un tour de main pour réussir quelque chose. Il vaut mieux un *tour de main* qu'un *tour de reins* ! Il y a aussi des emplois qui ne sont pas toujours suffisamment connus : ainsi, on dira d'une femme ou d'un objet qu'ils sont faits *au tour*. Cela veut dire que les courbes en sont pures et régulières, et c'est une allusion à des métiers soit modernes soit anciens, comme la céramique où l'on faisait tourner l'objet, pour en préciser et en affiner le galbe. Et puis il y a tant de sens ! On parle du *tour du monde*, mais aussi du *tour de bête* ou du *tour de scrutin*, et même du *tour d'esprit* ou du *tour des événements*... tout ce qui peut impliquer un mouvement qui tourne ou qui évolue peut se dire avec le mot *tour* !

Et l'on retrouve la même chose dans des composés comme *tournure*, car on dit très bien *la tournure d'une phrase* ou *la tournure des événements*, mais il y a ici à nouveau un sens perdu ou devenu historique, car on appelle *tournure* l'élément de la toilette féminine qui pendant un temps se portait sous la robe, pour suggérer une cambrure qui n'était que factice. Nous retrouvons là le même problème qu'avec les *atours*.

Les mots reflètent souvent notre histoire : leur effacement progressif décrit, lui, notre paresse ou notre manque de curiosité. Pourtant, tant de richesses sont à notre disposition.

Mai 2004

Extases et enchantements

Une question m'est venue à l'esprit l'autre jour, en pensant à Socrate : on raconte que le philosophe grec tombait parfois dans une sorte d'état à peine conscient, où il pouvait demeurer immobile pendant des heures, perdu dans sa réflexion et dans la contemplation de ses idées. Il était comme sorti de lui-même, et tel est exactement le sens du mot *extase*. On a pourtant scrupule à employer ce mot pour le philosophe, car il s'est spécialisé dans un sens religieux et s'applique aux personnes qui sont comme hors d'elles-mêmes, transportées dans la contemplation et l'amour de la divinité. On parle ainsi des *extases* de telle ou telle sainte, parfois accompagnées de visions et représentant une véritable expérience mystique. Il va sans dire que de telles expériences entraînent une extrême félicité.

Le mot ainsi employé aurait dû garder une grande force ; or, il l'a progressivement perdue. Il a été employé pour un état de vive satisfaction dans lequel on perd plus ou moins conscience de soi-même. Puis, il a été employé pour des satisfactions moins vives. Entre-temps, le XIXᵉ siècle, siècle de la science, a employé le mot pour désigner un état pathologique où l'on perd conscience

de soi, mais qui n'a plus rien de religieux. Pour en
revenir à la simple usure du mot, elle passe d'abord par
le verbe : on *s'extasie* sur une table bien mise ; et à la
limite, on dira qu'on est *en extase* devant un nouvel
appareil photographique ! C'est là une exagération,
mais aussi un étonnant affaiblissement du mot.

Le plus grave est que le cas n'est nullement isolé.
Voici, par exemple, le verbe *ravir* ; il est lié à notre mot
extase, puisque l'on peut dire *ravi en extase*, et le fait est
qu'il évoque un transport de l'âme qui ne s'appartient
plus à elle-même. Mais on ne reste pas beaucoup à ce
très haut niveau. On rencontre le sens tout matériel de
ravir signifiant « enlever par force » : « un animal ravit
sa proie » ; et un emploi un peu périmé du substantif se
rencontre dans des expressions comme le *ravissement* de
la belle Hélène pour l'« enlèvement ». Le mot *ravissement* lui-même garde pourtant ce pouvoir presque sur-
naturel de grande joie qui vous arrache à vous-même.
Mais le verbe en vient bientôt à exprimer une satisfaction bien ordinaire ; l'on dira ainsi « je suis ravi de faire
votre connaissance », ce qui est en réalité fort modeste !
Cette formule même nous mène à une autre, presque
semblable, car on dira également que l'on est *enchanté*
de faire la connaissance de quelqu'un, alors que c'est
une formule banale de politesse. On pourra dire de
même que l'on est *enthousiasmé*, oubliant un peu que ce
mot signifiait d'abord, comme déjà en grec ancien, que
l'on était « possédé par un dieu ». On peut dire aussi
que tel plat cuisiné est *divin*, ou encore *fabuleux*, alors
qu'il n'y a plus trace dans une telle appréciation ni d'un
dieu quel qu'il soit, ni de la fable et de ces beaux récits
irrationnels. On le dit comme on dit qu'une toilette est
ravissante ou qu'elle vous va *à ravir* : l'évolution est la

même dans tous ces mots et elle note un affaiblissement à peine croyable.

Mais, après tout, cela rejoint des évolutions que l'on nous avait appris à reconnaître. Par exemple, celle qui concerne le mot *étonner* : au XVIIᵉ siècle, ce mot avait encore une grande force et désignait quelqu'un qui était comme frappé par la foudre, alors qu'il s'emploie dans notre langage moderne pour marquer même la plus légère surprise. Dans le langage courant, on est obligé de recourir soit à des expressions familières comme *je n'en reviens pas*, soit à des métaphores recherchées, comme lorsque l'on dit que l'on est *médusé* (allusion au regard de la Méduse, qui vous paralysait) ou bien que l'on est *pétrifié*, allusion à ce changement en pierre qui frappa certaines héroïnes antiques comme Niobé. Pourquoi ces ressources diverses, sinon parce que le mot *étonner* a complètement perdu son ancienne force, comme les mots dont nous étions partis, désignant l'extase et l'enchantement ?

Je sais bien que ces exagérations qui ont ainsi affaibli le vocabulaire ne sont pas tout à fait de mode aujourd'hui. Un homme courtois emploiera peut-être la litote et, au lieu d'exprimer une admiration émerveillée, dira « ce n'est pas mal ». Quelqu'un de plus jeune, également sobre, dira « c'est super, ton truc » ou encore « c'est extra ! » Mais, à vrai dire, ce désir d'exprimer avec force un sentiment même faible se retrouve jusque dans le langage actuel, puisque ce jeune dira très bien d'une petite surprise ou d'une offre satisfaisante qu'elle est *du tonnerre* ! Ainsi, la boucle se trouve bouclée.

Juin 2004

Le rayonnement secret des mots

J'aime la clarté des mots ; et j'aime que l'étymologie leur donne cette transparence dans laquelle le sens se détache nettement. Mais cette étymologie fait parfois plus qu'éclairer le sens exact des mots : ceux-ci arrivent à nous entourer de toute une série de suggestions et de souvenirs, qui les colorent et les prolongent. Et ils le font d'autant mieux que nous avons fait connaissance avec eux.

J'y pensais l'autre jour, en lisant le texte d'une conférence, qui n'est pas encore publiée, mais dans laquelle M. Luc de Williencourt, conseiller à l'ambassade de France, en Grèce, a groupé un nombre considérable de mots français qui nous viennent du grec. Et il en cite des quantités.

Certains sont d'ordre intellectuel, et il est sûr que les connaître accroît l'exacte compréhension des mots – dans des exemples comme *philosophie* ou *mathématique*, ou même *démocratie*. Mais beaucoup correspondent aussi à des souvenirs historiques de l'ancienne Grèce ou bien à des légendes plus ou moins oubliées de nos jours.

Je ne pense pas ici seulement aux noms propres qui sont devenus comme des symboles et que l'on emploie en français, quand on dit *un Achille* ou bien *un Apollon*. Je ne pense pas même aux noms historiques qui ont donné des descendants dans notre langue comme le héros aux métamorphoses, Protée, qui a donné le mot *protéiforme*, ni non plus aux mots qui se sont transposés dans notre langue : ainsi on dit *le marathon de Paris*, en oubliant qu'une course à pied s'appelle un marathon, en souvenir du coureur qui arriva épuisé à Athènes, apportant la nouvelle de la bataille de Marathon, au début du Vᵉ siècle avant J-C. Je pense bien plutôt à des mots qui sont vraiment des mots de notre français, mais où se reflète le souvenir de mythes ou de légendes de la Grèce antique.

Dans la longue liste de M. de Williencourt, j'en relèverai trois, qui sont caractéristiques. Ainsi nous disons un *dédale* pour un endroit où il est aisé de se perdre : qui se souvient que ce nom est celui de l'architecte crétois qui construisit dans des temps très anciens le labyrinthe de Crète (le mot *labyrinthe* est en grec aussi) et qui fut, dans la légende, un architecte renommé ? Beaucoup plus près de nous, nous pouvons voir le *narcisse* ou guetter s'il y a de l'*écho*. Qui se rappelle que Narcisse est le nom d'un héros de la mythologie grecque qui contemplait indéfiniment son image dans l'eau d'une fontaine et fut transformé en fleur ? Nous souvenons-nous qu'Écho était la personnification de l'écho en une nymphe des bois, vouée à répéter indéfiniment les dernières syllabes entendues, et qui avait été, selon certaines légendes, éprise du beau Narcisse ? La légende peut ici être postérieure à l'étymologie, mais tous ces mots nous renvoient à un monde poétique qui a existé et se reflète, avec beaucoup d'autres, dans notre français actuel.

La conférence que j'ai citée montre par là l'importance des influences grecques sur le français : je voudrais ici dégager surtout l'enrichissement que de telles perspectives donnent à notre façon d'entendre et de comprendre nos mots. Voici que, dans ces trois exemples, nous sommes renvoyés aux légendes très anciennes du labyrinthe, du Minotaure, à la victoire de l'intelligence humaine, ou bien aux présences mystérieuses qui hantent la nature et nous font rêver. Dès que l'on en est instruit, les mots prennent comme une richesse et un relief nouveaux.

Et il ne s'agit pas d'une simple information ; car ces légendes et ces souvenirs ont vécu dans les textes littéraires. Et puisque j'ai cité en dernier le narcisse et l'écho, comment ne pas évoquer les deux vers célèbres de Boileau :

Écho n'est plus un son qui dans l'air retentisse,
C'est une nymphe en pleurs qui se plaint de Narcisse.

Les lectures, les connaissances pêchées ici ou là, tout contribue à cet enrichissement des mots. Même nos souvenirs personnels, même ceux de conversations, de mots entendus, de paysages aimés. Il faut d'abord employer les mots correctement, ensuite les reconnaître dans leur histoire même, et enfin, s'entraîner à percevoir, à l'usage, toutes les résonances poétiques que peut leur apporter ce retentissement secret. Le langage n'est pas seulement un procédé pratique pour des échanges également pratiques : il dépend de nous qu'il se charge aussi de rêves et de poésie.

Juillet 2004

Langue et communication

Il n'est pas rare, de nos jours, de voir justifier les études littéraires par un souci de communication. Et il est vrai que ce souci compte beaucoup. Peut-être y a-t-il pourtant quelque danger à n'insister que sur cet aspect.

Il est vrai qu'une langue correcte permet la communication ; et c'est précisément afin de l'assurer qu'il convient de respecter les règles qui sont comme des conventions indispensables. Je suis, je l'ai déjà dit, quelque peu excédée quand, dans le courrier que je reçois, les adjectifs sont tantôt au masculin et tantôt au féminin, si bien qu'il m'est impossible de découvrir si la lettre vient d'un homme ou d'une femme ; si par hasard la signature comporte le prénom Claude, il n'y a plus rien à faire ! Il en va de même pour le vocabulaire ; et il est déroutant d'entendre parfois des mots employés les uns pour les autres, ce qui amuse ou bien déroute. Molière se moquait déjà de ce genre de confusion entre les mots. Et je me rappelle qu'un ami anglais nous amusait fort, en expliquant que les unions entre les personnes de langue différente venaient de ce que l'on possédait mal le vocabulaire à employer : on voulait dire quelques mots aimables et on se trouve entraîné, par erreur, dans une liaison d'allure passionnée.

Je sais bien que les ados (puisqu'il faut ainsi les appeler) aiment à se créer entre eux un langage secret, qui doit rester imperméable aux autres. Mais ce jeu, auquel bien des générations ont joué, ne saurait s'étendre à la vie en société. Il faut bien, alors, avoir affaire aux autres, à tous les autres, et éviter le plus possible les malentendus : la correction de la grammaire et le respect des nuances de sens entre les mots y contribuent. J'y crois fermement et je n'en démordrai pas.

Mais je crois aussi que c'est diminuer gravement le sens même de la langue et la valeur des études littéraires que de s'en tenir à cette exigence première. D'ailleurs, communiquer avec qui ? Avec quoi ? La vie n'est pas faite de ces petits échanges concrets ; et il ne faut pas s'interdire à l'avance des domaines d'enrichissement que peuvent apporter les mots.

Et, d'abord, il est de fait que tous les poètes et tous les écrivains, tous les auteurs un peu raffinés et qui ont quelque chose à apporter ont recours à des mots parfois un peu rares : ceux-ci ne sont nullement sortis de la langue, mais sont seulement sortis de notre usage courant. Or, ils suggèrent, ils créent une atmosphère, ils apportent une profondeur de plus. Je prendrai presque au hasard l'exemple de tel vers de Baudelaire, disant « *Ton souvenir en moi luit comme un ostensoir* ». Il est possible que tous les lecteurs peu entraînés ne sachent pas exactement ce qu'est un ostensoir : dans ce cas, ils ne savent pas non plus à quel domaine de sensibilité ce mot fait appel. De même chante dans ma mémoire un vers tout simple de Victor Hugo : « *Un frais parfum sortait des touffes d'asphodèles.* » Bon ! Mais le mot, avec sa rareté et ses sonorités chantantes, évoque une plante jadis consacrée aux morts : l'atmosphère invite au rêve.

On perçoit déjà, ainsi, qu'il ne s'agit pas seulement de mots chers aux poètes, mais de mots qui sont chargés de passé et d'évocations indirectes. Je sais bien, ici encore, que, de nos jours, les jeunes aiment à se couper du passé et à ne considérer le monde que là où il commence pour eux. Mais ce passé nous entoure, nous accompagne, nous forme. Et comment refuser que tout ce que la littérature nous a apporté de merveilles puisse s'ouvrir à nous ? Je ne parle pas ici de mots sortis de l'usage et que Bernard Pivot souhaite si justement faire revivre ; mais les sens ont évolué et il est précieux de percevoir ces différences. Je pense ici aux mots les plus simples. J'ai parlé ailleurs du mot *amant* dont le sens est si différent au XVIIᵉ siècle et de nos jours ; j'aurais pu parler de l'ironie charmante qu'apporte, dans les vers de La Fontaine, la moquerie sur les appellations bourgeoises ou prétendues nobles dans des formules comme *« Eh bonjour, Monsieur du Corbeau ! »* Et pour finir par un seul mot, très à la mode à l'heure actuelle, que dire de l'*ennui* ? On dit qu'il règne dans les classes, mais la valeur est bien différente quand Racine écrit ce vers désespéré : *« Dans l'orient désert, quel devint mon ennui ? »*

Tout cela dépasse la simple communication et nous ouvre un monde dont on n'a jamais fini d'explorer la richesse.

Août 2004

La peur

La place que prennent nos émotions se reflète fort souvent dans l'histoire même du vocabulaire ; et cela est particulièrement vrai de la peur.

En grec, la langue possédait deux mots bien distincts : *deos* signifiait une appréhension pour l'avenir, et *phobos* la crainte d'un danger immédiat. Ces deux mots n'ont guère donné de descendance en français ; nous connaissons juste les *phobies* qui sont un peu plus que la peur. Le grec ne nous a laissé ici qu'un souvenir mythologique puisque nous parlons de *peur panique*, ce qui évoque le dieu Pan : nous avons même créé un dérivé familier qui est *paniquer*, quand devant une épreuve quelqu'un s'écrie « j'ai paniqué ». La plupart des mots désignant la crainte sont donc empruntés au latin, mais deux remarques ici s'imposent.

D'abord, pour ce vocabulaire de nature affective plusieurs mots ne nous arrivent du latin qu'après de petits accidents et des influences venant des peuples d'alentour. C'est ainsi que le mot *crainte* vient du latin, mais après une petite déformation, et, disent les dictionnaires, une influence gauloise ! De même, le mot *effroi* vient bien du latin, mais, disent les dictionnaires, avec une influence du francique, c'est-à-dire du dialecte parlé par des Francs et où le germanique se mêle aux origines latines. Ces petits mélanges montrent assez comment, pour des notions familières et courantes, apparaissent des emprunts et des déformations.

Mais l'autre observation qui, elle, saute aux yeux, est l'extraordinaire abondance des termes évoquant toutes les formes de la peur et le nombre de domaines plus ou moins imagés auxquels ces termes sont empruntés. Même sans parler de l'argot, qui est à cet égard singulièrement riche, les mots fourmillent et offrent mille nuances possibles. Il y a d'abord tous les mots indiquant les symptômes de la peur, comme *je tremble*, ou bien *je frissonne*, etc.

Et puis, il y a la longue liste des mots qui mènent d'un extrême à l'autre, de l'appréhension à l'épouvante. On a des mots d'ordre presque intellectuel : je viens de citer *appréhension* ; il s'agit d'un calcul et d'un jugement. On peut en rapprocher le verbe *redouter* qui se rattache à l'idée de *douter* ! On est en pleine appréciation intellectuelle. Les deux mots cités tout à l'heure, la *crainte* et l'*effroi*, sont déjà plus affectifs, surtout le second ; mais ce second, qui vient d'un mot signifiant « ôter la paix » et qui a donné le verbe *effrayer*, semble curieusement n'avoir aucun rapport avec le substantif *frayeur*. Déjà, il y en a trop ! Et l'on n'est pas encore à tous les mots forts, comme *terreur* ou *épouvante*. Ce dernier terme qui connut aussi, dans sa transmission depuis le bas latin, toute une série de petites modifications et de transformations, exprime une frayeur extrême.

Mais nous avons jusqu'à présent laissé un mot de côté : la *peur*. La peur n'a pas de composé verbal : on dit *avoir peur*. Ou bien, l'on dit *faire peur*. Et le propre du mot est de s'étendre d'un extrême à l'autre. On peut très bien dire « j'ai peur de ne pas bien vous comprendre », le terme est faible. Mais si un homme crie, lorsque les bombes tombent de tous côtés, « j'ai peur ! », le sens est fort. Alors que les autres mots donnent des dérivés multiples, des verbes, des adjectifs, de tout, la peur reste nue dans sa brièveté même.

Certes, je n'ai pas évoqué tous les mots. Je n'ai pas parlé des mots familiers, de la *frousse* ou de la *trouille* ; je n'ai pas parlé des mots qui, venus du latin, n'ont laissé qu'un héritage limité et inattendu. Ainsi, un verbe bien connu en latin a donné en français l'adjectif *timoré* qui, détail amusant, s'appliquait, à l'origine, à la crainte de Dieu : il a bien changé de valeur ! Son jumeau, le mot *timide*, est plus banal et d'ailleurs plus faible.

Mais, plutôt que de songer à dresser une liste complète de ces mots si nombreux, j'aimerais faire remarquer qu'une valeur morale s'attache à beaucoup d'entre eux, surtout quand ils sont employés comme adjectifs. *Timide* nous fait penser à *peureux*, à *craintif*… et la peur se colore souvent d'une nuance de blâme. Les hommes aiment à passer pour courageux, et c'est très bien ainsi. J'aimerais finir par une anecdote où les nuances du vocabulaire m'ont fort divertie. J'étais dans un compartiment de chemin de fer avec un homme inconnu et nous avons été mêlés à une sorte d'aventure policière, un troisième voyageur s'étant caché dans notre compartiment. Il fut repris par la police. Et, au matin, j'avouais à mon compagnon de voyage que j'avais eu vraiment peur. À quoi il me répondit, l'air très satisfait, « non, non, je n'ai pas eu peur : simplement, je n'étais pas rassuré ! » La distinction des synonymes est parfois plaisante…

Septembre 2004

Langue d'hier et d'aujourd'hui

Toujours les langues évoluent ; et cela est très bien ainsi, car le propre de ce qui vit est de sans cesse se transformer, s'adapter, se renouveler. Il faut cependant garder le contact avec la langue des siècles précédents, surtout dans la mesure où elle reste fixée dans des textes littéraires, qui sont notre plus précieux patrimoine et assurent la meilleure formation intellectuelle et morale pour les jeunes et aussi pour les moins jeunes qui continuent à lire.

Garder ce contact n'est pas toujours facile ; mais il est évident que modifier ces textes ou les présenter dans un contexte qui ne leur convient pas ne peut que porter gravement atteinte à la saveur de ce qui a été écrit, à sa couleur, à sa beauté, et même à son sens tout à fait exact. Or cette tendance se manifeste un peu partout chez les metteurs en scène et les adaptateurs. On aime à présenter une pièce ou un opéra du XVIIIᵉ siècle dans un décor ultramoderne, ce qui a pour effet de nous dépayser et parfois en altère le texte lui-même. Mais ce qui me choque le plus est la justification que l'on en offre : on voudrait ainsi faire prendre conscience au public de l'aspect moderne que comportent ces œuvres déjà anciennes.

Je crois, quant à moi, que le contraire serait plus vrai.

Ce qui nous touche et nous frappe est justement que, venant d'un contexte aussi éloigné de notre temps et nos habitudes, on voit apparaître dans ces œuvres du passé un sentiment qui nous saisit. Nous nous disons alors, étonnés : « Déjà, déjà ces pensées, déjà cette émotion ! » ; nous mesurons les similitudes en même temps que les différences. Tant pis si tel détail échappe, si un mot au passage n'est que deviné ; on change vraiment de siècle pour entrer dans l'atmosphère de l'œuvre, et le génie des bons auteurs est capable de nous y accueillir.

À vrai dire, tout a changé dans l'expression de ces œuvres. Je parle de la langue, mais il faut l'entendre au sens large : il s'agit des modes sociales, des pudeurs de chacun, d'un art de dire ou de suggérer. Quel jeune homme injustement soupçonné pourrait de nos jours songer à répondre : « *Le jour n'est pas plus pur que le fond de mon cœur* » ? Les mots ici sont simples et clairs, mais le ton et la couleur sont d'un autre temps. Je n'ose imaginer ce que répondrait notre jeune homme aujourd'hui. Et tous ces détails qui marquent les rapports entre les gens et les traduisent dans le langage varient ainsi avec le temps : même ces formules de politesse des textes classiques, ces *seigneur*, ces *madame*, ces reproches comme *ingrat*, ou *cruel*, nous renvoient nécessairement dans un autre temps. Le vocabulaire est simple, mais les habitudes dans les détails les plus modestes changent tout !

On me permettra ici une anecdote frivole. Nous avions, il y a bien des années, une employée d'origine polonaise ; or nous habitions en face d'une région aérienne et cette employée entretenait avec les militaires qui s'y trouvaient des relations étroites et malencontreuses. Cela lui valut quelques ennuis, et à nous aussi par contrecoup. Or un jour je rentrais à la maison et je l'entendis au téléphone qui s'écriait avec douleur : « Ah, Popaul, que vous êtes cruel ! » Je m'immobilisai, saisie de rencontrer chez cette jeune personne un écho qui me renvoyait à Racine. Tout à coup, les héroïnes de la tragédie classique revenaient en masse vers moi ; c'était Phèdre s'écriant : « *Ah, cruel, tu m'as trop entendue !* » et ajoutant, dans la même tirade, un peu plus loin : « *C'est peu de t'avoir fui, cruel, je t'ai chassé !* »

On peut dire que le mot n'est ici qu'une cheville, et c'est assez vrai. On peut dire aussi qu'il reflète la mode du langage précieux et quelque peu artificiel : cela est vrai aussi. Cela fait partie de la langue d'alors. Et c'est ainsi que se traduit cette passion qui bouillonne chez Phèdre ou chez ses semblables – passion si forte et si fortement traduite dans l'ensemble qu'elle s'impose en effet à travers les siècles. Un seul mot, qui paraissait d'un autre temps, avait pu me rappeler ces grandes héroïnes avec leurs passions douloureuses, et me faire passer ainsi d'un présent un peu sordide vers l'éclat d'un souvenir littéraire.

Je crois que le même rapport s'établit beaucoup plus largement lorsqu'un public moderne aperçoit, à travers les manières et les mots qui appartiennent à un autre temps, la permanence des émotions essentielles.

Une langue, c'est beaucoup plus qu'une somme de règles grammaticales : c'est un mélange subtil d'habitudes et de valeurs ; et c'est aussi le fruit d'une longue maturation, dans laquelle les éléments successifs viennent ajouter à la richesse de l'ensemble.

Octobre 2004

Syntaxe et sentiment

On lit dans les manuels et l'on apprend en classe des règles qui paraissent parfois un peu arbitraires. On dit ainsi que telle expression *veut* le subjonctif, ou que telle autre *veut* l'indicatif. De façon moins imagée, on dit parfois que telle expression *se construit avec* tel mode ou bien tel autre. Mais on peut alors demander : pourquoi cela ? au nom de quelle autorité ? Eh bien, il faut le comprendre : ces usages s'expliquent parfaitement, et correspondent à des nuances précises de la pensée ou du sentiment.

Ce n'est pas toujours facile à expliquer en deux mots. Je me souviens d'un cas analogue : le grec ancien a deux négations différentes et l'on disait couramment que l'une des deux niait un fait et l'autre une idée. Mais il faut, dans les deux cas, être un peu plus explicite.

Le subjonctif s'emploie dans une proposition subordonnée quand celle-ci dépend d'un verbe exprimant la crainte, l'espérance, l'incertitude, le regret. Par là, cette proposition subordonnée est étroitement rattachée au sentiment exprimé dans le verbe principal ; elle n'a de valeur que par rapport au sentiment et aux inquiétudes qu'éprouve le sujet.

C'est ainsi que l'on dira « je sais qu'il viendra », ou même, avec un peu moins de certitude, « je crois qu'il viendra » et « j'espère qu'il viendra », mais on dira « je souhaite qu'il vienne », « je crains qu'il soit trop tard », ou « je doute qu'il puisse encore venir ». On peut donc imaginer toute une série d'expressions, selon que la certitude est plus ou moins grande : on passe alors du subjonctif à l'indicatif.

Par exemple, on dira « je voudrais bien qu'il vienne », « je souhaite qu'il puisse venir », « j'espère qu'il va venir », « j'espère qu'il viendra ». Que de jolies nuances et combien elles sont précises ! Cela pourrait suffire, mais deux ou trois remarques peuvent être présentées en marge de ce grand principe.

Tout d'abord, puisque j'ai parlé des verbes de crainte, il faut rappeler que, parfois, cette nuance d'incertitude et de refus se marque encore plus nettement par l'addition d'un petit mot *ne*, que l'on appelle le *ne* explétif : « je crains qu'il ne soit trop tard ». Cet usage correspond au même principe que celui qui vient d'être indiqué ; mais il est un peu plus illogique, et il n'est pas d'un emploi constant ni toujours observé.

Voici, en revanche, d'autres exemples moins subtils et plus constamment observés. Un verbe comme *supposer* implique une certaine confiance dans la réalité de ce que l'on affirme ; aussi se construit-il avec l'indicatif : « je suppose qu'il est malade ». Mais employé, par exemple, à l'impératif et exprimant une hypothèse, il devient moins affirmatif ; et cette incertitude accrue fait que l'on emploie dans ce cas le subjonctif : « supposons qu'il vienne ». Il en va de même pour les verbes équivalents,

comme *admettre* : « admettons qu'il soit malade »…
La moindre nuance a son influence, et la construction
reflète les sentiments exprimés par le verbe.

Une autre curiosité sur laquelle j'aimerais attirer
l'attention concerne le verbe *douter* et sa signification
même : dans sa forme simple, il est évident qu'il sera
accompagné du subjonctif, car c'est un cas bien net d'incertitude ; on dit « je doute qu'il puisse venir ». Naturellement, je mets à part la construction différente et
un peu passée de mode qui consiste à dire *douter si* (« je
doute encore si je ne t'aime pas »). Mais, pour ce qui
est de *douter que*, il n'y a aucun doute.

En revanche, si l'on dit *se douter que*, le degré de certitude est déjà un peu plus grand ; on a réfléchi et formé
une hypothèse, que l'on croit juste et à laquelle on est
attaché. On emploiera donc l'indicatif et l'on dira « je
me doute qu'il est malade ». Peut-être est-ce l'influence
d'expressions comme « je me rends compte » ou « je me
persuade » ; peu importe : l'essentiel est qu'ici encore
la souplesse de la syntaxe suit les moindres nuances du
sentiment ou de la pensée.

Au moment où j'écris ces lignes, je sais que paraît
bientôt en librairie un nouveau petit livre d'Erik
Orsenna, faisant suite à son charmant ouvrage intitulé
La grammaire est une chanson douce, ouvrage qui a
connu un grand succès. Celui-ci s'appelle *Les chevaliers
du subjonctif* (éd. Stock). Je ne l'ai pas encore lu, mais
je sais déjà qu'il y a une île du subjonctif et que la toute
première définition donne le subjonctif pour « l'univers
du possible ».

À l'avance, je puis en dire, avec deux formules qui

illustrent mon propos d'aujourd'hui : « Je souhaite que nous soyons d'accord », ou bien, ce qui est beaucoup plus approprié : « À l'avance, je suis sûre que nous sommes d'accord ! »

Novembre 2004

« En veux-tu, en voilà ! »

Peut-être est-ce parce que je déteste le pédantisme des mots trop longs comme cet adverbe *intergénération-nellement*, que j'entendais récemment ; en tout cas, je traiterai aujourd'hui d'un petit mot très court et très employé : le petit mot français *en*. Et le fait est que si petit, si courant, si répandu, il nous glisse en quelque sorte entre les doigts, prenant des valeurs que l'on n'arrive plus toujours à bien distinguer. Mais c'est assurément une des richesses d'une langue que ces légers glissements qui se font avec le temps et cette souplesse même, où se reflète la vie subtile des mots.

En principe, et de façon claire, la préposition *en* correspond à la préposition latine *in*, qui veut dire « dans » ou « sur ». Jusque-là, tout va bien ! Et pourtant, il amusant de constater que, dans cet emploi si simple, surgissent déjà des variations ou des règles pratiques qui méritent l'attention. Par exemple, avec des noms de villes, on emploiera en général la préposition *à*, mais une tradition locale veut que l'on dise *en Avignon* et *en Arles*. C'est un reste de la langue méridionale et une coquetterie qu'il est élégant de respecter.

Avec les noms de pays, la surprise est plus grande : on dit normalement *en France* ou *en Italie*. Mais attention !

On dit aussi *au Brésil.* Et la règle est que l'on emploie
ce tour pour les noms de pays qui sont masculins et
commencent par une consonne ! La règle s'est établie
pour des raisons de facilité dans la prononciation ; mais
il se trouve que l'on fera une erreur grossière et qu'un
étranger sera l'objet de moquerie s'il parle de s'en aller
à l'Angleterre ou de vivre *en Brésil* !

Mais on est encore loin de toutes les valeurs que
peut prendre ce même *en*, équivalent du *in*. On le voit
s'employer un peu partout et désigner toutes sortes de
rapports. Pas seulement le lieu, mais le temps, mais les
sentiments, mais la manière d'être, la situation, l'intention. Tout y passe ! On dit *en été*, mais aussi *en colère*,
ou bien *en français*, ou bien *en conclusion*, ou bien *en
désespoir de cause* ; on est *en voyage*, ou bien *en conférence*… On passe du concret à l'abstrait. On peut essayer
de classer toutes ces valeurs ; les études techniques et les
dictionnaires offrent des listes qui diffèrent d'un ouvrage
à l'autre sans être jamais vraiment complètes.

Mais il y a une autre valeur du mot qui vient du latin
inde, signifiant « de là, à partir de là ». Dans ce cas, *en*
marque le point de départ. On dit « j'en viens », ou « il en
résulte » : le sens, on le voit, est donc un peu différent.

Et si c'était tout ! En fait, le mot désigne souvent un
tout dont on prend une partie (c'est la valeur dite « par-
titive ») ; on dira ainsi « j'en prends deux, il en reste
trois ». Mais bientôt, à partir de là, dans tous les cas
où l'on pourrait employer en français la préposition
de, le tour peut être remplacé par le mot *en* : « j'en suis
épris », « j'en suis dégoûté ».

Ce ne sont là que des exemples : peu à peu, on trouve
des cas où le mot n'a presque plus de valeur et se fau-
file avec le verbe sans qu'on puisse aisément en rendre

compte. Lorsque l'on dit « je m'en remets à vous » ou bien « il s'en est pris à moi », qu'ajoute-t-on avec ce petit mot *en* ? Nul ne le sait plus. Et l'usage est très répandu ; ainsi nous disons couramment « je m'en vais » ! Quelles valeurs ajoute ce petit mot *en* ? On peut hésiter.

Naturellement, on ne fait pas attention, on ne se pose pas la question. Mais peut-être, par-delà l'emploi immédiat de l'expression, flotte-t-il dans nos esprits une nuance, fugitive, et presque inconsciente. Les uns croiront qu'il marque le point de départ comme dans les exemples où *en* se rapproche du latin *inde* ; et on pensera aux composés comme *s'enfuir* ou *s'envoler*. Mais on peut aussi estimer que notre fameux petit mot indique seulement l'entrée dans un état, le début d'une action ; l'on pensera alors à des composés comme *endormir* ou *enchaîner*.

En fait, les deux sont possibles ; peu importe l'origine du tour : pour notre perception actuelle, les valeurs se pénètrent et se rejoignent. Interrogez les gens : ils répondront soit dans un sens, soit dans l'autre. Et c'est leur droit : les mots ne sont pas en effet comme des pièces de monnaie à valeur fixe ; ils ont une résonance affective où paraissent tout doucement leur histoire passée, leur usure et leurs parentés.

Il faut pour s'en rendre compte faire attention, remarquer, se poser des questions ; mais alors, des nuances insoupçonnées commencent à se faire jour ; et il n'est pas jusqu'aux petites incohérences de l'usage qui ne révèlent à l'occasion la complexité de la vie d'une langue.

Décembre 2004

Le *truc* et le *machin*

Il y a bien des façons de porter atteinte à la santé d'une langue, voire à sa vie même. L'une d'entre elles consiste à effriter son vocabulaire, à méconnaître les mots, à renoncer à toutes les nuances qu'il serait souhaitable de marquer. C'est ainsi que, dans bien des cas, on renonce aux termes exacts pour les remplacer par des termes passe-partout, qui n'ont plus de sens et qui sont comme autant de renoncements. C'est le cas des deux expressions que j'ai données en titre à cet article. Elles appartiennent l'une et l'autre au langage familier ; elles n'appartiennent pas au bon usage ; mais elles tendent à se répandre et à prendre des significations de plus en plus vagues.

Dans les deux mots, le *truc* et le *machin*, il semble y avoir toujours plus ou moins l'idée d'une ruse habile et efficace. On le voit par leurs composés ; on a ainsi, pour l'un, des termes comme *truquer, truqueur* ou *trucage* ; alors que l'autre se rattache si aisément au verbe *machiner* ou à la *machination*. Mais cette valeur est souvent bien absente ; et, dans le langage quotidien, on rencontre des valeurs tout autres ou plutôt des emplois qui ne signifient plus rien du tout. Je ne m'y serais pas arrêtée, si je n'avais eu l'occasion, ces jours derniers, d'entendre l'auteur d'un livre récent répondre aux questions d'un journaliste à la radio. Or, parlant de ce livre et de son inspiration, cet auteur a employé au moins quatre fois, et peut-être cinq, le mot *truc* sans qu'aucune signification précise s'attache à ce terme. Venant d'un auteur, parlant d'un livre, et dans une émission radiodiffusée, il y avait de quoi m'effrayer !

On peut employer le mot dans ce sens vague : dans certains cas, on peut le faire quand il s'agit d'un objet que l'on ne peut pas nommer, parce qu'il appartient à une catégorie à part, ou bien parce que l'on est mal renseigné ; on peut le faire aussi par une sorte de pudeur. Mais ces cas sont des exceptions et l'on rencontrera le mot, trop souvent, pour désigner n'importe quoi dont on ne précise pas la nature.

On entend par exemple « je me suis acheté un truc bien chaud pour l'hiver ». S'agit-il d'un chandail, d'un manteau, d'un collant ou d'une écharpe ? La personne le sait certainement, mais ne le précise pas. La paresse seule est ici en cause. Ou bien l'on dira « il a attrapé un sale truc sur la plage ». S'agit-il d'un bouton, d'une éruption, d'un virus ou d'une maladie inguérissable ? On pourrait nous mettre sur la voie, il est plus simple de ne pas préciser, et on ne précise pas ! Et le mal s'étend, gagne de proche en proche. Ainsi l'on dira, si l'on a quelque culture et que l'on veuille en faire montre, que Baudelaire a écrit « des trucs drôlement bien » ! Le mot « drôlement » est déplacé et n'a pas le sens qui conviendrait ; mais, de toute façon, ces trucs sont bien imprécis : on pourrait dire des vers ou des sonnets ou des poèmes… Chaque fois que l'on emploie le mot *truc*, il veut simplement dire « je ne trouve pas le mot ». Je suis la première à ne pas trouver parfois le mot précis :

cela peut arriver. On peut, en général, s'en tirer avec
une expression approchée, au lieu de cet affreux mot
truc.

C'est le même phénomène que, lorsque ne retrouvant
pas le nom d'une personne, on dit, à la place de ce nom,
Machin ou monsieur *Machin* ; on peut avoir oublié le
nom mais, le plus souvent, on ne se donne pas la peine,
ni la politesse de le préciser. Et ce n'est pas non plus
le désir d'aller vite et de simplifier, car ces petits mots
passe-partout, qui n'ont plus de sens, sont souvent pro-
longés dans un parler plus ou moins argotique, où l'on
invente des mots comme *Trucmuche* ou *Machin Chose*,
quand ce n'est pas *Machin Chouette* !

Quand je pense au mal que l'on se donne lorsque
l'on veut écrire correctement ou définir pour un dictionnaire la nuance exacte qui sépare deux termes et
la façon correcte d'employer l'un ou l'autre, je suis
effrayée par la distance qui sépare l'une de l'autre ces
deux attitudes.

Pour y remédier, je voudrais vous conseiller un joli
jeu. On peut y jouer en famille, quand on a quelque goût
pour la langue française. Une des personnes prend un
texte bien écrit et remplace les mots importants par des
tirets, c'est-à-dire par des blancs, et chacun doit essayer
de trouver le mot exact qui correspond à la pensée et
devrait être employé à ce moment. On découvre alors
la richesse de cette langue, la nôtre, et les différences de
sens qui séparent un terme d'un autre presque synonyme. Quelquefois l'on tombera bien ; quelquefois on
verra la supériorité de l'auteur sur ce que l'on proposait.
On s'habituera à manier ce vocabulaire qui est notre
trésor et qui est aussi le moyen d'affiner et de rendre
plus riche la pensée, jusque dans les petites choses.

J'allais dire, à propos de ce conseil, « c'est un bon truc, n'est-ce pas ? » Mais je voulais dire que c'est une « heureuse suggestion ».

Janvier 2005

Pitié !

La pitié semble être un sentiment clair et fort ; pourtant, les mots qui la désignent présentent des particularités assez curieuses.

Tout d'abord, on peut constater que le mot *pitié* et le mot *piété* sont à l'origine un seul et même mot : le latin *pietas*. Le mot latin désignait à l'origine le sens religieux, mais il s'est enrichi à l'époque chrétienne des valeurs correspondant à la compassion. De toute façon, en latin comme en français, sa signification débordait un peu le sens religieux puisqu'il s'étendait au respect des morts et au respect de certaines personnes : nous parlons encore de *piété filiale*. Et, si le français a eu deux mots (*piété* et *pitié*), pour distinguer les deux sens, cela n'a pas été, surtout au début, sans quelques chevauchements. Nous en conservons des traces puisque nous parlons du *mont-de-piété*, alors qu'il s'agit d'un *mont-de-pitié*.

Ce glissement de sens est déjà intéressant. Mais on peut signaler un autre fait assez singulier. Si le latin a ainsi donné deux mots, il semble que, pour une fois, le grec n'en ait donné aucun. Très bien ! Cela peut arriver ! Mais il se trouve que nous avons conservé, dans la messe, le mot même du grec, en grec : nous implorons la pitié du Seigneur en disant *kyrie eleison* ! Il est rare de voir un élément du vocabulaire grec tout à la fois aussi complètement abandonné et aussi rigoureusement préservé.

D'autre part, si l'on considère les synonymes ou les dérivés du mot *pitié*, dans son vrai sens de compassion, on rencontre diverses surprises.

Il y a des synonymes simples et clairs comme la *miséricorde* ou la *charité* ; mais, si tous deux s'emploient sous forme d'exclamation, l'un exprime une demande (« la charité, s'il vous plaît ! ») et l'autre une crainte (« miséricorde, je me suis blessé ! »). Ce n'est là qu'une nuance et d'autres synonymes sont plus surprenants.

Il en est ainsi du mot *merci*. Ce mot désigne normalement la récompense, le paiement, et, par suite, l'indulgence : l'on rencontre encore des expressions comme *demander merci*, ou *être sans merci* ; l'idée est celle de quelqu'un qui se rend et dépend dès lors de la charité de son adversaire. Il faut le reconnaître : on est là bien loin de l'emploi par lequel nous disons *merci* ou *merci bien* pour le moindre petit service qui nous est rendu.

On peut aussi employer le mot *compassion* : il signifie que l'on souffre avec quelqu'un. Le mot est composé exactement sur le même modèle que le grec qui a donné *sympathie*, mot qui veut dire que l'on partage les émotions d'autrui. La différence entre les deux mots est considérable, car, normalement, *sympathie* désigne seulement une sorte d'attachement personnel et de compréhension. Mais on remarquera que, dans des cas précis, dans une lettre de condoléances par exemple, on exprime sa *sympathie* pour désigner la *compassion*.

On dirait, en somme, que la pitié cherche à toute force à pénétrer notre vocabulaire et s'y inscrit en marge, un peu partout, sans limite précise. Cela peut causer quelques flottements.

Mais là ne s'arrêtent pas les difficultés. Car, pour en revenir au mot *pitié* et à ses composés, on découvre bientôt une autre sorte de glissement. La pitié est un noble sentiment, riche et généreux ; mais le mot désigne aussi, dans certains cas, la situation misérable qui devrait attirer ce noble sentiment. Lorsque l'on dit *c'est une pitié !*, cela signifie en général « c'est lamentable, cela ne vaut rien ». Quant à l'adjectif *pitoyable*, il peut désigner et désignait à l'origine la qualité de l'homme qui éprouve de la compassion : « un cœur pitoyable » ; mais il désigne le plus souvent un résultat médiocre, pour ne pas dire lamentable ; on dira ainsi « c'est une argumentation pitoyable », ou « c'est une façon de jouer pitoyable ». De la *piété* originelle en passant par la *pitié* authentique, on en arrive donc à une formule qui n'exprime plus que le mépris. On est passé de Dieu à la copie du mauvais élève !

Pour finir, j'aimerais observer que cette variété de sens se retrouve jusque dans l'emploi exclamatif du mot *pitié*. L'exclamation peut être celle d'un condamné à mort qui supplie pour qu'on lui laisse la vie : elle peut être aussi l'exclamation d'un lecteur lassé par trop de distinctions et d'arguments et qui souhaiterait dire à l'auteur « Ah, pitié ! ».

Février 2005

« Bon ! »

Il fleurit dans notre langue, comme dans un jardin, de vilaines mauvaises herbes, qu'il serait bon d'arracher. Il en est ainsi du petit mot *bon* employé de façon exclamative, et marquant à l'origine une approbation. Un enfant donnera ainsi une bonne réponse ou marquera un progrès dans ses connaissances et l'on s'écriera *bon !*, ce qui veut dire que la réponse est juste et que l'on se déclare satisfait. Parfois, l'approbation s'atténue, et un doute surgit ; l'exclamation alors signifie « cela n'est pas tout à fait juste, mais je ne discuterai pas ». On dit ainsi « bon ! Admettons… » Et puis, glissant encore un peu, l'expression sert de simple transition : on l'emploie lorsqu'un développement est terminé et que l'on va passer à un autre. Par exemple, on décrira tous les avantages d'une solution, puis on dira « bon ! Mais il y a aussi les inconvénients… » Là, *bon !* n'est plus qu'un soupir, une pause entre deux idées.

Un usage comparable se retrouve dans d'autres langues, avec des mots équivalents. Déjà, en grec ancien, l'on employait le mot *eien*, qui est l'équivalent de notre mot *soit*, pour passer d'un argument à un autre.

Mais, à partir de là, si l'on est quelque peu embarrassé, voici ce *bon !* qui se multiplie, non plus entre deux idées, mais comme au hasard, par-ci par-là, parce que la personne hésite et cherche ses mots. On arrive ainsi à un résultat quelque peu burlesque, et cela de deux façons différentes.

Tout d'abord, on rencontre ce mot encore tout chargé d'approbation, servant à scander des informations qui ne sont pas du tout bonnes et que l'on n'entend pas du tout approuver. C'est ainsi que l'on dira, hésitant dans les détails d'une histoire passablement lugubre : « J'ai vu qu'il allait très mal, bon ! J'ai voulu appeler le médecin : il n'était pas là, bon ! Lui allait de plus en plus mal... Bon ! Alors que faire ? » Cela fait beaucoup de catastrophes pour un mot d'approbation.

D'autre part, on finit par employer cette même petite exclamation non plus pour séparer des idées, mais un peu partout, sans rime ni raison. Et l'on entend alors dans les colloques des formules comme ceci : « je voudrais dire – bon ! – qu'en un sens vous avez raison, mais avec – bon ! – une ou deux réserves... » L'exclamation intervient, coupant même les propositions les plus simples. Le mot ne fait alors que traduire l'embarras de celui qui parle. Il est l'équivalent de ce petit bruit de gorge que l'on traduit par *euh* et qui marque que l'on ne trouve pas ses mots. Il n'y a là que du remplissage et du bavardage.

Je me suis alors demandé si l'on pouvait employer pour cette forme de remplissage le terme de *cheville*. Après tout, *cheville* est un mot amusant qui désigne un petit élément servant à relier ou à équilibrer deux parties d'un mécanisme ; et ce mot peut prendre une valeur très favorable, lorsque l'on parle de *cheville ouvrière* ou de *cheville maîtresse*. Mais il s'emploie aussi de façon moins favorable, pour désigner dans un vers un mot ou un adjectif ou une exclamation qui n'est là que pour équilibrer le vers et n'ajoute rien au sens. C'est pourquoi j'y songeais à propos de notre fameux *bon !*

Mais il est clair que notre expression ne mérite même pas le mot de *cheville*. Une *cheville* dans un vers a une utilité : le mot désigne un élément qui n'est pas utile pour le sens, mais qui est utile pour l'équilibre du vers et pour le nombre de syllabes. On ne peut en dire autant de ce perpétuel *bon !*

Il est d'autres expressions de ce genre, d'autres façons d'allonger la sauce sans rien gagner pour la précision de la pensée. Et c'est un assez joli jeu et assez instructif, que d'écouter ceux qui s'expriment en public, pour tenter de relever toutes les expressions inutiles où se reposent leurs maladresses. Mais il est clair aussi que cela n'est guère favorable à la rigueur de la pensée, à la communication et, tout simplement, à la santé de la langue.

C'est merveille, quand on a joué un moment à ce petit jeu-là, de se tourner vers les textes classiques, où l'on voit les mots employés avec exactitude, sans excès ni bavardage ! Je sais bien qu'il s'agit alors de textes écrits à loisir, dans lesquels l'auteur a pris le temps de trouver ses mots, voire de les rectifier, notre époque parle plutôt qu'elle n'écrit et parfois, hélas, elle écrit comme elle parle ! Mais alors, n'est-il pas essentiel que ceux qui ont l'occasion de parler en public s'entraînent à mieux parler, à employer moins de mots inutiles et

moins de formules comme ce désastreux *bon* ! Encore
une fois, l'enseignement se trouve en cause.

De cela, je suis très convaincue ; mais – bon ! – je
m'arrête.

Mars 2005

L'âne et le bœuf

Il y a quelques semaines, à l'époque de Noël, nous nous attendrissions sur les deux animaux essentiels pour la crèche et qui, de leur souffle, tenaient au chaud l'enfant Jésus – à savoir l'âne et le bœuf. Mais je me suis avisée que l'un de ces deux animaux au moins n'avait pas laissé dans notre langue des témoignages bien sensibles de notre reconnaissance.

Pauvre âne ! Je ne sais si cette réputation est bien méritée, mais il passe dans notre langage courant pour un sot et un ignorant. Si l'on dit de quelqu'un qu'il est un *âne*, c'est une condamnation sévère de ses facultés intellectuelles : le mauvais élève avait un *bonnet d'âne* ; et il n'est guère de condamnation plus forte que de dire, pour une idée ou un projet, que c'est une *ânerie*.

Dans la littérature, d'ailleurs, même ceux que peut émouvoir la naïveté de l'âne le montrent volontiers comme une pauvre dupe, qui ne sait pas se défendre. C'est le cas dans la célèbre fable de La Fontaine intitulée *Les animaux malades de la peste* ; alors que les autres animaux avouent d'assez grands forfaits, le malheureux âne, venant en dernier, reconnaît avoir un jour été tenté et avoir fauché dans un pré « *la largeur de sa langue* ». Tous alors jugent que ce forfait est épouvantable et l'âne est condamné ! Il ne trouve pas de défenseur, *« ce pelé, ce galeux ! »* C'est dans le même esprit que l'on emploie l'expression *haro sur le baudet*, qui est un cri pour signaler que l'on est attaqué et dénonce encore bien injustement le baudet, c'est-à-dire l'âne.

La tradition de la langue a d'ailleurs gardé une expression souvent employée qui est *l'âne de Buridan* ; on a un peu oublié que Buridan était un philosophe du XIVe siècle et qu'il a présenté la fable selon laquelle un âne, pressé par la soif et la faim, se trouve placé entre de la nourriture et de la boisson : comme il ne peut pas arriver à se décider entre les deux, il finit par mourir sur place, sans avoir satisfait ni sa faim ni sa soif. Ajoutons que la soumission de l'âne envers l'homme ne sert qu'à renforcer notre mépris, puisque traiter quelqu'un d'*âne bâté* est encore pire que de le traiter simplement d'*âne*.

Ce n'est pas de chance pour l'âne : peut-on au moins trouver quelque réconfort dans la façon dont la langue traite le bœuf ? Rien de bien sévère contre lui ! Le mot *bœuf* s'emploie simplement pour signifier « gros » ; on dit même familièrement *un effet bœuf*, pour dire un grand effet. On peut donc espérer que, là au moins, la langue n'a traduit aucune ingratitude. Mais attention ! Car avec le bœuf, nous rencontrons le veau et la vache. Or l'un et l'autre sont assez mal traités. Le veau est plutôt taxé de paresse, mais aussi de sottise. On dit *faire le veau*, cela veut dire traîner à l'abandon sans rien faire ; l'on dit *pleurer comme un veau*, ce qui veut dire sans aucune retenue ; dans l'ensemble, traiter quelqu'un de veau n'est guère aimable. Quant à la vache, ce n'est pas mieux ; elle survit dans notre langue sous la forme de *donner un coup de pied en vache*, c'est-à-dire de façon hypocrite et brutale ; et cela correspond à ce mot parallèle à l'*ânerie* qui est la *vacherie* !

Le veau et la vache ne sont donc pas mieux traités que l'âne. Et j'ai été amusée en pensant à un vers du même La Fontaine où dans *Le meunier, son fils et l'âne*, des passantes se moquent du meunier assis sur son âne en l'appelant « *ce nigaud, assis comme un évêque, fait le veau sur son âne et pense être bien sage.* » Les deux animaux se rejoignent ici en un rapprochement plaisant.

Cette sévérité envers les animaux domestiques ne s'arrête d'ailleurs pas à ce que je viens de citer. À côté de la bêtise de l'âne, on peut citer l'oie et la façon dont on déclare qu'une personne est *bête comme une oie* ! Et pourtant, ne raconte-t-on pas que les oies du Capitole, grâce à leur ouïe très fine et à leur voix très forte, ont sauvé Rome en prévenant à temps de l'arrivée d'envahisseurs gaulois : l'anecdote est dans Tite-Live. Et ne sait-on pas que le mépris s'étend jusqu'à notre ami le chien ? Traiter quelqu'un de *chien* est une marque de profond mépris et de même que l'on a eu l'*ânerie* et la *vacherie*, on rencontre le mot *chiennerie* qui désigne parfois la dureté de cœur ou bien l'impudeur.

Pour une fois, ce n'est pas la santé de la langue qui m'inquiète, malgré tous les dangers qui la menacent : toutes les dérivations que l'on a signalées ici sont parfaitement correctes. Elles sont seulement un peu alarmantes du point de vue de notre respect pour les animaux domestiques. Et en pensant aux animaux de la crèche et en me représentant cette série d'expressions, je n'ai pu m'empêcher d'éprouver quelques remords.

Avril 2005

L'homme

Je me suis arrêtée récemment au sort que fait notre langue à des animaux comme l'âne et le bœuf : il serait bien temps de s'interroger sur l'homme ! Et le mot nous réserve, en effet, quelques surprises. Il part de très bas pour arriver très haut ; et ce champ de significations si larges ne va pas sans quelques lacunes et quelques flottements.

Le mot français vient tout droit du mot latin ; mais on ne sait pas toujours assez que ce mot latin lui-même a pour origine une racine signifiant la « terre » ! *Homme* voudrait donc dire « né de la terre ». Nous sommes peut-être aussi prêts à y retourner. C'est là un départ bien modeste... L'entrée du mot dans notre langue est également modeste ; au début on écrivait seulement *om*, ce n'est pas grand-chose... Et, de fait, le mot est resté dans notre langue sous la forme du pronom indéfini *on*. Le mot qui désigne n'importe qui était à l'origine un nom de personne, comme le mot *personne* lui-même ou le mot *rien*.

Mais, à partir de là, quel épanouissement ! Le mot et ses dérivés vont s'enrichir de tous les défauts et de toutes les qualités qui ont été successivement prêtés à l'homme.

Ils peuvent désigner la faiblesse de l'homme, comme lorsque le philosophe dit « *humain, trop humain* ». Ils peuvent aussi désigner toutes les qualités de solidarité et de générosité qui distinguent l'espèce humaine et deviennent en fait des vertus. C'est ainsi que le mot *humanité*, qui peut signifier l'ensemble des hommes, signifie volontiers une vertu d'indulgence et de bonté : être *humain*, c'est avoir pitié et pardonner. De là sortira au XIXe siècle un mot fort répandu de nos jours qui est *humanitaire*, désignant tous les soucis et toutes les actions inspirés par la vertu d'*humanité*. Mais, avec une orientation un peu différente, voici que surgissent des notions relevant, cette fois, de toute une tradition de culture et constituant un véritable idéal : le mot *humaniste* apparaît au XVIe siècle, bientôt suivi de *humanisme* au XVIIe siècle ; et il s'agit là d'un ensemble de valeurs et d'un véritable idéal. On pouvait difficilement partir de plus bas pour arriver plus haut.

Cette famille de mots représente donc un grand arbre sortant de terre et montant vers le ciel. Cela pourrait suffire. Mais il ne faut jamais oublier l'apport du grec. Le nom de l'homme en grec était tout différent : c'est *anthropos*, mot dont l'origine, d'ailleurs, est inconnue. Il a été complètement laissé à l'écart dans notre langue ; mais, comme si souvent, on le retrouve dans des composés. On le retrouve dans des mots aussi répandus que *philanthrope* ou *misanthrope* ; on le retrouve aussi dans des composés plus savants comme *anthropomorphe* (qui a la forme d'un homme) ou bien *anthropopithèque* qui se rencontre aussi comme *pithécanthrope* pour désigner une espèce qui serait intermédiaire entre l'homme et le singe. Comme toujours, le grec apporte des éléments parfois scientifiques, toujours précis et nets.

Avec tout cela, on pourrait penser que notre vocabulaire français est assez riche et clair pour tout dire. Et pourtant, on peut remarquer qu'il n'a pas gardé le mot latin *vir* autrement que dans l'adjectif *viril.* Il s'est donc interdit d'avoir deux mots pour désigner l'homme en général ou l'homme distingué de la femme. On rencontre d'ailleurs de façon un peu confuse « c'est mon homme » pour désigner le mari d'une femme, ou bien « c'est un des hommes du roi » au sens de soldat, ou encore « vous êtes mon homme » signifiant seulement la personne que je cherchais.

Je n'évoque pas cette histoire si riche du mot pour éviter des erreurs et maintenir ainsi la santé de la langue si menacée par ailleurs. Je reviendrai une autre fois sur les erreurs à éviter, mais je crois que le principe essentiel pour les éviter est d'acquérir l'amour de la langue et de savoir lui donner un peu de réelle attention. Mais je pense que pour se soucier de cette santé de la langue, il faut d'abord prendre conscience de la richesse que représente cette langue, de ses possibilités, de toute l'histoire qu'elle reflète et qu'elle transmet : c'est en cherchant à mieux la connaître que l'on se met à vraiment l'aimer.

Et, après tout, puisque nous parlons de l'homme, il pourrait être bon de se rappeler que le langage est, en somme, un de ces privilèges et une de ces inventions à laquelle il convient de maintenir toutes ses qualités. C'est là un devoir général de l'homme. C'est aussi un devoir particulièrement urgent pour la langue française, qui a occupé une si grande place dans le monde, et qui a été pratiquée avec une si exacte perfection par de grands écrivains pendant des siècles, et qui est maintenant exposée à un double danger : son rôle à l'étranger et dans les instances internationales.

Mai 2005

La lettre *H*

La lettre *h* pose différents problèmes, concernant et l'orthographe et la prononciation. Dans le domaine de l'orthographe, elle cause bien des ennuis, cette pauvre lettre ! Placée à l'intérieur des mots, elle paraît une surcharge inutile, et bien des réformateurs ont souhaité la supprimer. Cela simplifierait, disent-ils. Mais est-ce bien vrai ? Je pense, quant à moi, que cette lettre *h* à l'intérieur d'un mot est presque toujours un indice très net du sens du mot et permet d'éviter des confusions ; c'est comme s'il portait un petit drapeau d'origine expliquant d'où il vient et ce qu'il veut dire. En fait, quand cette lettre se rencontre à l'intérieur d'un mot, elle traduit le plus souvent une origine grecque avec les consonnes aspirées que nous rendons par les groupes de mots *ph, th, ch.*

Et il n'est pas besoin d'aller loin pour chercher un exemple : le mot *orthographe* que nous venons d'employer comporte à la fois le *th* et le *ph* (correspondant aux lettres appelées *thêta* et *phi*) ; cela fait un mot un peu hérissé ; mais c'est aussi une façon de nous dire son sens, c'est la « droite manière d'écrire ». Aussitôt, cela le met en relation avec les autres composés de ces mots grecs : ainsi, pour la première partie du mot, on

pense à *orthopédie* et pour la seconde, celle qui signifie
« écrire », à un *stylographe*. Tout, alors, devient clair. Et
l'on ne risque pas des rapprochements incohérents avec
des mots où l'*h* est placé autrement comme *horticulture*,
où il s'agit de cultiver les jardins (avec un mot latin), ou
bien *ortie*, qui vient du latin *urtica* ! La correcte façon
d'écrire, ou orthographe, est donc une aide pour saisir
immédiatement le sens : les mots deviennent du coup
transparents.

Je sais bien que certaines langues, comme l'italien,
ont renoncé à ces façons d'écrire. Les Italiens écrivent
filosofia : c'est plus simple, mais cela rend moins présents les mots d'origine.

En tout cas, dans l'état actuel de la langue française, il
n'y a pas de problème pratique. Les choses, en revanche,
ne sont pas si simples si nous passons à la prononciation
et, en particulier, à la prononciation de l'*h* au début du
mot. Si l'*h* est aspiré, on ne doit pas faire la liaison avec
le mot précédent ; au contraire, on doit la faire si l'*h*
n'est pas aspiré et toute faute à cet égard est grave : les
étrangers prêtent souvent à rire quand ils s'y trompent.
Comment savoir ? Ce problème est délicat.

En gros, on peut dire que l'*h* initial qui vient du latin
ou du grec n'est pas aspiré et que l'*h* initial emprunté
à d'autres langues l'est le plus souvent. On dit ainsi
l'homme, l'harmonie, mais *le hareng* et *le hamac*. À vrai
dire, si l'on se met à penser à ces derniers mots, on a
une assez jolie idée de la variété des emprunts auxquels
se livrent toutes les langues et en particulier la nôtre.
Que l'on regarde seulement ! Le *havre* est un emprunt
au moyen néerlandais ; le *homard* est un emprunt nor-
dique ; le *hasard* vient de l'arabe ; le *haricot* vient du
francique, comportant de nombreux traits germaniques ;

et je parlais tout à l'heure du *hamac*, je constate que les dictionnaires nous renvoient, par l'intermédiaire de l'espagnol, au langage de Haïti, appelé le *taïno* ! Pour les mots qui sont manifestement évocateurs de civilisations étrangères (comme ce dernier), l'on n'est pas surpris et l'on ne risque pas la faute ; mais elle est assez frappante sur *le haricot* (pour lequel il ne faut pas faire la liaison), et on l'entend souvent dans la bouche de gens même cultivés : pour le *hasard*, ils disent « c'est un hasard » comme si c'était écrit *un nasard* ! Cela nous fait sursauter, nous qui avons l'habitude de l'oreille ; mais comment pourraient-ils savoir ? Un seul recours : les dictionnaires un peu complets indiquent s'il y a ou non aspiration.

C'est déjà un peu compliqué ; mais, en plus, il y a des exceptions ! Et les exceptions peuvent venir des circonstances, des confusions, des influences d'autres mots. Je n'en citerai qu'une, qui est amusante. Normalement, les mots commençant par la lettre *h* venant du grec ou du latin ne comportent pas l'aspiration ; on fait donc la liaison. On dit *les (z)harmonies* ou *les (z)hommes*, en faisant à chaque fois la liaison comme si les mots commençaient par un *z*. Mais on dit *les / héros* sans liaison et des grammairiens supposent que cette exception est destinée à éviter une confusion fâcheuse. Si on faisait la liaison, on risquerait de comprendre *les zéros* ! Cette explication révèle bien la souplesse qui préside à l'histoire du français.

Mais n'est-ce pas le signe même de la vie et de la santé, non seulement pour une langue, mais d'une manière générale ? Les divers éléments formant le corps humain dépendent les uns des autres, forment un équilibre, réagissent et se modifient en fonction des circonstances. Des modifications légères interviennent pour réparer toute atteinte portée à cet équilibre. Ni la santé ni la vie ne sont choses simples ; mais toutes deux sont infiniment précieuses.

Juin 2005

Le livre

Le livre occupe une place considérable dans notre vie actuelle. Il en est question sans cesse ; « Salon du livre », « Fête du livre », « Critique du livre » : le livre est partout. Mais quel est donc ce mot ? Que signifie-t-il à l'origine ?

L'histoire des mots reflète celle de la civilisation. Ce mot n'a aucun rapport avec les mots français qui lui ressemblent, comme ceux qui viennent du verbe *livrer* ; il désigne à l'origine, en latin, une plante qui servait de support à l'écriture. Et il est amusant de penser que dans notre civilisation, si largement inspirée par la tradition gréco-latine, nous avons deux mots principaux pour désigner, en français, ce que l'on donne à lire : ce sont le *livre* qui vient du mot latin *liber*, désignant une plante utilisée pour écrire, et la *bible* qui, de même, désigne, en grec, une sorte de papyrus. À vrai dire, on a cru longtemps qu'il s'agissait, pour ce dernier, du papyrus de la ville de Byblos, mais ce n'est nullement assuré. Il est assuré, en revanche, qu'il s'agit d'un papyrus. Le départ est donc très net dans les deux cas. Il s'agit, chaque fois, d'une plante ; et le mot nous renvoie à une époque où l'on écrivait sur tout ce que l'on trouvait (bois, pierre, etc.), mais où le plus maniable était le papyrus, qui a conservé bien des textes anciens.

Plus tard, on se mit à écrire sur des peaux d'animaux préparées à cet effet et cela fut le *parchemin*, dont le nom vient de la ville de Pergame, puis on en arriva au *papier.* Le papier avait été inventé en Chine depuis des siècles, il n'arriva dans la langue française et dans nos habitudes que vers le XIᵉ siècle, mais le terme que l'on choisit pour désigner cette préparation d'origine chinoise était tout simplement un dérivé du mot *papyrus.*

On a donc deux termes issus du latin et du grec. Il est intéressant de constater que le mot grec *byblos* ou *biblion*, signifiant le « livre », n'a pas été employé en français, mais y a donné de nombreux composés très répandus, comme *bibliothèque, bibliophile* ou *bibliographie.* En revanche, le mot latin qui a donné *livre* n'a guère produit de composés, mais a été combiné en quantité d'expressions courantes. En dehors de cela, on le sait, ces deux mots ont pris valeur religieuse puisque, pour la religion juive, le Livre est à l'origine de toute la culture et que, pour les chrétiens, c'est la Bible ou le Livre par excellence qui réunit les textes sacrés. Le seul élément extérieur à cette tradition méditerranéenne est le *bouquin* avec les mots *bouquiniste* ou *bouquiner* ; il a été emprunté au néerlandais et c'est un mot germanique, où l'on reconnaît la racine du livre en anglais ou en allemand, et qui semble renvoyer à la feuille du hêtre, autre support pour l'écriture.

Tout serait donc très clair si le grand usage de l'écriture n'avait pas fait éclore toutes sortes d'expressions précises, désignant les espèces particulières des matières sur lesquelles on imprimait ou transmettait le texte.

Beaucoup sont claires, tout le monde comprend ce qu'est un *livre de messe* ou un *livre de comptes*, mais sait-on seulement ce qu'est un *livre de raison* ou un *livre d'heures* ? Dans le premier, on reconnaît l'idée du compte, du commerçant et, par suite, du livre où l'on inscrivait et les dépenses et les événements d'une famille ; le second est un livre de prières indiquant les heures de service religieux.

Connaît-on toutes les espèces de papier ? Sait-on seulement que le *vélin* était d'abord un produit d'origine animale comme le parchemin et désignait la peau très fine d'un veau mort-né utilisé pour écrire ? Mais à l'époque du papier, on a parlé de *papier vélin*, mélangeant ainsi un végétal et un animal ! Et le *papier bible*, très peu épais, qui avait servi pour imprimer la Bible elle-même, n'est-il pas singulier de penser que le terme rapproche dans une même expression deux mots qui, chacun, désignent, à l'origine, du papyrus ? C'est là un curieux redoublement qui montre bien que l'on a oublié l'origine des mots.

À la limite, d'ailleurs, on parle d'un livre qui n'a plus pour support ni un végétal, ni un animal, ni une fabrication ressemblant au papier. Depuis que j'ai presque complètement perdu la vue, il m'arrive de dire, tout naturellement : « Je suis en train de lire un très beau livre sur cassette ! » On passe du support au contenu même que le livre est chargé de transmettre.

Peut-on imaginer que le livre sur papier puisse un jour disparaître au temps de l'Internet comme ont disparu de l'usage les papyrus et les parchemins ? J'espère bien que non et je ne le crois pas : le nombre des livres qui sont imprimés chaque année sur papier ne suggère en rien une telle possibilité. Il y en a en fait de plus en plus ; et même un texte transmis sur écran est, le plus souvent, passé aussitôt sur papier. Heureusement !

Juillet 2005

Du grec au français : surprises et faux frères

J'ai toujours plaidé pour la connaissance des étymologies et de la vie des mots : on contribue, de la sorte, à rendre à ces mots leur transparence. Mais les transmissions que l'on suit ainsi au cours des siècles ne vont pas toujours en ligne droite et il faut parfois se méfier. Il peut arriver que deux mots du grec ou du latin aboutissent en français à des termes d'apparence similaire. Deux ou trois exemples suffiront à le montrer.

Le premier est celui de la confusion qui peut se faire entre les composés formés sur le mot grec *pais*, désignant l'« enfant », et les termes grecs ou latins signifiant le « pied » (par exemple, sous la forme *pedem.*) Il ne faut pas confondre. Pas de problème pour *pédéraste* et *pédophile* pour lesquels il est évident qu'il s'agit du mot *pais*, l'enfant ou le jeune garçon, mais la racine est beaucoup plus répandue que cela : il y a, par exemple, le *pédagogue* qui à l'origine conduisait les enfants à l'école et bientôt devient le maître qui enseigne ; si bien que la *pédagogie* devient un art d'enseigner, de conduire ses raisonnements de façon à convaincre. Mais tout cela ne doit pas nous faire oublier le pied : on parle sans ambiguïté de randonnée *pédestre* ; en revanche, il y aurait quelques dangers à confondre le *pédiatre*, qui est le médecin pour les enfants, avec le *pédicure* qui, lui, soigne les pieds !

D'autres mots illustrent ces fausses parentés sans présenter les mêmes dangers : c'est ainsi que le mot *hexagone* est formé sur une racine qui signifie « angle » tandis qu'un *épigone* est formé sur le mot grec qui signifie la « naissance », la « race », et désigne les successeurs, la génération qui vient ensuite.

Quelquefois, on risque la confusion même quand l'orthographe devrait nous avertir. C'est ainsi que l'on peut rencontrer soit le mot *policlinique* écrit avec un *i*, soit *polyclinique* écrit avec un *y*. Avec un *i*, il renvoie au mot qui signifiait en grec « la cité » et qui a donné, par exemple, le mot *politique* ; il désigne alors une sorte d'annexe de l'hôpital organisé par l'État ; au contraire, écrit avec un *y*, il se rattache à la racine du mot grec *polus* et désigne une clinique apte à donner des soins divers et nombreux. Au premier moment, on croit à une faute d'orthographe ; mais, en fait, c'en serait une que de ne pas respecter cette nuance entre les deux termes, qui coexistent.

Dans d'autres cas, il ne s'agit pas d'établir une nuance, mais de constater comment la valeur d'un mot a évolué en fonction de l'évolution même de la société ou des idées. En voici deux exemples qui, d'une certaine manière, s'opposent l'un à l'autre : le premier est celui du terme qui désignait en grec l'« assemblée du peuple » et le centre vivant de la démocratie ; c'était un mot politique, *ecclésia*. Cela a donné notre mot *église* qui s'est spécialisé pour désigner l'assemblée des chrétiens et n'a plus eu d'autre sens : la valeur religieuse s'est imposée au détriment de la valeur politique.

À l'opposé, on peut citer le mot *mystère*. Dans la

Grèce antique, il désignait certains cultes comportant une initiation ; par exemple, on parlait des *mystères* d'Éleusis. Le christianisme a plus ou moins gardé cette valeur en l'élargissant : il ne s'est plus agi d'initiation, mais de grandes notions dont on ne peut pas parfaitement rendre compte. On a ainsi parlé, et l'on parle encore, des *mystères* de la volonté divine ou de la grâce. Cette évolution reflète celle qui a mené au sens courant du mot *mystère*, qui est devenu seulement le moyen de désigner quelque chose que l'on ne peut pas expliquer et sur quoi on s'interroge ; à la limite, le *mystère* désignera les problèmes d'un roman policier et l'on parle en français couramment du *Mystère de la chambre jaune* ! On est loin, on le voit, des cultes à initiation. On peut dire que la valeur religieuse s'est effacée au profit d'une valeur tout à fait quotidienne et banale.

Il est donc amusant de suivre l'histoire des mots et de voir les avatars qu'ils connaissent. Ces avatars vont quelquefois jusqu'à la disparition d'une racine. C'est ainsi que les gens sachant le grec ont une grande habitude du mot *phonos*, signifiant le « meurtre ». Un mot important, par conséquent ! Mais qu'a-t-il donné en français ? Eh bien, rien du tout ! Peut-être est-ce à cause des formes difficiles que prenait cette racine dans la langue grecque ; peut-être aussi est-ce à cause de la pudeur qui fait que toutes les langues se dérobent devant le besoin de désigner la mort et le meurtre.

En revanche, que de mots français se terminant par -*phone* ! Il s'agit alors de *phônè*, la voix ; et l'on trouve le *téléphone*, le *magnétophone*, les peuples *francophones*, ou même la situation des gens qui ont perdu la voix et sont *aphones* ! Le nom du meurtre est tombé dans l'oubli, celui de la voix ne cesse de proliférer.

Ces quelques exemples peuvent permettre, à l'occasion, d'éviter des erreurs ; ils peuvent surtout illustrer la souplesse des emprunts et des évolutions – en espérant que les mots restent clairs !

Août 2005

Notre langue se porte mal

Quand je regarde le titre commun de ces articles, il me vient un remords : je suis là à évoquer, chaque fois, les finesses de notre langue, l'origine des mots et leur histoire souvent complexe ou surprenante. Mais pendant ce temps-là notre langue française, il faut le dire, ne va pas bien. Et, sans l'ombre d'un doute, il serait temps de réagir.

De tous les côtés, tous l'ont maltraitée. Dans l'enseignement, on peut constater que les heures de français ont fortement diminué, que l'apprentissage de l'orthographe et la pratique de la dictée ont été trop souvent relégués au second plan, que le support du latin et du grec a été en grande partie rejeté, et que l'on voit de futurs professeurs admissibles à des concours avec des copies où les fautes de langue sont multiples. Qui plus est, la connaissance de la langue des siècles passés et de nos grands auteurs est souvent si insuffisante que les élèves ne les comprennent plus.

Par ailleurs, il semble qu'à l'étranger, l'effort pour créer des centres et des instituts enseignant le français se soit relâché et que l'on ait fait des économies malencontreuses. Le résultat est que l'on parle mal. De plus, la radio et la télévision aiment à prêter la parole à n'importe quel passant. Enfants ou adultes, étrangers ou Français, ils n'ont pas l'habitude de la parole, et par conséquent s'expriment mal. Ils donnent à chaque instant l'impression de l'à-peu-près et de la confusion, ce qui n'est guère un bon exemple.

Or, tout cela se fait à un moment où l'anglais se répand avec une grande rapidité. Cette diffusion réclamerait une fidélité accrue. Si bien que tout s'emmêle ; le souci d'une mode égalitaire vient rejoindre l'ignorance et la négligence : mal parler semble un signe de liberté ! Que les enfants jouent à se communiquer des messages que le mépris de toute correction rend presque un langage secret ne serait pas très alarmant : ces jeux ont toujours plu à la jeunesse ; mais que des gens invités à parler en personnes compétentes se laissent aller à inventer des mots sans raison, cela représente une facilité désolante.

On est donc condamné à entendre partout, soit des bafouillages incohérents coupés de *boh* et de *bah*… et de *j'sais pas*, soit au contraire un mot prétentieux que les gens inventent pour se donner l'air savant et qui sont d'un pédantisme qui aurait bien amusé Molière. On parle ainsi d'*hypercloisonnement*, ou de *multiconfessionnalité* ! Et je ne parle pas de l'emploi des abréviations de façon aveugle !

Mesure-t-on, alors, combien la chose est grave ? La finesse, la précision de notre langue, telle que nous l'ont transmise des siècles de création littéraire, est en danger. Dirait-on que s'exprimer correctement et clairement, communiquer sa pensée grâce à des mots et le faire avec le plus de finesse possible est exactement ce qui distingue l'homme des animaux ? Oublierait-on qu'il y faut autant de finesse que lorsqu'il s'agit d'un poste de radio ou autre dont on attend qu'il soit sélectif ? Négligerait-on le fait que dans tous les métiers il faut pouvoir expliquer ce que l'on a fait, ce que l'on veut faire, afin de convaincre ses interlocuteurs ?

Et ne comprenons-nous donc pas que la fidélité à sa propre langue est aussi le signe même de la liberté et de l'indépendance ? Par notre langue, nous pouvons répandre les idées qui sont les nôtres, nous affirmer. Pour un pays, l'usage de la langue signifie l'indépendance.

Moi qui étudie depuis toujours la langue et la culture de la Grèce antique, je sais bien que ce Ve siècle athénien qui a vu tant d'œuvres remarquables s'écrire pour notre bien à nous encore aujourd'hui, est aussi un siècle où les gens se sont penchés sur la langue, ont essayé d'en fixer les règles, de distinguer les synonymes, de comprendre comment elle pouvait fonctionner et de former les mots nouveaux là où ils manquaient pour faire un système clair, mais cela dans la cohérence. Et je dois me souvenir aussi que, lorsqu'après des siècles cette même Grèce a retrouvé son indépendance, le premier signe a été de se retourner vers sa langue, et qu'alors ont été publiés des grammaires et des manuels pour restaurer au grec sa vraie place et sa vraie vitalité. Je pourrais citer d'autres exemples, un des plus connus étant celui de l'effort accompli par le peuple juif qui, retrouvant une indépendance, a su se donner une langue adaptée de sa langue ancienne, pour la rendre à nouveau vivante.

Le problème a donc une grande importance. C'est pourquoi j'ai aujourd'hui modifié le ton habituel dans cette série d'articles. J'ai voulu vous convier à un effort pour retrouver les merveilles d'une langue exacte et limpide.

Septembre 2005

Les lettres

Le mot *lettres* couvre un champ de significations assez exceptionnel. Le sens le plus modeste désigne les lettres de l'alphabet. Invention remarquable, quand on y réfléchit ! Noter la parole par des signes était une belle entreprise. Certains ont imaginé des signes représentant un mot, d'autres des signes représentant une syllabe, et enfin, par un effort analytique, des signes représentant des éléments de syllabes, c'est-à-dire nos lettres. Cela faisait peu de signes et une série de combinaisons considérable. On notera que notre français, qui a abandonné les lettres grecques, désigne encore la série des signes qu'il emploie par le mot d'*alphabet*, qui représente les deux premières lettres de l'alphabet grec : *alpha* et *bêta* !

En tout cas, le sens du mot n'en reste pas là. Parce que les petites lettres de l'alphabet servent à écrire notre pensée, nos sentiments, tout ce que nous voulons communiquer, le sens s'étend à ces pensées et ces sentiments. Diverses applications vont aussitôt apparaître.

Il y a d'abord la lettre que l'on écrit à quelqu'un. Le même mot singulier qui désigne la lettre de l'alphabet désigne ce que l'on appelait du nom latin l'*épître*. Il s'agit alors du message adressé par une personne déterminée à une autre. Cette lettre peut être tout à fait personnelle et privée ; elle peut aussi acquérir des prétentions littéraires ; et, déjà dans l'Antiquité, il circulait, sous le nom des grands auteurs, des lettres prétendument écrites par eux et faisant partie de leur œuvre.

On a aussi employé le mot pour des documents adressés par une personne pourvue d'une certaine autorité et prenant une valeur administrative et juridique. Il s'agit parfois de finances comme dans une *lettre de change* et parfois d'autorité administrative, comme dans la *lettre de créance* qui atteste les fonctions d'un ambassadeur. Il y a des expressions liées à des institutions du passé et qui, parfois, peuvent nous dérouter un instant ; c'est le cas pour les *lettres de cachet* qui imposent à une personne une certaine résidence. Et il y a les *lettres patentes* par lesquelles le souverain attribuait ou la noblesse ou un honneur quelconque à un personnage ; une lettre patente devait être communiquée au Parlement…

Cela fait beaucoup et beaucoup d'institutions ; cependant, l'on n'est même pas à la moitié du chemin ! Élargissons encore un peu notre perspective, et nous découvrirons que le mot *lettres* signifie en fait toutes les œuvres écrites dans lesquelles s'exprime notre culture. Cela est particulièrement vrai des œuvres dites *littéraires* qui comportent la poésie, le roman, l'éloquence, la philosophie, l'histoire, et tous les textes ainsi accumulés au cours des âges et se multipliant encore aujourd'hui. Dans ce sens, on dit le plus souvent les *belles-lettres*. On voit alors se multiplier les applications ; on parle de *gens de lettres*, de la *vie des lettres* et on voit proliférer l'emploi de la *littérature* ! Un homme est *lettré* ou

illettré (ce qui ne veut pas dire qu'il ignore complètement la lecture, auquel cas il serait *analphabète* !). Cette
extension qui nous fait passer de la toute petite lettre
de l'alphabet à presque toute la culture humaine est
assez saisissante. Mais, attention, on peut se demander
si nous ne nous trouvons pas à un moment où une évolution, assez sensible, tend à rétrécir ce sens apparemment si large.

Naturellement, les deux premiers sens subsistent, sans problèmes. Mais ces *lettres* qui, encore au
XVIIᵉ ou au XVIIIᵉ siècle, désignaient l'ensemble de la
culture, et comprenaient par conséquent les sciences,
semblent en train de voir leur part singulièrement
diminuée. La science semble pousser les lettres, progressivement, au second rang. Alors qu'au XVIIᵉ siècle
(affaire Furetière) le mot *lettres* englobait parfois les
sciences, la division s'est faite : lettres et sciences se sont
séparées. On voit alors certains dictionnaires, parmi les
meilleurs, qualifier des formules telles que « cet homme
a des lettres » comme vieillies, périmées ou s'employant
par plaisanterie ! Même le mot *littérature* tend à être
péjoratif. On dit « tout cela n'est que littérature » ou
bien « que de littérature ! » Dans le même temps, le
beau titre de « faculté des lettres » est remplacé par
« faculté des lettres et sciences humaines » ; et, bientôt,
la seconde des deux expressions subsiste toute seule.
Même les recherches concernant la littérature ou la
philosophie doivent, pour obtenir l'aide de l'État,
passer par le « Centre national de la recherche scientifique » (CNRS).

Ce sont là de petits détails, mais de sérieux avertisse-
ments. Comment, en effet, profiterions-nous des merveilleuses découvertes de la science moderne si nous ne

préservions pas et n'enrichissions pas ce trésor de toutes les pensées et de tous les rêves humains qui peuvent nous aider à vivre mieux et à mieux utiliser ces fameuses découvertes ?

Octobre 2005

Les aventures de la lettre *Y*

La lettre de notre alphabet que nous appelons « i grec » et que l'on note par le signe *y* ou en majuscule *Y* présente une curieuse particularité. En effet, cette lettre, qui est la seule dans notre alphabet à comporter un adjectif et à renvoyer aux Grecs, offre le caractère de n'avoir pas existé en grec ! Le grec avait une lettre *u* *(upsilon)* qui se prononçait à peu près comme notre *i*, et l'on a dû inventer un signe nouveau pour éviter les confusions. C'est ainsi que l'on verra au cours d'une transcription des mots grecs passés en latin, puis en français sous une forme nouvelle : un *kuklos* est devenu un *cycle* et le roi *Kuros* est devenu pour nous *Cyrus*.

Or, il se trouve que cette petite lettre *y* est aussi, en français, un mot à part entière ! Sous sa forme la plus claire, c'est un adverbe qui indique le lieu. Il est, en ce sens, parfaitement correct et très employé. On dit couramment « j'y suis, j'y reste » ou bien « allons-y ! »

Jusque-là, rien de difficile, ni d'étonnant. Mais, naturellement, l'adverbe de lieu peut prendre une valeur imagée ; il peut signifier « dans ce cas », « dans cette affaire », ou « dans ces circonstances ». Quand on dit « ce travail est délicat, il y faut de l'attention » ou bien « ce texte est difficile, je n'y comprends rien », on est à la

limite du sens indiquant le lieu. Mais il suffit d'un changement minime et si nous disons avec presque les mêmes
mots « le risque existe, il y fait toujours attention » ou
bien « sa conduite m'étonne : je n'y comprends rien »,
on ne perçoit plus aucune indication de lieu.

Cela est normal, car notre petit *y* a, en effet, une
autre valeur. Il constitue un pronom et tient la place
d'un complément introduit par la préposition *à* ; et *à*
n'introduit pas toujours une indication de lieu, loin
de là ! Ainsi, dans des tours comme « j'y pense tout
le temps » ou bien « j'y tiens beaucoup », l'emploi est
très net. Il correspond à toutes les valeurs différentes
d'un complément introduit par *à*. Normalement, ce
complément ne peut être qu'un nom de chose, et non
de personne. Pour les personnes, on garde l'expression
lui, ou *à lui*, ou *à elle*.

Mais voici que déjà j'évoque une règle ; et, à partir
de ces nombreux emplois, on voit surgir en foule des
emplois abusifs. Le premier abus découle de ce que je
viens d'indiquer : il consiste à employer ce petit *y* alors
qu'il s'agit de représenter une personne. La langue
populaire en donne de nombreux exemples. Certains
écrivains ont assez exceptionnellement employé ainsi
le mot, lorsqu'un parallélisme facilitait ce glissement.
Il ne faut pas trop les imiter, car l'on tombe alors sur
des tours comme « j'y ai dit... » ou bien « donnes-y un
pourboire » ! Ce sont là des tours très vulgaires.

Or, il y a encore pire. Car ce petit mot *y*, qui se prononce un peu comme *i*, finit trop souvent, dans la langue
parlée, par remplacer *il* ; ce raccourci, qui n'a aucun
sens, représente une confusion à l'oreille, qui commence,
hélas, à se répandre. On prononce et (oh, horreur !)
on finit par écrire parfois « y faut pas ! » ou « faut-y

qui soit maladroit ! » ou bien « c'est-y possible ! » Des auteurs voulant reproduire le parler populaire et faire montre d'un manque de prétentions introduisent des tours de ce genre dans leurs œuvres.

Notre petite lettre *y* s'infiltre donc dans la langue de façon perfide et envahissante ! Elle représente un mot si court, si bref, qui pénètre d'abord dans une prononciation négligée puis dans une écriture absurde.

Et si l'on veut multiplier les horreurs, en se souvenant des mots inutiles qui allongent de façon incorrecte les interrogations, on peut ajouter que parfois l'on dit au lieu de « quand viendrez-vous ? », d'abord « quand est-ce que vous viendrez ? » puis, par une abréviation indéfendable, « quand c'est-y que vous viendrez ? »

La santé de la langue exige que l'on se méfie et de ces allongements et de ces abréviations : pour terminer en employant correctement notre petit mot *y*, je dirais qu'il faut à tout prix « y mettre le holà ! »

Novembre 2005

Le mariage

Le mariage, dans notre civilisation, a une importance considérable, à la fois religieuse, civile et sociale. Or, les Indo-Européens, nos lointains ancêtres, semblent n'avoir pas eu de mots pour désigner le fait de se marier. Chaque peuple a donc dû se débrouiller comme il a pu, avec des mots insistant soit sur la cérémonie, soit sur l'engagement, soit sur son rôle social. Mais cela ne s'est pas fait sans comporter quelques flottements et nous réserver des surprises.

Du grec, le français a très peu hérité de mots. Le terme le plus normal en grec, *gamos*, n'a survécu que dans des adjectifs un peu savants comme *bigame* ou *monogame*... D'autres mots employés en grec ont été conservés, qui évoquent la fête et les rites : ainsi, *hymen* qui a donné *hyménée* et désigne le cri rituel accompagnant la cérémonie du mariage, ou bien encore comme *épithalame*, qui désigne un poème en l'honneur du mariage, se rattachant au mot *thalamos*, la chambre nuptiale.

Ce sont là des restes élégants. Mais pour le vocabulaire en général, qui nous vient du latin, qu'en est-il vraiment du mari et de la femme ? Que disait-on ? Que disons-nous ? Eh bien, le *mari* vient du latin, mais d'un latin tardif (de l'époque impériale à peu près) ; et, ainsi que le verbe correspondant *maritare*, il s'applique à l'origine, semble-t-il, à toutes les formes d'union : un exemple ancien l'emploie pour parler d'une plantation qui allie les arbres à la vigne. C'est une origine obscure, mais une parenté poétique ! Et voilà quelle source modeste a donné un mot si employé dans notre langue à nous et dans nos habitudes.

Mais avant cela, que disait-on ? On pouvait évidemment dire, comme on l'a longtemps fait en français, *mon homme, ma femme*. Mais, si le second terme est toujours employé, le premier *(mon homme)* est devenu très provincial et n'appartient qu'à la langue vulgaire. Les Romains n'ont-ils pas trouvé mieux ? Si fait ! Ils ont trouvé divers mots qui correspondent à divers aspects du mariage.

Nous employons volontiers le mot *époux* et tous les mots de cette famille. Le terme est un peu solennel, mais parfaitement correct ; il vient du verbe latin *spondere*, qui veut dire « promettre ». Ce sont les engagements correspondant au mariage. On dit aussi, en langage plus juridique et un peu pédant, les *conjoints*, ce qui ne retient que l'alliance officielle. Pour la cérémonie, on peut aussi dire les *noces*. Mais divers autres mots correspondent à des aspects un peu plus périmés du langage et des institutions ; et ils ne survivent que dans des adjectifs.

C'est ainsi que le terme normal pour désigner le mariage en latin était *matrimonium* ; on y reconnaît la racine du mot mère *(mater)* ; mais pourquoi ce rôle attribué à la mère, alors qu'elle n'en jouait aucun dans le mariage ? Parce que la jeune fille se trouvait ainsi acquérir le titre juridique de *mater* lui permettant d'en-

gendrer des enfants qui seraient des citoyens libres !
Ce sens ne signifie plus rien pour nous ; nous n'avons
gardé que l'adjectif, comme quand on dit *une agence
matrimoniale*. Il en est un peu de même pour l'adjectif
conjugal qui renvoie au latin *conjux* où se reconnaissait
l'idée d'un attelage sous le même joug, c'est-à-dire d'une
image tirée cette fois encore des activités agricoles. Le
mot *conjux* a disparu, comme le mot *uxor* qui désignait
l'épouse.

Que d'inventions ! Et que d'abandons ! Les uns peuvent être dus à l'évolution sociale, d'autres à la mode,
d'autres enfin à de simples problèmes de prononciation :
il faut respecter ces nuances et cette diversité. C'est ainsi
qu'il ne faut pas confondre *mari*, signifiant « époux »,
avec le mot *marri* (avec deux *r*) qui signifie « contrarié,
ennuyé ». L'origine en est différente, le sens également.
Il faut y faire attention, mais il faut aussi se méfier
du fait qu'en anglais, pour des raisons de prononciation, le mot *mariage* a été emprunté, mais pourvu d'un
double *r, marriage*.

La langue ne cesse d'inventer, de rectifier, d'abandonner ; elle reflète l'état social dans lequel on vit. Pour
finir, je rappellerai, bien qu'il ne s'agisse pas du mariage,
la vogue que prend en notre temps le mot *compagnon* !
La langue est le reflet de notre vie à tous : ces variations
mêmes de son histoire sont une raison de plus de la
respecter dans tous ses détails.

Décembre 2005

Il y a canons et canons

La langue française comporte deux mots qui s'écrivent et se prononcent de la même façon : *canon*, mais qui n'ont ni la même origine ni le même sens ; et ils ont tous deux de très nombreux dérivés qui s'orientent dans des domaines presque opposés.

Le premier mot *canon*, qui figurait déjà en grec et en latin sous la même forme, signifie la « règle ». Mais quelle règle ? Dès que l'on se pose la question, on constate que le mot se propage et s'étend dans des domaines divers, relevant tous du monde de l'esprit.

On peut commencer par la religion où la règle occupe évidemment une place privilégiée. Le *canon* représente ainsi tous les textes religieux admis par l'Église ou bien, si on le précise, admis dans la Bible par les protestants ou les juifs. Plus largement, le mot s'applique à l'ensemble des règles fixées par les conciles. Ainsi se définit un *droit canon* ou *canonique*, désignant l'ensemble des lois admises par l'Église. Chaque concile peut ainsi avoir son *canon* ! Le mot recouvre alors les diverses décisions prises lors de ce concile. Le terme même de *canoniser*, qui soulève immédiatement pour nous une idée de sainteté, ne porte pas ce sens dans son radical : il signifie simplement « mettre sur la liste officielle » (des saints).

L'*âge canonique* est de même, tout simplement, l'âge fixé par la règle de l'Église pour accéder à des fonctions de prêtre ou de gens attachés à la personne des prêtres.

Et puis il y a le *chanoine*, qui se conforme à toutes ces règles religieuses ; mais son nom commence par les lettres *ch*, différence tenant à l'époque à laquelle le mot a été adopté dans notre langue. On reconnaît là l'alternance que l'on trouve également dans des couples de mots comme *chanteuse* ou *cantatrice* : elle ne doit pas tromper ! Ces doublets ne doivent pas étonner ni rendre obscure la transparence des mots français.

Mais l'Église n'avait pas le privilège des règles. Tout le domaine des arts rentre ici dans la même catégorie. On peut, en effet, dire de façon très générale « le canon du beau ou de la beauté » ; on peut aussi employer le mot pour des listes, autres que religieuses ; et c'est ainsi que les critiques parlent du « canon des dix orateurs », désignant par là ceux qui sont tenus officiellement pour les meilleurs. Mais le mot est plus employé encore dans le domaine de la musique. Il y prend même un sens très précis et bien défini : il désigne la façon de développer un thème musical en le reprenant à diverses voix, qui entrent en action successivement ; un exemple bien connu est celui de *Frère Jacques, dormez-vous…* ; on peut rencontrer des canons à deux, trois ou quatre voix. Tout ce que l'homme admire, crée et tente de mettre en ordre peut ainsi faire appel à ce mot *canon* ; et le mot s'étend dans bien des directions.

Mais cette prolifération, toute tendue vers un certain idéal, ne doit pas nous faire oublier qu'il y a en français cet autre mot, identique, à savoir *canon*, pris dans un sens tout à fait différent. Il a d'ailleurs une origine différente, puisqu'il se rattache au mot *canna*, qui désigne un tube ou un tuyau. Et l'on comprend que ce mot ait pu se répandre dans tous les domaines de l'activité pratique où se rencontrent des tubes ou tuyaux ! Celui qui s'est le plus répandu est, de toute évidence, l'emploi du mot pour désigner cette arme d'artillerie, constituée pour l'essentiel par un long tube d'où sortira l'obus. Dès que cette arme fut inventée, le mot prit ce sens, qu'il devait conserver. Et voilà le mot lié aux idées de violence, de bataille et de tuerie. Tout le contraire du premier mot *canon* ! Ainsi l'on parle de *canonner*, de *canonnier*, de *canonnade*… On a donc deux familles pour deux mots de même forme, mais qui renvoient à des domaines, en pratique, opposés !

Mais, de même que la religion n'a pas le privilège des règles, l'arme appelée *canon* n'est pas le seul objet qui présente la forme d'un tube ou d'un tuyau. Et on est surpris de voir le nombre d'expressions dans lesquelles le mot *canon* est utilisé pour désigner ces autres objets, moins redoutables et, si l'on peut dire, moins familiers. Déjà dans le domaine des armes, d'ailleurs, on parle ainsi très bien du *canon* de fusil ; d'autre part, on emploie le mot quand on imite ce canon d'artillerie, lorsque l'on dit, dans le domaine de la marine, un *canon porte-amarre* ou bien un *canon lance-harpon*. Mais on dit aussi, quand on veut être précis, le *canon* d'une montre ou bien d'une serrure. D'un côté, nous avions toutes les inventions liées à la religion ou à l'art ; de l'autre, toutes les inventions pratiques, depuis les plus redoutables jusqu'aux plus modestes. Seule l'étymologie rend compte d'une si étonnante diversité.

Janvier 2006

Le calcul et le compte

Le *calcul* et le *compte* sont deux mots qui paraissent tout simples et sont souvent presque synonymes. Pourtant, leur histoire à chacun est bien différente, et comporte quelques jolis enseignements.

Le *calcul* ne change guère de sens au fil du temps ; mais il se trouve comporter en français deux valeurs assez différentes. On parle d'un calcul en arithmétique, mais on parle aussi d'un calcul *rénal* ou *biliaire* ! Le sens, dans les deux cas, paraît bien différent ; et cependant, à l'origine, c'est bien le même : en fait, il s'agit de petits cailloux, et l'on se servait de petits cailloux pour compter !

Le *compte*, lui, ne présente pas cette petite dualité. Mais d'abord, attention à l'orthographe ! Il y a, cette fois encore, divers homonymes : le *conte* qui est un récit, le *comte* qui est un titre de noblesse, sans parler des formes verbales correspondantes. Notre mot *compte* était d'abord passé en français sous la forme simplifiée *conte* (comme en italien, quand on demande à la fin du repas le *conto*, c'est-à-dire l'addition) ; l'orthographe actuelle a été restituée pour la clarté de l'étymologie et pour éviter précisément les confusions. Mais ceci n'est qu'une remarque en passant. L'intérêt est de voir avec quelle facilité ce mot, qui désigne à l'origine le résultat d'un calcul simple, évolue de diverses façons pour désigner des opérations de l'esprit. On peut le constater à partir de quelques expressions.

Je mettrai à part l'emploi du mot qui renvoie à un combat ou à un procès et finit par désigner l'issue même de la bataille. C'est le cas lorsque l'on dit « il a son compte » ou encore « son compte est bon » (ce qui n'a rien à voir avec l'expression arithmétique courante « le compte est bon »).

Mais si nous partons d'une expression comme *tenir compte de*, nous constatons l'évolution d'ordre intellectuel que j'annonçais. À l'origine, le sens arithmétique est évident quand on dit « la ménagère tient ses comptes ». Mais très vite, le sens d'une appréciation globale, d'un jugement formé par le rapprochement de certaines données, s'impose nettement. *On tient compte des circonstances* et l'expression *tout compte fait* peuvent s'appliquer sans qu'il y ait la moindre considération de chiffres ; on dira par exemple « tout compte fait, je préfère le vin rouge ! » Et le mot finit par vouloir dire, de façon assez générale, « toute réflexion faite ». On dira ainsi « à ce compte-là, je suis prêt à vous suivre ». *Compte* désigne ici simplement le fait de considérer divers éléments et de se renseigner pour en tirer une conclusion.

Le cas n'est pas moins net si nous partons de l'expression *rendre compte*. Là aussi, on part du calcul des dépenses ou des bénéfices et l'on dit que tel employé « rend ses comptes ». Mais très vite, il s'agit d'une situation plus abstraite, plus générale ; et l'on dira ainsi qu'un homme envoyé en mission « rend compte de sa mission ».

En fait, un *compte rendu* est une appréciation géné-rale, en particulier sur un livre, qui ne doit plus rien aux mathématiques. Cette orientation se précise encore lorsque l'on dit non pas *rendre compte*, mais *se rendre compte* ! L'expression peut vouloir dire « percevoir » ou même, plus souvent, « comprendre ». Pour une simple prise de conscience, on dira par exemple « je me rends compte que j'abuse de votre patience » ; et si l'on veut susciter chez quelqu'un l'admiration, l'étonnement, l'indignation, on fera appel de façon plus ou moins insistante à sa réaction : même sans complément ni précision, on dira « rendez-vous compte ! » ou bien, de façon plus éloquente encore, « non, mais tu te rends compte !... » Dans la première série d'expressions, il s'agissait de considérer les données et d'en tirer une conclusion : dans la seconde, il s'agit de comprendre une situation, ou d'y répondre de façon appropriée.

Certes, il y a bien d'autres emplois figurés de ce mot très répandu ; mais celui-ci est caractéristique et l'on constate vite qu'il est dans la nature de l'idée même de notre activité intellectuelle. Même le mot *calcul*, et surtout le verbe *calculer* peuvent être employés pour un raisonnement d'où on tire une conclusion pratique et l'on constate aisément qu'il en est de même à l'origine pour le mot grec *logos* et pour le mot latin *ratio*, qui tous deux sont passés du sens de calcul arithmétique à celui de *réflexion*, et de *raison* ! De toute façon, la richesse même de ces emplois figurés est révélatrice : elle illustre le désir naturel d'exprimer, par tous les moyens possibles, l'activité de l'esprit humain.

Février 2006

Le roman

Le roman ? Mais c'est notre compagnon habituel, notre lecture préférée ; nous ne cessons d'en parler ! Pourtant, si l'on regarde l'histoire de ce mot, elle nous réserve des surprises assez révélatrices.

Le mot désigne à l'origine une langue, étroitement dérivée du latin, et lui ayant succédé ; le mot même évoque les Romains. Mais il s'emploie par la suite pour désigner un écrit rédigé en cette langue – nous dirions une *langue romane* ! Tout part donc de la langue et paraît fort simple. Mais on est très vite passé de la langue elle-même à l'œuvre écrite dans cette langue et à des espèces définies de genre littéraire, puis aux sentiments et aux dispositions morales correspondant à ce genre littéraire. C'est un bel élargissement !

Au XIIᵉ siècle, on emploie ce mot pour désigner des œuvres écrites en vers, rédigées dans cette langue modifiée qui n'est plus le latin, et reprenant les grands thèmes illustrés par des récits gréco-latins ou par des traditions autres : on a ainsi *Le Roman de Troie*, ou bien *Le Roman de Renart*. Puis quelques siècles passent, et l'on se met à écrire en prose ; on se rapproche tout doucement de notre genre actuel. On franchira un pas de plus en consacrant ce récit à des personnages imaginaires, proches de notre vie quotidienne, avant d'arriver à ce que nous appelons aujourd'hui le *roman*. Il y a eu quelques intermédiaires, comme le *roman courtois*, ou d'autres ; le mot persiste, tandis que le genre évolue.

En tout cas, il ne s'agit plus de la langue dans laquelle ces récits sont écrits. D'ailleurs, on parle très librement du *roman grec*, quand il s'agit d'œuvres connues comme *Daphnis et Chloé* : ce sont des aventures, des sentiments amoureux, des péripéties qui nous tiennent plus ou moins en haleine. Seul compte désormais le genre littéraire.

Cette évolution va tout ensemble se préciser, pour entrer de façon technique dans la définition même du genre, mais d'autre part dépasser bientôt le genre littéraire pour s'appliquer aux orientations morales et psychologiques auxquelles celui-ci est lié. On peut le constater aisément si l'on regarde quelques mots dérivés ou apparentés à notre mot *roman*.

Je passerai sur le mot *romance* qui n'est pas directement dérivé de *roman*, mais qui s'est spécialisé pour une chanson à orientation nettement sentimentale. Je m'arrêterai plutôt aux deux dérivés importants que sont *romantique* et *romanesque*. D'abord, il ne faut pas croire que ces deux composés soient venus tout simplement et directement de notre mot *roman* : leur histoire illustre bien les échanges dont vécut la culture européenne. Si nous regardons l'origine du mot *romantique*, on constate qu'au début, c'est un mot anglais ! Il vient naturellement du même radical, mais arrive en français par l'Angleterre.

Puis, nouvelle aventure, les dictionnaires nous

apprennent que le mot est passé en Allemagne et des savants allemands (en fait, Schlegel) lui donnèrent un sens plus précis et plus particulier : le mot s'emploie alors de façon plus étroite qu'auparavant aux écrits inspirés par le Moyen Âge, les aventures terribles ou mystérieuses, par opposition à ce qui est *classique*, c'est-à-dire conforme à notre tradition telle qu'on la connaît au XVIIe siècle. De là vient le nom que reçoit la nouvelle école dont le chef incontesté sera Victor Hugo. C'est l'*école romantique*. Un nouveau sens littéraire a donc surgi.

Mais toute cette évolution n'a pas empêché que le mot désigne, par-delà l'œuvre, les sentiments et les dispositions morales qu'elle sert à exprimer et qui peuvent exister dans notre vie quotidienne. On dit *une vie romantique* ou bien *un attachement romantique*. De même, on dit « il avait l'*âme romantique* », ou « elle s'habille *de façon romantique* ». La littérature est à l'origine de tout cela, mais on en est loin.

D'ailleurs, ce qui saute aux yeux pour les composés n'est pas moins évident pour le terme lui-même dont nous sommes partis, à savoir *roman*. Il sert parfaitement, dans la vie courante, à décrire une façon de vivre (comportant des aventures et des péripéties), ou bien des goûts et une manière de vivre : on dit ainsi *ils ont vécu ensemble un long et beau roman*. De même qu'une vie *romancée* suppose que l'on a introduit dans l'histoire certaines habitudes du roman, avec beaucoup de sentiment, de même le *roman* d'un homme et d'une femme est fait d'autant d'émotion et de passion que nous en offre dans ses meilleurs moments le genre littéraire désigné par ce mot.

D'aventure en aventure, et de détour en détour, le mot

n'a pas cessé d'élargir son champ d'application jusqu'à s'appliquer aisément à tous les rêves de nos imaginations.

Mars 2006

Quelques mots à la dérive

La santé de notre langue française est exposée à bien des dangers. Les uns viennent, naturellement, du recours abusif à la langue anglaise ; beaucoup viennent d'une indifférence à l'exactitude des mots, quand il ne s'agit pas du désir secret de montrer que l'on n'est pas prétentieux et que l'on parle mal exprès ; la pire de ces attitudes étant celle qui conduit à l'emploi d'abréviations ou de petits signes ressemblant à des rébus, qui, peu à peu, font perdre le vrai sentiment des mots, de leur étymologie, de leur orthographe, et de tout le halo affectif qui normalement les entoure. Le danger que je voudrais signaler aujourd'hui est moins grave, mais aussi moins visible ; et il convient de s'en défier.

C'est ainsi que l'autre jour, j'ai entendu, sur je ne sais plus quel poste de radio, quelqu'un qui déclarait qu'il *se revendiquait* de telle ou telle tradition ou de telle ou telle pensée. Cela m'a immédiatement causé un léger malaise, jusqu'à ce que j'en aie compris la cause : il voulait dire qu'il « se réclamait » de cette pensée, de cette tradition ! Les mots *se revendiquer de* constituent une construction incorrecte. On peut dire que l'*on revendique un héritage ou une responsabilité* : cela veut dire que l'on affirme son droit sur cette possession ou cette responsabilité. Mais voilà : nous entendons aujourd'hui si souvent parler de *revendications* que, entraîné par l'habitude, celui qui parlait a forgé un mot et une construction inhabituels. Le tour était plus lourd que le tour correct et ne se justifiait en rien. Mais j'ai constaté que, dans le débat qui suivit, plusieurs autres personnes lui ont emprunté cette expression. On voit par là que le poids des réalités politiques ou sociales et du langage de la presse quotidienne influence notre façon de parler.

Cela m'aurait sans doute amusée, simplement ; mais bientôt je me suis rendu compte que de tels glissements étaient plus fréquents que je ne l'aurais cru. C'est ainsi que, dans la même semaine, j'ai entendu quelqu'un dire d'une autre personne qu'elle *manquait un peu d'expertise*. Naturellement, il s'agissait non pas d'*expertise*, mais d'*expérience* ! Cela venait donc des mentions trop répandues du débat en justice, des *expertises* et des *contre-expertises* ; celles-ci amènent ainsi l'oubli d'un mot banal et clair, remplacé par un mot impropre et prétentieux.

Du coup, cela m'a intéressée ; et je me suis mise à écouter, en réfléchissant à de telles possibilités. C'est ainsi que j'ai entendu parler des *Français hexagonaux* ! Évidemment, je sais bien que l'on dit volontiers l'*Hexagone* pour désigner la France ; mais de là à parler d'*hommes hexagonaux*, il y a de la marge ! Et je me suis alors demandé si ce n'était pas une forme de timidité politique qui faisait que l'on reculait devant le mot de *métropole*, suggérant peut-être trop facilement l'idée de colonisation ! Mais, par suite, voilà que l'on imaginait ces petits hommes *hexagonaux*, véritable caricature !

De même, j'ai entendu dire dans la même semaine : *voilà la résolution du problème.* De toute évidence, on voulait dire « la solution du problème ». Juste une petite syllabe en plus, comme il arrive si souvent. Mais, après coup, j'ai pensé que, peut-être à force d'entendre parler de la « résolution numéro tant » de l'Onu, on avait glissé, selon la même évolution, vers cette curieuse *résolution d'un problème*, en prêtant à celui-ci une fougue qui ne lui allait guère.

Même alors je ne me serais pas trop inquiétée. Mais il se trouve qu'une semaine plus tard, sur un autre poste de radio, j'ai entendu d'autres personnes déclarer, de la même façon, qu'elles *se revendiquaient* de telle ou telle forme de pensée. Autrement dit, cela entrait dans la langue, cela devenait une création ! Je pense qu'il faut se méfier beaucoup de ces prétendues créations, qui ne sont que des erreurs qui peu à peu se répandent. Il faut s'en méfier parce que le goût du terme exact et simple protège notre langue contre ces évolutions peu souhaitables et contribue ainsi à la préserver ; elle reste alors plus claire pour des étrangers, ce qui permet de maintenir un rayonnement qui devrait nous être à tous très cher.

Avril 2006

La gauche

Chez les êtres humains en général, la main droite est plus capable d'action que la main gauche. Cela a eu un effet sur tous les mots employés pour désigner la gauche. De plus, dans les sociétés comportant des présages, la gauche est de mauvais augure. Mon attention avait déjà été attirée sur ce fait par un admirable article de mon maître Pierre Chantraine, relatif au mot désignant la gauche en grec ancien. Il montrait comment les mots portant cette signification s'étaient chargés d'une valeur péjorative et avaient dû être remplacés, peu à peu, par des mots qui semblaient promis à une destinée plus favorable. À côté du mot *skaios*, qui avait vite pris une connotation péjorative, alors qu'en principe il signifiait la gauche, on avait donc inventé, successivement, le mot *euonymos*, signifiant « au nom favorable » et même un mot amusant par sa structure, car il est le comparatif d'un superlatif ; c'est le mot *aristeros* (« meilleur d'entre les meilleurs »), et pourtant la gauche reste défavorable ! C'est ainsi que le mot désignant la « gauche » en latin était *sinister* qui a donné notre français *sinistre* ! Le sens défavorable de ce mot est déjà dans la langue de Virgile, mais il signifie quand même purement la « gauche » et, quand un Italien nous dit d'aller *a sinistra*, il n'y a rien de fâcheux dans cette indication purement locale ! Le fait est qu'en français, ce mot a été laissé à son sens défavorable et abandonné, pour signifier la « gauche », au profit d'un autre.

Le français s'est alors donné le mot *gauche*, et il n'y a là plus rien de religieux. Mais la connotation n'est quand même pas très favorable, puisque le mot veut dire à l'origine (bien que l'étymologie soit incertaine) quelque chose comme de « travers », ou bien « malhabile » ! C'est bien le sens que gardent les dérivés *gaucherie* ou bien *gauchement* !

D'ailleurs, l'opposition est nette puisque le mot s'oppose à *adroit*, lié au *côté droit* (du latin *directus*), qui indique à la fois la bonne direction et l'aisance ; on le retrouve dans les dérivés comme *maladroit* ou comme *adresse* (dont il est amusant, quand on reçoit des lettres fort en retard, de se rappeler qu'étymologiquement l'adresse est là où l'on va *tout droit*).

Cette valeur du mot *gauche* se retrouve dans quantité d'expressions d'abord déroutantes. Ainsi l'on rencontre l'expression *se marier de la main gauche* ; il s'agissait à l'origine du mariage unissant un noble à une femme sans noblesse et l'homme la tenait de la main gauche, marquant ainsi qu'elle n'hériterait d'aucun de ses privilèges. Faut-il voir là un rapport avec la présence d'une lame entre deux époux ? En tout cas, le mot s'emploie encore en français moderne, mais a pris une valeur moins précise : une fille *née de la main gauche* est une fille née hors du mariage. De même, les dictionnaires citent des expressions bien connues comme *passer l'arme à gauche*, ce qui vise plutôt le fusil et indique que l'on ne s'en servira plus car on meurt. Ou bien encore *se lever du pied gauche*, ce qui est fort injustifiable, mais implique que l'on sera de mauvaise humeur toute la journée (et peut-être aussi que l'on n'aura pas de chance au cours de cette journée !).

On pourrait donc penser que cette valeur défavorable de la gauche est nécessaire et évidente partout. Or, surprise ! Après cette valeur défavorable, purement matérielle, voici qu'apparaît un nouveau sens, qui n'a plus rien de péjoratif, et qui est, cette fois, d'ordre politique.

Ce sens apparaît de façon précise, dans les débuts de la Révolution française, quand le parti conservateur s'est groupé à la droite du président de l'Assemblée, laissant le parti plus porté vers la Révolution s'installer à la gauche du président. Cette division est devenue si importante dans notre vie actuelle que l'on dit couramment *la droite* et *la gauche* pour désigner des opinions politiques.

Ce sens est tout différent et aucune confusion n'est possible. Mais le vocabulaire est souvent déroutant. Par exemple, le verbe *gauchir* : il correspond à l'opposition que nous avons indiquée et signifie que l'on s'écarte du droit chemin, que l'on va de travers ; son sens est purement local, purement matériel et, de même, pour son participe *gauchissant* ; mais *gauchisant*, qui correspondrait à un verbe *gauchiser*, n'a, lui, que la valeur politique, comme *gauchiste* ou *gauchisme*. Chaque époque a son ton, ses intérêts, ses habitudes, que le vocabulaire reflète bien nettement ; parfois ceux-ci se mêlent : l'expérience permet d'éviter la confusion. Les mots doivent

donc toujours être pris avec ce long cortège de significations annexes, de renouvellements, de variantes, qui ont
fait la merveilleuse richesse de notre langue.

Mai 2006

Les surprises de la maille

Le mot *maille*, qui fait d'abord penser à l'occupation paisible des soirées où l'on tricote gentiment chez soi, recèle en fait bien des surprises. Et ce mot, en principe familier, nous invite à plus d'un détour.

D'abord, sous la même forme *maille*, il y a, en réalité, deux mots de forme identique et d'origine ou de sens fort différent. La maille que nous connaissons le mieux, la maille du tricot, peut d'abord nous étonner par son étymologie. Le mot vient en effet du latin *macula* qui veut dire « tache », la maladie de l'œil concernant la *macula* nous a malheureusement habitués à connaître ce sens du mot latin. La maille serait donc en premier lieu le petit nœud marquant un point précis et comme une tache.

De là, on passe à la boucle de laine dans un tricot ; et, pour finir, on arrive assez naturellement à ce tricot lui-même. D'ailleurs le mot ne sert pas uniquement pour des boucles de laine : une *cotte de mailles* est une tunique de combat en fil métallique, constituant une protection et que les gens portaient descendant jusqu'aux jambes.

On peut voir que, dans certains dérivés de même, on est très éloigné du tricot : c'est le cas lorsque l'on parle du *maillon d'une chaîne*. Cette formule peut s'appliquer très bien à un homme qui joue un rôle dans une action à mener, ou même à un argument qui intervient dans la suite d'une démonstration. La chaîne ici et la maille sont entrées dans le monde de l'abstrait.

Mais il a existé un autre mot *maille* venant, lui, du latin *medalia* : il désignait au départ une petite monnaie, équivalent à un demi-denier. Cet emploi a tout naturellement disparu avec cette monnaie elle-même ; mais il a survécu dans des formules que nous employons encore, sans toujours les comprendre : c'est le cas pour les expressions comme *il n'a ni sou ni maille*, qui signifie qu'il est extrêmement pauvre, ou bien *avoir maille à partir avec quelqu'un*, c'est-à-dire avoir une toute petite somme à diviser entre deux personnes, ce qui mène invariablement à des querelles et des discussions. *Partir*, dans ce cas, signifie « partager », comme dans le composé *répartir*. Je tiens d'autant plus à le préciser qu'une correspondante de *Santé Magazine* m'a écrit récemment pour s'étonner de quelques formules qu'elle ne comprenait plus, *avoir maille à partir avec quelqu'un* était du nombre. Tout cela est déjà un peu surprenant et risque au passage de dérouter ou d'embrouiller ceux qui les rencontrent. Mais les complications ne s'arrêtent pas là ; car il y a *le mail*, au masculin ! Et ici, encore une surprise ! Car nous connaissons ce mot dans le sens d'une allée bordée d'arbres réguliers ; et l'on sait que c'est le titre d'un roman d'Anatole France, qui s'appelle *L'Orme du mail*. Et qu'est-ce donc ce mail ? Eh bien, à l'origine, ce mot, qui vient du latin *maleus*, le « marteau », signifiait ce que nous appelons encore par un mot de la même famille : un *maillet* ! On se servait de ce maillet ou de ce petit marteau particulier pour jouer à un jeu de plein air, le nom est alors passé au jeu lui-même ; et de là il est passé à l'endroit où l'on jouait qui était entouré d'arbres et il est passé, pour finir, à cet endroit lui-même, indépendamment de tout jeu. On a alors complètement oublié et le jeu et le maillet particulier qui servait dans ce jeu.

On le voit : pour chacun de ces mots il y a des glissements de sens assez importants, et leur valeur originelle ne tarde pas à s'effacer complètement.

C'est ainsi que l'on va se trouver devant des composés qui ont un petit air de parenté et qui, pourtant, n'ont pas grand-chose à voir l'un avec l'autre. Nous venons de voir que le *maillet* est en réalité une sorte de petit marteau ; mais le *maillot* se rattache directement à la maille et au tricot. Il désigne un vêtement tricoté, d'abord c'est un maillot pour les enfants, on dit *c'est un enfant au maillot*, et puis cela se généralise. On le rencontre aussi pour des hommes ou des femmes, on parle du *maillot de corps* ou du *maillot de bain*. Si l'on pense en plus à la réclame d'une célèbre moutarde, ou bien encore au terme anglais employé pour désigner la correspondance par Internet, on conçoit qu'il y a de quoi être un peu embrouillé.

On pourrait, évidemment, se passer de toutes ces précisions. Mais, quand on rencontre au passage des expressions dont, de proche en proche, on ne comprend plus le sens, il est utile de les expliquer – et de voir ainsi que notre langue reflète bien des modifications de notre vie.

Juin 2006

Maux de cœur et peines de cœur

Une lectrice de *Santé Magazine* m'a récemment interrogée sur le sens de l'expression *battre la chamade*. En fait, cette expression, qui vient du piémontais, désignait à l'origine l'état d'une ville ou d'une garnison prête à se rendre, à bout de forces, et le faisant savoir par le tambour et le clairon. Le terme désigne donc, de façon imagée, un cœur qui bat très vite, dans un état d'émotion intense et de panique.

Mais, ayant souhaité donner ici cette précision, je me suis vite aperçue que le cœur peut battre la chamade, mais qu'il lui arrive bien d'autres aventures dans notre langue française ! Naturellement, il désigne d'abord l'organe que nous sentons battre dans notre poitrine ; mais, déjà là, certains emplois sont un peu étranges ; car, par une confusion courante, on parle de cœur là où il ne s'agit pas du tout de cœur proprement dit. Quand on dit que l'on a *mal au cœur*, cela ne désigne pas du tout une douleur cardiaque, mais une certaine envie de vomir. De même, lorsque l'on dit que quelque chose vous *soulève le cœur* ou que l'on parle d'un *haut-le-cœur*. Et voilà, avec cet emploi très courant, la première surprise : si un *haut-le-cœur* désigne une sorte de nausée, la formule *haut les cœurs !* désigne au contraire un appel à une vaillance résolue. Dans le premier cas, il s'agit d'une mauvaise localisation physique ; dans le second, d'une métaphore, par laquelle le cœur désigne des sentiments et des élans ; mais il faut reconnaître qu'il y a de quoi gêner ceux qui ne sont pas habitués aux surprises de notre langue.

En fait, le cœur, employé de façon métaphorique, a très vite désigné le siège de toutes nos émotions et, par la suite, ces émotions elles-mêmes. Le passage du domaine concret au domaine imagé est facile ; il se fait par degrés : le cœur qui bat en nous peut être le signe de l'émotion ; et bientôt l'émotion est seule présente, sans aucune manifestation concrète. Dans les exemples cités, le cœur physique joue un rôle, mais gare ! Si l'on prenait toujours le mot dans ce sens concret, on arriverait à de belles absurdités. En effet, lorsque l'on dit *tu me brises le cœur* ou bien *tu me fends le cœur*, il faut reconnaître que ce serait, pris au sens matériel, un accident bien fâcheux… De même, si l'on dit de quelqu'un qu'il n'a *pas de cœur* ou bien *un cœur d'or*, on est en pleine métaphore. On y est encore plus si l'on dit, pour parler de quelqu'un qui est généreux, qu'il a *le cœur sur la main* ! *Donner son cœur à quelqu'un* ne fait évidemment pas allusion à une transplantation d'organes ! Et quand on parle de *sonder les cœurs*, il ne s'agit évidemment pas d'une intervention chirurgicale.

C'est qu'on lui en prête, des actions et des réactions, à ce cœur ! Il se confond avec nous-mêmes, avec notre courage, avec nos amours, et même avec notre mémoire, puisque l'on dit de quelqu'un qu'il apprend un texte *par cœur* ! Cela est si fréquent et si naturel que l'on arrive à une double métaphore, lorsque l'on dit par exemple d'une personne qui a des attachements nombreux qu'elle a un *cœur d'artichaut*.

Et comme si ce n'était pas assez que ce vaste domaine qui nous mène de maux de cœur aux peines de cœur, il faut ajouter que l'on emploie très souvent le mot *cœur*, sans aucune nuance de sentiment ou d'émotion, lorsque l'on veut simplement désigner ce qui est au centre. Rien d'affectif ne se mêle à l'expression qui fait que l'on parle du *cœur* d'une salade ou bien que l'on se réjouit d'apprécier un fromage *fait à cœur* ! Il en est de même, quand on parle du *cœur des ténèbres*.

En tout cas, on pourrait presque suivre, dans les emplois métaphoriques du cœur désignant les diverses passions que nous éprouvons, toute une histoire de la sensibilité avec une palette menant de la vaillance et de l'esprit de sacrifice à la gentille vertu de ceux qui ont du *cœur à l'ouvrage* ou bien, simplement, *le bon cœur*, pour finir avec les pleurs des amours gémissantes. Un tel mot reflète donc à la fois la difficulté d'exprimer la vie psychologique avec des mots concrets et, une fois de plus, la façon dont la langue traduit l'évolution des modes affectives. À la limite, on pourrait jouer sur la formule connue et dire : « Dis-moi comment tu emploies le mot *cœur* et je te dirai qui tu es ! »

Juillet 2006

De la banquette au banquet

Le mot *banc* est d'origine germanique, mais a été
emprunté par le latin tardif. Il désigne un siège fort
simple formé d'une pièce horizontale de bois montée
sur des pieds. Ce n'est pas un siège très confortable ni
très honorable ; il sert souvent à désigner des catégories
de personnes à qui ce siège était assigné ; on dit le *banc
des accusés*, ou le *banc d'infamie*, ou le *banc des rameurs*
(également appelé banc de nage) ; et l'on dit couramment *sur les bancs de l'école*, pour évoquer le temps des
études. On a fait ce que l'on a pu pour rendre le siège
moins inconfortable ; on a ajouté parfois une sorte de
planche en manière de dossier ou même, dans les jardins
publics, des dossiers recourbés. Mais le fait est que l'on
continue à employer ce mot de *banc*, même quand nos
habitudes ont fait que des sièges plus confortables ont
été employés (l'école, en particulier, se sert de moins
en moins de bancs). Il faut d'ailleurs admettre que nos
ancêtres étaient sur ce point moins exigeants que nous,
puisque les duchesses étaient honorées d'avoir droit à
un tabouret !

Mais ce petit siège, si inconfortable qu'il soit, a eu
une grande destinée.

Sans doute, au sens matériel, il reste qu'une *banquette*

n'est pas une place de choix ; être placé sur la *banquette arrière* n'est pas l'idéal. De même, le mot *bancal* n'a rien de flatteur : partant du fait que certains bancs avaient les pieds recourbés, il désigne une personne aux jambes torses ou un siège déséquilibré (sans parler des emplois figurés) : cela n'est bon ni pour l'équilibre ni pour l'élégance ! Mais, à côté de ces dérivés-là, un grand destin attend notre petit banc, parfois par l'intermédiaire de l'italien.

Il suffit de penser au mot *banque* avec tous les composés qu'il entraîne, comme *bancaire, banquier*, ou autres. À l'origine, c'était le banc tout simple où se faisaient des échanges de monnaies ; et ce petit *banc* est devenu la grande entreprise de gestion financière que nous connaissons aujourd'hui. À cela s'ajoute que l'on emploie le même mot pour désigner celui qui tient la caisse dans les jeux du casino ou des endroits de ce genre. Dans ce cas, on peut dire parfois que l'on *fait sauter la banque*, ce qui dans notre époque d'attentats pourrait prêter à des malentendus. On dit aussi, pour la vraie banque, qu'il y a *banqueroute* (toujours de l'italien) quand l'établissement ne peut plus assurer les paiements : le banc est rompu et la banque n'est plus ! En tout cas, voilà une belle destinée pour notre petit meuble du point de départ.

J'aimerais d'ailleurs ajouter qu'en grec ancien, pour désigner la banque, on employait le mot *trapeza*, désignant une table à quatre pieds (ce devrait être *tetra-*) : là aussi, le meuble primitif servant aux échanges s'est développé dans un emploi d'ordre financier. Mais l'évolution du mot vers le trapèze est une autre affaire !

Le domaine de la banque était donc un grand avènement pour notre petit siège d'origine. Mais un autre honneur lui était réservé : un autre dérivé qui prend une valeur bien différente et qui est le mot *banquet*. Un banquet est un repas pris par de nombreuses personnes en l'honneur d'une occasion particulière. Comme il s'agissait d'un repas que l'on prenait à de nombreuses personnes, on peut comprendre que des bancs ou des banquettes servaient pour ces réunions.

Dans ce cas comme dans l'autre, on passe du petit siège à l'activité même à laquelle il se trouvait servir. Qui plus est, les usages changent et les dérivés survivent, même quand le meuble d'où tout est parti tend à disparaître. Une fois de plus, on découvre donc que la langue opère des glissements de sens parfois surprenants et toujours révélateurs.

Août 2006

La langue menacée

La série des articles que je donne ici est intitulée « Santé de la langue » ; or, mon devoir est de dire que cette santé est aujourd'hui atteinte. Pourquoi cela ? En grande partie parce que nous permettons que notre langue soit, ici, en France, mal parlée, et plus souvent encore mal écrite. Le fait est évident, et nombreux sont ceux qui déjà ont tiré la sonnette d'alarme.

C'est chez les jeunes que le mal se marque le plus nettement. De façon tout extérieure, mais très sensible, on peut relever l'influence des modes de transmission par téléphone ou par voie orale. Ceux qui pratiquent cette façon de communiquer n'ont pas à se soucier de l'orthographe et en perdent très vite l'usage. Alors on écrit n'importe comment, même dans les pages écrites pour l'école. Dans ces derniers temps, j'ai reçu quantité de lettres et de témoignages, émanant de professeurs accablés. La presse se fait souvent l'écho de fâcheux résultats terriblement édifiants. Un journal reproduisait récemment une phrase forgée par des professeurs et cumulant les erreurs dans une copie qui aurait, d'après les barèmes actuels, obtenu la moyenne. Elle disait : « Pourtant, il avais un pair et une mer ! » Ce texte éveille bien des échos dans ma mémoire. Lu tout haut, il peut être compris ; mais le fait est cependant consternant.

Il s'y mêle sans doute une sorte d'amusement un peu
frondeur. Et à la vérité, si c'était un jeu, on l'admettrait.
Mais quand cela entretient des habitudes qui se trouvent dans des copies de classe, rien ne va plus.

Et puis tout les encourage, à commencer par notre
habitude de tout abréger. Nous n'entendons parler que
du CPE, des Assedic ou du Codevi, quand ce n'est pas
d'Agessa ou bien d'ADN ou du Medef… On prend
aisément l'habitude de tout abréger. Et ils abrègent, nos
jeunes ! Ils écrivent, même dans des textes proprement
rédigés, l'abréviation *ds* pour *dans*, ou l'abréviation *pq*
pour *parce que* ; ils sont tout étonnés quand on leur dit
que cela ne doit pas se faire : c'est pourtant vrai. Et c'est
par suite de tels usages, librement multipliés, que l'orthographe disparaît, et j'ajouterai que l'écriture même
risque de disparaître. Car, quand les signes n'ont plus
ni clarté ni logique, ils ne permettent plus de communiquer, d'aucune façon.

De tout cela, l'enseignement est pour une bonne part
responsable. Si l'on se donnait plus de mal pour enseigner l'orthographe, pour la contrôler et en tenir compte
dans la correction des copies, le mal ne gagnerait pas
comme il le fait. L'enseignement a un rôle à jouer, qu'il
serait urgent et important de rappeler.

Car il est vrai que l'enjeu est grave. Il peut arriver à la
limite qu'un peuple perde son écriture : les Grecs vers
l'époque de la guerre de Troie ont connu cette mésaventure et ont dû se redonner un alphabet et une écriture
pour nous livrer les textes que nous gardons si précieusement. Une langue peut aussi se détériorer par le mauvais usage et l'abus des incorrections : après le latin,
on a parlé ce que nous appelons le bas latin ; et ce bas
latin lui-même a cédé la place à diverses langues. Cela

a correspondu avec la fin de l'Empire romain. Nous avons tous la garde de cette langue française dont seule une orthographe précise assure le sens et la clarté ; et nous sommes en train de la laisser s'en aller à vau-l'eau, alors qu'elle a constitué pendant des siècles la source de notre fierté et l'instrument qui a permis de répandre nos œuvres littéraires, scientifiques, juridiques, etc. Elle a été le moyen de notre rayonnement au-dehors.

Or, nous laissons faire cela à un moment où la France connaît certainement une crise de puissance et d'influence, mais où sa langue conserve un attrait considérable au-dehors, et constitue pour elle une force. Je crains que l'on ne fasse pas tout ce qu'il faudrait pour le développement du français à l'étranger ; mais, de façon publique ou privée, on essaie, et l'effort est couronné d'un succès inespéré. Des universités se fondent à l'imitation de notre Sorbonne, elle-même si mal traitée ; les Académies se développent, imitant nos traditions. Des gens s'ouvrent à la langue française, ou cherchent à s'y ouvrir, dans des endroits imprévus d'Afrique ou bien d'Asie. Certes, l'anglais domine partout ; et son usage s'est imposé dans tous les échanges au niveau international, dès qu'il s'agit de politique ou d'économie, de commerce ou de technique. Mais il existe, encore souvent, en faveur de notre pays, un sentiment d'amour et de respect, et cela mérite d'être encouragé. Ne laissons pas les gamins détruire, sans même en avoir conscience, cet atout précieux. Sans compter que pour eux-mêmes, plus tard, quels que soient leur métier et leur carrière, ils auront besoin de cette langue qui est la leur et qu'ils dominent de plus en plus mal.

Septembre 2006

Le thermomètre et les héros

On a vraiment souffert, cet été, de la canicule ; et j'en ai moi-même assez souffert pour ne pas l'oublier. Mais, si nous pensons au terme même qui désigne cette grosse chaleur, avec tous ses inconvénients, nous sommes d'un coup transportés vers le Ciel, vers les astres et vers les héros !

En effet, le mot vient du latin et désigne un petit chien. Quel petit chien ? Et pourquoi cette grosse chaleur porte-t-elle le nom d'un petit chien ? Et voici que tout commence... À vrai dire, la légende et l'astronomie se mêlent en des rencontres assez difficiles à préciser et qui varient un peu selon le cas. Mais, si Sirius est l'étoile de la canicule, ce petit chien est souvent appelé le chien d'Orion. Dans la mythologie grecque, Orion était un géant dont beaucoup de grands auteurs ont parlé, à commencer par Homère. Il était grand chasseur et mourut pour avoir offensé la déesse Artémis, qui l'aurait fait périr sous la morsure d'un scorpion. Un grand chasseur peut fort bien donner son nom à une constellation... Et un grand chasseur est normalement accompagné d'un petit chien.

L'astre ainsi nommé avait même cette particularité de se lever et de se coucher en même temps que le soleil. Ainsi, il pouvait devenir l'emblème des journées chaudes. Nous sommes donc passés du monde du quotidien à celui des légendes et des divinités. Qui plus est, la constellation voisine est celle du Scorpion et le mouvement apparent des astres peut donner l'idée que la constellation d'Orion fuit le Scorpion, son ennemi !

Mais, si l'on commence à lever les yeux vers les astres, on va les rencontrer partout, ces héros des légendes antiques. On pourrait d'abord rappeler que les planètes portent en général les noms de divinités gréco-latines sous leurs formes latines. Nous parlons ainsi de façon courante aujourd'hui de Mars, de Vénus ou de Jupiter ! Et pour des planètes récemment découvertes comme Uranus, le nom rappelle un dieu latin, correspondant au dieu grec du Ciel, Ouranos.

De même, ne voit-on pas dans divers journaux et publications très répandus des horoscopes, où les gens peuvent entrevoir leur destin à venir d'après les signes du zodiaque, correspondant à leur naissance ? C'est un usage qui appartient tout à fait à la vie courante ; et l'on se demande tout naturellement : « Vous êtes Bélier ? – Je suis Capricorne ! » Ces noms désignent les diverses constellations faisant partie du zodiaque que leur mouvement apparent semble faire tourner autour du soleil, si bien que, pour nous, celui-ci passe successivement dans ces douze régions au cours d'une année. Or les noms de ces douze constellations ne sont pas spécialement mythologiques ; mais voulez-vous un exemple ? Je vous offre, pour le mois de mai, les Gémeaux. Qui sont ces Gémeaux ? Ce sont les jumeaux célèbres, c'est-à-dire Castor et Pollux, qui font en effet partie de cette constellation, et qui étaient les deux frères de la belle Hélène, transportés dès leur vivant parmi les astres. Déjà cette transformation est mentionnée dans les textes classiques du Vᵉ siècle avant J-C, comme une chose connue.

Et voici que, de la sorte, toutes les légendes des Atrides, de l'enlèvement d'Hélène, et de la guerre de Troie, entrent dans notre ciel et présideraient ainsi aux destinées de nos contemporains. Il faut dire que cette transformation en astres n'était pas une exception dans la mythologie ancienne : une autre constellation connue est Cassiopée. Cassiopée n'est pas très souvent nommée dans les textes, mais elle était la mère d'Andromède, que sauva Persée, le grand héros au cheval ailé. Elle avait eu, elle aussi, des difficultés avec des divinités, si bien qu'elle avait dû périr, mais avait été, en échange, dès les textes anciens, transformée en constellation.

Des faits de ce genre viennent évidemment de ce que les savants grecs se sont occupés du Ciel. Et les Grecs en général s'intéressaient au Ciel qui, pour eux, était proche, présidait à leur navigation et représentait une forme majestueuse de beauté. Peut-être n'est-il pas mauvais, pour nous, aujourd'hui, d'en retrouver parfois le souvenir ; les ennuis de la canicule sont peut-être un peu plus faciles à supporter quand on se rappelle l'étymologie du mot et qu'elle vous emmène tout droit dans le monde héroïque, dans le monde imaginaire des belles légendes.

Octobre 2006

De l'hôtel à l'hôpital

Le titre donné à cette chronique semble annoncer une fâcheuse aventure, qui nous mènerait brusquement d'un extrême à l'autre, de la détente joyeuse des vacances à la misère, et à la longue patience d'un lieu où l'on est malade. En fait, cette réflexion voudrait, au contraire, montrer l'étroite parenté qui unit entre eux ces deux mots et ces deux notions. Les deux mots sont jumeaux et remontent à la même racine latine. Chacun à leur façon, ils désignent l'accueil réservé à des personnes, appelées des hôtes, dans une maison dont telle est la destination. Mais, aussitôt rencontrée, cette notion d'*hôte* et d'*hospitalité* nous donne à réfléchir.

En grec – et c'est là une merveille sur laquelle je n'insisterai jamais assez –, un seul mot désignait tout ensemble l'étranger et l'hôte, l'hôte et l'étranger : c'était le mot *xénos*. À cet égard, tous les textes littéraires montrent assez l'importance de ce rapport d'hospitalité, les rites mais aussi les obligations qui vont avec et le fait qu'un lien d'hospitalité se transmet aux descendants, avec une sorte d'obligation morale très importante. Hélas, cette belle assimilation entre l'hôte et l'étranger a plutôt mal tourné par la suite. Seul le sens d'*étranger* a survécu, et notre français connaît encore le mot *xéno-phobe*, désignant tout le contraire de l'hospitalité !

Cette assimilation qui existe en grec entre les deux idées explique peut-être que l'on ait eu recours en latin et dans les langues issues du latin à un terme différent. On est parti du mot *hospes, hospitis*, l'« hôte ». On notera que l'on a pour ce mot la même réciprocité que pour le mot *ami* ou le mot *fraternité*. L'hôte est celui qui reçoit, mais aussi celui qui est reçu. Quoi qu'il en soit, à partir de cette belle relation, nous voyons le mot s'orienter dans deux directions bien différentes à l'époque moderne : l'*hôtel* reçoit en effet des hôtes, mais sans les connaître et en les faisant payer ; tandis que l'*hôpital* reçoit en effet des hôtes, mais des hôtes malades, pour les soigner. On pourrait joindre à ces deux mots un parent proche, l'*hospice*, qui reçoit également des personnes en difficulté, et qui s'appliquait principalement à un accueil religieux pour des pèlerins ou des voyageurs. Mais, pour en revenir à nos deux mots, *hôtel* et *hôpital*, il est intéressant de constater qu'il existe, malgré cette différence fondamentale, des chevauchements dont notre langue courante porte la trace. L'*hôtel* n'est pas toujours un lieu où l'on reçoit des hôtes payants. Ainsi, on utilise le mot pour désigner une grande habitation appartenant à une personne ou à une famille renommée. On parle ainsi de l'*hôtel de Lauzun* ou de l'*hôtel de Sully*. Et cet emploi s'étend à des demeures plus modestes puisque, sans donner de noms, on dit volontiers qu'une famille a acheté un *petit hôtel*, ce qui est simplement une grande maison confortable où ils n'accueilleront pas nécessairement d'hôtes et, en tout cas, pas d'hôtes payants.

Le même flottement existait pour le mot simple, le mot *hôte* : il représente l'accueil en général, mais peut s'employer pour un hôtel. On dira, par exemple, *la table d'hôtes* pour désigner l'endroit où se réunissent des convives divers payant le même prix pour un même menu. Et, de même, on parlera d'*hôtesses* pour quelqu'un qui s'occupe de gens hors de tout hôtel ; on parle ainsi d'*hôtesse de l'air*. On a cité ici des exemples plutôt aristocratiques de l'hôtel qui n'est pas un hôtel : on peut rappeler que dans toute ville existe l'*Hôtel de ville* qui ne reçoit pas d'hôtes, payants ou non.

Ces divers chevauchements aboutissent à des cas où les deux sens se rejoignent. L'adjectif *hospitalier* peut ainsi s'employer très spécifiquement pour l'hôpital lorsque l'on dit, par exemple, un *centre hospitalier* ou le *milieu hospitalier*. Mais il peut aussi s'employer de façon abstraite pour un homme, car un *homme hospitalier* est celui qui est porté à accueillir généreusement des étrangers qui deviennent ses hôtes. Les deux registres se rejoignent là de façon totale : seul échappe le mot abstrait, la qualité morale, celle qui, depuis le début, nous touche et nous intéresse : l'*hospitalité*. L'hospitalité n'a plus rien à voir de pratique, de payant, ni d'intéressé, le mot désigne une vertu humaine, à l'origine de toutes ces institutions.

Si bien que, pour une fois, cette chronique ne se conclura pas sur des remarques de langue et des fautes à éviter dans la pratique du français. Mais sur la beauté de cette notion d'hospitalité, qui a subi bien des avatars au cours du développement de nos sociétés, et reste un modèle vivant, que l'on retrouve derrière nos mots pratiques et quotidiens, où il rayonne alors de tout son éclat. Ce n'est pas une si mauvaise découverte que d'en prendre conscience.

Novembre 2006

De fil en aiguille

Le mot *fil* est un mot bien simple, désignant une réalité fort courante dans toutes les civilisations : il ne désigne pas une matière, mais la transformation en un mince petit ruban torsadé avec lequel on pourra tisser ou coudre n'importe quoi ; il peut y avoir du *fil de lin, de soie* ou *de coton*... Mais ce petit mot si simple et si concret a bientôt pris des sens figurés extrêmement variés et s'étendant à des domaines très divers.

Naturellement, les premières expressions imagées s'appliquent au domaine concret et sont tout à fait évidentes. On peut ainsi parler d'un *fil de fer* ou d'un *fil de la Vierge*. De même, on dira qu'une affaire est *cousue de fil blanc*, si l'on en distingue clairement l'enchaînement. Dans ces métaphores discrètes, rien qui puisse nous surprendre. Et j'en dirais autant des expressions comme *il me donne du fil à retordre* pour dire qu'il m'apporte un supplément de travail et de difficulté.

Et il y a des emplois figurés plus surprenants et plus larges. Je passerai sur une première série qui peut effectivement surprendre : c'est l'emploi du mot *fil* pour désigner le tranchant d'une lame. On dit : le *fil du rasoir* ou bien le *fil de l'épée*. On désigne par là la partie que l'on peut dire *effilée*, amincie jusqu'à être comme un fil et devenir lisse et coupante. Je préfère m'arrêter à une extension plus évidente et aussi beaucoup plus ample. Il se trouve en effet que le mot *fil* s'étend bientôt à tout le domaine où l'on trouve une continuité ! Cela peut être la continuité du temps, la continuité de la vie, la continuité d'un raisonnement ou d'une activité : tout y passe, tout devient fil !

Il se peut qu'il y ait parfois une influence du souvenir des Parques qui, comme on le sait, filaient le fil de nos vies et aussi le tranchaient. Les souvenirs mythologiques ne sont jamais très loin de l'évolution du vocabulaire, même quand nous croyons ne plus les connaître et ne plus y penser. Quoi qu'il en soit, on dira très bien *au fil des jours, au fil du temps* : la durée est représentée comme un long fil ininterrompu, jusqu'à l'arrêt final.

Et l'on est de même dans le domaine intellectuel : on parle couramment du *fil d'un raisonnement*, il y a un *fil de l'exposé*, ou bien un *fil de la démonstration*. Si, parfois, on s'embrouille, on dira que l'on a *perdu le fil* de sa propre pensée ou de ce qu'on allait dire. On dit aussi que l'on *reprend le fil du récit*. Encore heureux s'il n'y a qu'un fil ; sans cela, il s'agit de *débrouiller les fils* d'un raisonnement, d'une affaire ou d'une intrigue. Tout ce que l'on poursuit de façon durable et continue peut s'exprimer par la métaphore du fil, voire par le verbe *filer*. On dira ainsi, dans le domaine du sentiment, que deux personnes *filent le parfait amour*.

Cette valeur de continuité se marque d'ailleurs dans un mot étroitement apparenté au fil qui est la *file*. On arrive *à la file*, c'est-à-dire en suite continue ; et l'on rencontre des expressions comme une *file d'attente* pour désigner une suite de gens se proposant d'entrer quelque part ; et l'on reconnaît cette même valeur dans le mot très clair de *défilé*.

Cela fait beaucoup, assurément ; et cela fait une famille très nette et claire. Mais les choses ne s'arrêtent pas là ! Et si nous regardons certains usages, surtout modernes, ou quelquefois familiers, nous voyons le mot s'étirer dans toutes sortes de directions et ces valeurs nouvelles se marquent en particulier dans ses composés. Je viens de parler du mot *filer*. On sait bien que ce verbe *filer* s'emploie couramment pour désigner que l'on suit quelqu'un afin de ne pas le perdre de vue. Les choses se compliquent encore avec le composé *refiler* ! On l'emploie de façon familière pour désigner quelque chose que l'on a reçu et que l'on passe pour s'en débarrasser à quelqu'un d'autre : « on m'a refilé un faux billet ». De façon plus familière encore, on emploie parfois le simple mot *filer* dans le même sens. On dira (on ne devrait pas le dire) « il m'a filé une fausse pièce ». J'ajouterai pour finir que ce même mot *filer* signifie quelquefois, familièrement, « s'en aller rapidement » : « il faut filer d'ici ! »

Que de détours ! Et c'est ainsi qu'une *filature* sera aussi bien un endroit où se pratique l'activité de ceux qui filent et l'habitude de certains détectives de suivre des gens dans la rue. Tous ces emplois naissant à partir d'un mot si simple illustrent la facilité avec laquelle se développe le vocabulaire. Ils montrent aussi que si l'étymologie est précieuse pour comprendre le point de départ des mots et leur développement ultérieur, les valeurs peuvent se changer, se perdre, se nuancer au cours de l'histoire. Il ne faut pas limiter le sens des mots à leur étymologie, mais savourer la façon dont celle-ci se retrouve, se transforme et, parfois aussi, se perd, dans la vie même de notre langue.

Décembre 2006

Table

Table 343

Jacqueline de Romilly
dans Le Livre de Poche

Ce que je crois   n° 33381

Jacqueline de Romilly avait tenu à exprimer, dans un
texte bref et passionné, ses convictions profondes, sa foi
en l'homme, son goût de la vérité et du bien. Une invitation à un humanisme plein d'espoir, nourri des acquis
du passé, où chacun se sente acteur de sa vie comme de
l'aventure collective.

Les Grands Sophistes dans l'Athènes de Périclès n° 479

Jacqueline de Romilly s'emploie à rendre aux sophistes
leur place et leur rôle dans la formation de la culture occidentale en montrant l'influence considérable qu'ils exer-
cèrent sur le développement intellectuel de l'Athènes du
Vᵉ siècle avant J.-C.

Jeanne   n° 32642

En 1977, dans l'année qui suit la mort de sa mère, Jacqueline de Romilly écrit ce livre et le fait imprimer en
quelques exemplaires pour le donner à ses proches. Elle
charge son éditeur Bernard de Fallois de le publier après
sa mort.

Laisse flotter les rubans n° 14986

À condition de « laisser flotter les rubans » du souvenir, notre mémoire nous ouvre un champ infini d'émotions et de sentiments. Un mot d'un être cher, une rencontre qui n'a pas eu de suite, un remords qui soudain vous assaille...

Petite leçons sur le grec ancien n° 31628
(avec Monique Trédé)

Inspirer le désir de découvrir la langue qui a contribué à l'éclat de la littérature grecque antique, tel est le souhait des auteurs de ce livre. Le lecteur comprendra mieux pourquoi cette langue est à la base de nos classements intellectuels et forme le noyau du vocabulaire scientifique de l'Europe.

Pourquoi la Grèce ? n° 13549

Pourquoi les textes de la Grèce antique, d'Homère à Platon, continuent-ils d'influencer toute la culture européenne ? Quelle qualité cet héritage si divers recèle-t-il, qui justifie une présence aussi vivace au cours des siècles ?

Les Révélations de la mémoire n° 31949

Évocation de quelques souvenirs de la vie de l'auteur, revenus à sa mémoire d'une manière aussi simple qu'inattendue et qui l'ont amenée à vouloir comprendre l'éblouissement et l'émerveillement qu'ils ont provoqués en elle.

Les Roses de la solitude n° 30950

« Ce livre est fait de souvenirs et de rêveries : il évoque des objets familiers dont chacun porte la trace de ce qui fut ma vie. D'ordinaire, on les voit à peine. Parfois, à l'occasion de n'importe quoi et d'un simple instant d'attention, on retrouve un peu des souvenirs qui, avec les années, s'y sont attachés. »

Le Sourire innombrable   n° 31563

Alternant souvenirs et réflexions, sur le ton de la conversation, Jacqueline de Romilly nous raconte les « histoires drôles » de sa vie.

Sous des dehors si calmes   n° 30057

« Dans les récits qui suivent, une femme dit je, et ce n'est pas moi ; c'est une certaine Anne, qui évoque des moments passés dans sa maison du Lubéron… Peut-être y a-t-il des ressemblances. »

Le Trésor des savoirs oubliés   n° 14587

Nos souvenirs peuvent être partiels, flous, incertains : pourtant nous sentons bien qu'ils sont présents en nous. Ils ont laissé des traces et constituent pour l'esprit des repères intellectuels, mais aussi affectifs ou moraux.

Une certaine idée de la Grèce   n° 30528
(avec Alexandre Grandazzi)

L'Europe et la culture occidentale sont nées, il y a un peu plus de 2 400 ans, au moment où un petit pays a inventé, presque d'un seul coup, la littérature, l'art, la philosophie et la politique : c'est cela le miracle grec.

Du même auteur :

Aux éditions Les Belles Lettres

THUCYDIDE, édition et traduction, en collaboration avec
   L. Bodin et R. Weil, 5 vol., Coll. des Universités de France,
   1953-1972.
THUCYDIDE ET L'IMPÉRIALISME ATHÉNIEN – La pensée
   de l'historien et la genèse de l'œuvre (1947 ; 1961 ; épuisé
   en français).
HISTOIRE ET RAISON CHEZ THUCYDIDE, 1956, 3e éd. 2005.
LA CRAINTE ET L'ANGOISSE DANS LE THÉÂTRE
   D'ESCHYLE, 1958, 2e éd. 1971.
L'ÉVOLUTION DU PATHÉTIQUE, D'ESCHYLE À EURIPIDE
   (P.U.F., 1961), 2e éd. 1980.
LA LOI DANS LA PENSÉE GRECQUE, DES ORIGINES À
   ARISTOTE, 1971, 2e éd. 2001.
LA DOUCEUR DANS LA PENSÉE GRECQUE, 1979, Pluriel,
   1995.
« PATIENCE, MON CŒUR ! » – L'essor de la psychologie dans
   la littérature grecque classique, 1984 (2e éd. 1991), Agora,
   1994.
TRAGÉDIES GRECQUES AU FIL DES ANS, 1995.

Aux éditions Hermann

PROBLÈMES DE LA DÉMOCRATIE GRECQUE, 1975, Agora,
   1986 ; rééd. 2006.

Aux Presses universitaires de France

LA TRAGÉDIE GRECQUE, 1970, QUADRIGE, 9e éd. 2014.
PRÉCIS DE LITTÉRATURE GRECQUE, 1980, Quadrige, 3e éd., 2014.
HOMÈRE (coll. Que sais-je ?), 1985, 6e éd. 2014.
LA MODERNITÉ D'EURIPIDE (coll. Écrivains), 1986.

Aux éditions Vrin

LE TEMPS DANS LA TRAGÉDIE GRECQUE, 1971 (traduction
   du texte paru en 1968 à Comell University Press).

Aux éditions Fata Morgana

JEUX DE LUMIÈRE SUR L'HELLADE, 1996.
HÉROS TRAGIQUES, HÉROS LYRIQUES, 2000.
ROGER CAILLOIS HIER ENCORE, 2001.
DE LA FLÛTE À LA LYRE, 2004.

Aux éditions Julliard

LA CONSTRUCTION DE LA VÉRITÉ CITEZ THUCYDIDE (coll.
   Conférences, essais et leçons du Collège de France),
   1990.

Aux éditions ENS, rue d'Ulm

L'INVENTION DE L'HISTOIRE POLITIQUE CHEZ THUCYDIDE. Études
   et conférences. Préface de Monique Trédé, 2005.

Aux éditions Bourin

ACTUALITÉ DE LA DÉMOCRATIE ATHÉNIENNE. Entretiens
   avec Alexandre Grandazzi, 2006.

Aux éditions Stock

PETITES LEÇONS SUR LE GREC ANCIEN (avec Monique Trédé),
   2008.

Aux éditions Bayard

JACQUELINE DE ROMILLY RACONTE L'ORESTIE D'ESCHYLE,
2006.

Aux éditions de Fallois

LES GRANDS SOPHISTES DANS L'ATHÈNES DE PÉRICLÈS,
1988.
LA GRÈCE À LA DÉCOUVERTE DE LA LIBERTÉ, 1989.
DISCOURS DE RÉCEPTION À L'ACADÉMIE FRANÇAISE ET
RÉPONSE DE M. ALAIN PEYREFTTTE, 1989.
OUVERTURE À CŒUR, roman, 1990.
ÉCRITS SUR L'ENSEIGNEMENT. *Nous autres professeurs*
(1969), *L'Enseignement en détresse* (1984), 1991.
POURQUOI LA GRÈCE ?, 1992.
LES ŒUFS DE PÂQUES, nouvelles, 1993.
LETTRE AUX PARENTS SUR LES CHOIX SCOLAIRES, 1994.
RENCONTRES AVEC LA GRÈCE ANTIQUE, 1995.
ALCIBIADE, 1995.
HECTOR, 1997.
LE TRÉSOR DES SAVOIRS OUBLIÉS, 1998.
LAISSE FLOTTER LES RUBANS, nouvelles, 1999.
LA GRÈCE ANTIQUE CONTRE LA VIOLENCE, 2000.
SUR LES CHEMINS DE SAINTE-VICTOIRE (Julliard, 1987),
2002.
SOUS DES DEHORS SI CALMES, nouvelles, 2002.
UNE CERTAINE IDÉE DE LA GRÈCE. Entretiens avec
Alexandre Grandazzi, 2003.
L'ÉLAN DÉMOCRATIQUE DANS L'ATHÈNES ANCIENNE,
2005.
LES ROSES DE LA SOLITUDE, 2006.
DANS LE JARDIN DES MOTS, 2007.
LE SOURIRE INNOMBRABLE : SOUVENIRS, 2008.
LES RÉVÉLATIONS DE LA MÉMOIRE, 2009.
LA GRANDEUR DE L'HOMME AU SIÈCLE DE PÉRICLÈS, 2010.
JEANNE, 2011.
CE QUE JE CROIS, 2012.
RENCONTRE, 2013.

Le Livre de Poche s'engage pour
l'environnement en réduisant
l'empreinte carbone de ses livres.
Celle de cet exemplaire est de :

600 g éq. CO₂

PAPIER À BASE DE   Rendez-vous sur
FIBRES CERTIFIÉES www.livredepoche-durable.fr

Composition réalisée par Chesteroc Ltd

Imprimé en Espagne en février 2021 par
Liberdúplex - 08791 Sant Llorenç d'Hortons
Dépôt légal 1ʳᵉ publication : juin 2008
Édition 10 – février 2021
LIBRAIRIE GÉNÉRALE FRANÇAISE – 21, rue du Montparnasse – 75298 Paris Cedex 06

31/2438/5